随想選

サフラン

沈黙と思索の世界へ

上田 博／チャールズ・フォックス／瀧本 和成 編

嵯峨野書院

目次

本扉 絵　木下杢太郎「百花譜」より
中扉写真　チャールズ・フォックス
撮影協力　Boondocks Kyoto

凡例

・仮名遣いは、原典のままの歴史的仮名遣いとした。
・漢字は、旧漢字を新字体に改めた。
・ルビは、読みやすさを考慮し適宜付した。なお、ルビは現代仮名遣いとした。
・明らかに誤植と思われる箇所に関しては、訂正の上収載した。
・作品中、今日から見れば不適切と思われる表現を用いている箇所もあるが、故人の作品であること、時代背景・作品価値を考慮し、原典通り収載した。
・抄録作品に関しては、作品名の下に＊印を付して示した。

森　鷗外

＊森　鷗外（もり　おうがい）

文久二（一八六二）年一月一九日〜大正一一（一九二二）年七月九日。本名森林太郎。石見津和野生れ。詩人、軍医官僚。別号千朶山房、観潮楼主人など。代表作に、小説「舞姫」「青年」「阿部一族」「渋江抽斎」、随想「空車」、評論「柵草紙の本領を論ず」、戯曲「仮面」、翻訳「即興詩人」、詩歌「うた日記」がある。ほか雑誌「しがらみ草紙」「スバル」創刊や観潮楼歌会、常磐会開催など多彩。木下杢太郎は鷗外を「テエベス百門の大都」と評している。陸軍退官後は、帝室博物館総長、宮内省図書頭・帝国美術院長を務めた。

サフラン

■初出　「番紅花」（大3・3）
所収　「妄人妄語」（至誠堂書店、大4・2）

名を聞いて人を知らぬと云ふことが随分ある。人ばかりではない。すべての物にある。

私は子供の時から本が好だと云はれた。少年の読む雑誌[1]もなければ、巌谷小波君[2]のお伽話もない時代に生れたので、お祖母さま[3]がおよめ入の時に持つて来られたと云ふ百人一首やら、お祖父さま[4]が義太夫[5]を語られた時の記念に残つてゐる浄瑠璃本[6]やら、謡曲[7]の筋書をした絵本やら、そんなものを有るに任せて見てゐて、凧と云ふものを揚げない、独楽《こま》と云ふものを廻さない。隣家の子供との間に何等の心的接触も成り立たない。そこでいよ〳〵本に読み耽つて、器に塵の附くやうに、いろ〳〵の物の名が記憶に残る。そんな風で名を知つて物を知らぬ片羽になつた。大抵の物の名がさうである。植物の名もさうである。

父[8]は所謂蘭医である。オランダ語を教へて遣らうと云はれるので、早くから少しづつ習[9]つた。文典[10]と云ふものを読む。それに前後編があつて、前編は語を説明し、後編は文を説明してある。それを読んでゐた時字書[11]を貸して貰つた。蘭和対訳の二冊物で、大きい厚い和本である。それを引つ繰り返して見てゐるうちに、サフラン[12]と云ふ語に撞著《どうちゃく》[13]した。まだ植学啓源[14]などと云ふ本の行はれた時代の字書だから、音訳[15]に漢字が当て嵌《は》めてある。今でも其字を記憶してゐるから、こゝに書いても好いが、サフランと三字に書いてある初の一字は、所詮活字には有り合せまい。依つて偏旁《へんぼう》を分けて説明する。「水」の偏に「自」の字である。次が「夫」の字、又次が「藍」の字である。

「お父つさん。サフラン、草の名としてありますが、どんな草ですか。」

「花を取つて干して物に色を附ける草だよ。見せて遣らう。」

父は薬箪笥の抽斗《ひきだし》から、ちぢれたやうな、黒ずんだ物を出して見せた。父も生の花は見たことがなかつたかも知れない。私にはたま〳〵名ばかりでなくて物が見られても、干物しか見られなかつた。これが私のサフランを見た初である。

二三年前であつた。汽車で上野に著いて、人力車を傭《やと》つて団子坂(16)へ帰る途中、東照宮(17)の石壇の下から、薄暗い花園町に掛かる時、道端に筵《むしろ》を敷いて、球根からすぐに紫の花の咲いた草を列べて売つてゐるのを見た。子供から半老人(18)になるまでの間に、サフランに対する智識は余り進んではゐなかつたが、図譜(19)で生の花の形だけは知つてゐたので、「おや、サフランだな」と思つた。花卉《かき》(20)として東京でいつ頃から弄《もてあそ》ばれてゐるか知らない。兎《と》に角《かく》サフランを売る人があると云ふことだけ、此時始て知つた。

此旅はどこへ往つた旅であつたか知らぬが、朝旅宿を立つたのは霜の朝であつた。もう温室の外にはあらゆる花と云ふ花がなくなつてゐる頃の事である。山茶花(21)も茶の花(22)もない頃の事である。

サフランにも種類が多いと云ふことは、これもいつやら何かで読んだが、私の見たサフランはひどく遅く咲く花である。併し極端は相接触する。ひどく早く咲く花だとも云はれる。水仙(23)よりも、ヒアシント(24)よりも早く咲く花だとも云はれる。

去年の十二月であつた。白山下の花屋の店に、二銭の正札附でサフランの花が二三十、干からびた球根から咲き出たのが列べてあつた。私は散歩の足を駐めて、球根を二つ買つて持つて帰つた。サフランを我物としたのは此時である。私は店の爺いさんに問うて見た。

「爺いさん。これは土に活けて置いたら、又花が咲くだらうか。」

「えゝ。好く殖える奴で、来年は十位になりまさあ。」

「さうかい。」

私は買つて帰つて、土鉢《どばち》に少しばかり庭の土を入れて、それを埋めて書斎に置いた。花は二三日で萎れた。鉢の上には袂屑《たもとくず》のやうな室内の塵が一面に被さつた。私は久しく目にも留めずにゐた。

すると今年の一月になつてから、緑の糸のやうな葉が叢がつて出た。水も遣らずに置いたのに、活気に満ちた、青々とした葉が叢がつて出た。物の生ずる力は驚くべきものである。あらゆる抗抵に打ち勝つて生じ、伸びる。定めて花屋の爺いさんの云つたやうに、段々球根も殖えることだらう。

硝子戸の外には、霜雪を凌《しの》いで福寿草(25)の黄いろい花が咲いた。ヒアシントや貝母《ばいも》(26)も花壇の土を裂いて葉を出しはじめた。書斎の内にはサフランの鉢が相変らず青々としてゐる。

鉢の土は袂屑のやうな塵に掩はれてゐるが、其の青々とした色を見れば、無情な主人も折々水位遣らずにはゐられない。これは目を娯ましめようとするEgoismus(27)であらうか。それとも私なしに外物を愛するAltruismus(28)であらうか。人間のする事の動機は縦横に交錯して伸びるサフランの葉の如く容易には自分にも分からない。それを強ひて、烟脂《やに》(29)を舐めた蛙が腸《はらわた》をさらけ出して洗ふやうに洗ひ立てをして見たくもない。今私が此鉢に水を掛けるやうに、物に手を出せば弥次馬と云ふ。手を引き込めてをれば、独善と云ふ。残酷と云ふ。冷澹《れいたん》と云ふ。それは人の口である。人の口を顧みてゐると、一本の手の遣所もなくなる。

これはサフランと云ふ草と私との歴史である。これを読んだら、いかに私のサフランに就いて知つてゐることが貧弱だか分かるだらう。併しどれ程疎遠な物にもたまく〳〵行摩《ゆきずり》の袖が触れるやうに、サフランと私との間にも接触点がないことはない。物語のモラルは只それだけである。

宇宙の間で、これまでサフランはサフランの生存をしてゐた。私は私の生存をしてゐた。これからも、サフランはサフランの生存をして行くであらう。私は私の生存をして行くであらう。（尾竹一枝君のために。）(30)

（1）　少年の読む雑誌　少年雑誌は明治二〇年代初めに入ってようやく「少年園」（明21・11）、「小国民」（明22・7）などが創刊される。

（2）　巌谷小波　（いわや さざなみ）明治三（一八七〇）年六月～昭和八（一九三三）年九月。童話作家、小説家。東京生れ。家は代々近江水口藩医。硯友社に入り、「妹背貝」（明22・8）などを発表。博文館の〈少年文学叢書〉第一編として「こがね丸」（明24・1）を発表。序文鷗外。「少年世界」（明20・1創刊）の主筆となり、「日本昔噺」などを編集刊行。

（3）　お祖母さま　森清子（一八一九～一九〇六）のこと。長門国（現山口県）鷹の巣郷士木島又右衛門の娘。生母（登志子）と離れ離れになった鷗外の長男於菟を育てた。

（4）　お祖父さま　森玄仙（生年月不詳～一八六一）のこと。後に白仙と改める。四〇歳前後で津和野藩の典医森秀庵（森家第一一代）の養子となる。鷗外は祖父のことを「漢文も雅健にて、議論観るべきものあり」と述べている。鷗外は後に白仙著「与三学医書」を「衛生療病志」に掲載。参勤交代で帰国の途次近江国（現滋賀県）土山にて客死。
（5）義太夫　義太夫節の略。三味線の伴奏に合わせて語る音曲語り物。竹本義太夫の大成した浄瑠璃節の一派をさす。
（6）浄瑠璃本　義太夫節の詞を記したものに曲節を附したもの。
（7）謡曲　能楽の歌詞。また、それを謡うこと。
（8）父　森静泰（一八三六～一八九六）のこと。周防出身。津和野にオランダ医学の修業に来たところ、白仙の目に留まり峰子（白仙の一人娘）と結婚。森家第一三代当主となり、名を静泰と改める。維新後は、静男と名のる。
（9）早くから　鷗外は明治二年満八歳の頃から父に蘭学を教わり、その後藩医室良悦に学んだ。
（10）文典　文法書のこと。ここでは、箕作麟祥訳「和蘭文典」全二冊をさしているものと考えられる。
（11）字書　この時期多種の字書（典）が刊行されているが、そのうち二冊本は Hendrik Doeff の編んだ「ヅーフハルマ」を桂川甫周らが校正刊行した「和蘭字彙」や奥平昌高が神谷源内に命じ編んだ「蘭語訳撰」などがある。
（12）サフラン　Saffraan〔蘭〕　アヤメ科の多年草。南ヨーロッパ原産。球根植物で、一〇～一一月頃淡紫色の六弁の花を開き、香気が強い。雌しべは赤色で柱頭は三つに分かれ、上半部を乾燥して食品の着色、香味料、健胃剤に用いる。「泊夫藍」と漢字をあて、また「番紅花」とも書く。あらたに創刊された「番紅花」という雑誌から寄稿を求められて、誌名に因んで執筆。サフランは文久末（一八六三）年頃わが国に渡来したが、その後絶種となり、明治四、五年に再渡来した。営利的に栽培され始めるのは明治一九年頃から。
（13）撞著　突きあたること。
（14）植学啓源　「理学人間植学啓源」のこと。宇田川榕庵著、天文六（一五三七）年刊行の植物書全三巻。植物の形態、生理、分類、解剖などが記されている。
（15）音訳　漢字の音を借りて外国語の発音を表

すこと。

(16) 団子坂　東京都本郷区(現文京区)駒込千駄木町から谷中、上野に通じる坂。当時坂上に鷗外の自宅(観潮楼)があった。

(17) 東照宮　ここでは徳川家康を祀る上野東照宮をさす。

(18) 半老人　中老のこと。四〇歳を初老といったのに対して、五〇歳位の人をさす。執筆当時鷗外は満五二歳。

(19) 図譜　植物図鑑。

(20) 花卉　観賞のため栽培する草花。または、花の咲く草。

(21) 山茶花　ツバキ科の常緑小高木。暖地に生え、葉は長楕円形で互生。高さは約三メートル。晩秋から冬に白または濃淡紅色の花を開く。また、種子からは採油できる。

(22) 茶の花　茶はツバキ科の常緑低木で高さ約一メートル。秋に白い花をつける。

(23) 水仙　ヒガンバナ科の多年草。葉は鱗茎から生じ、長い。一二～三月頃に白、黄色の六弁花が開く。

(24) ヒアシント　Hyacinthe〔仏〕風信子と書き、現在ではヒヤシンスと読む。ユリ科の多年草。地下に鱗茎をもち、厚く細長い葉を叢生する。春に紅、白、紫、黄色など芳香ある花を総状につける。

(25) 福寿草　キンポウゲ科の多年草。葉は芹の葉に似た羽状複葉で互生。早春に黄色の花を開く。正月の祝い花。元旦草ともいう。根は薬用。大正三年一月二九日付鷗外日記に「庭の福寿草華く」とある。

(26) 貝母　あみがさゆりともいう。ユリ科の多年生草。三、四月頃淡黄色で内面に網状紫斑のある花をつける。根は陰干しにすると薬になる。

(27) Egoismus〔独〕利己主義。

(28) Altruismus〔独〕利他主義。利慾を捨てて他人のために尽くすこと。

(29) 烟脂　煙草の脂。脂を舐めた蛙は腸を吐き出して洗うという俗説がある。

(30) 尾竹一枝　(おたけ かずえ)明治二六(一八九三)年四月～昭和四一(一九六六)年九月。随筆家。富山に生れる。画家尾竹越堂の妹で、後に陶芸家富本憲吉と結婚。大阪府立夕陽丘高等女学校卒業後、「青鞜」に入社。この頃より紅吉（こうきち）を名のる。大正三年雑誌「番紅花」を創刊。鷗外日記に「サフランを書きて尾竹一枝に遣る」（大3・2・13）とある。

長谷川辰之助(1)

▒所収　坪内逍遙ほか編『二葉亭四迷』(易風社、明42・8)

逢ひたくて逢はずにしまふ人は沢山ある。

それは私の方から人を尋ねるといふことが、殆ど絶待的に出来ないからである。何故出来ないか、私には職務があると弁解して見る。併《しか》し此弁解は通らない。誰だつて職務の無いものはあるまい。何かしらしてゐるだらう。

役所に出る前、役所を引いた後、休日などがあるから、人を尋ねれば尋ねられる筈である。ところが、朝なぞは朝飯を食つてゐるとお客に掴《つか》まる。夕方帰つて見ると、待ち受けてゐる人がある。土曜日の午後、日曜日、大祭日なぞには朝からお客に逢ふ。一人と話をしてゐるうちに、後の一人が見える。とう〳〵日が暮れてしまふ。

面会日といふものを極《き》めてゐる人もある(2)。極めるとなると、なんだか自分で自分を縛るやうな心持がして不愉快である。それも嫌だ。

あるときお客の淘汰をしようとした。お客の話の中で一番面白くないのは、何か書け、書けません、是非書けの押問答である。それを遣《や》るに極まつてゐる新聞雑誌の記者諸君丈を謝絶して見ようと試みた。取次に教へてある挨拶はかうである。お話に入らつしやつたのなら、どうぞお通り下さい。新聞社や雑誌社の御用で入らつしやつたのなら、お断申します。先づこんな風に言はせるのである。

併し此淘汰法は全く失敗に終つた。個人の用だと云つてお通りになる。自分の心得の為めに承知して置きたいといふので、色々な事を聞いて帰られる。それが矢張何かに出るのである。

新聞の探訪は手段を選んでは出来ない。訪問記者だつて殆ど同じ道理であらう。その位な事を遣られるのは無理はない。

その外素直に帰つた人は憤懣《ふんまん》してゐるのだから、飛んだ処で、其欝憤を洩すこともある。人の名誉とか声価とかといふやうなものは活板で極められる活板時代であるから、新聞雑誌の記者諸君を片端から怒らせるのは、丸で自分で自分の顔に泥を塗るやうなものである。お客の淘汰は所詮出来ない。依然どなたにでもお目に掛かる。常の日の内にゐる時間も、休日も、祭日もお客のお相手をする。人を尋ねる余裕はない。

私はこんな風に考へてゐる。尤も私だとて、こんな風に考へてゐるのを立派な事だとは思つてゐない。こんな風に考へざることを得ないのは、実に私の拙《せつ》なのである。

私の時間の遣操《やりくり》に拙(3)なのは、金の遣操に拙なのと同一である。拙は蔵するが常である。併し拙を蔵するのも、金を蔵すると同一で、気苦労である。今は告白流行の時代(4)である。仍《よつ》て私は私の拙を告白するのである。

長谷川辰之助君も、私の逢ひたくて逢へないでゐた人の一人であつた。私のとう〳〵尋ねて行かずにしまつた人の一人であつた。

浮雲(5)には私も驚かされた。小説の筆が心理的方面に動き出したのは、日本ではあれが始であらう。あの時代にあんなものを書いたのには驚かざることを得ない。あの時代だから驚く。坪内雄蔵君(6)が春の屋おぼろで、矢崎鎮四郎(7)君が嵯峨の屋おむろで、長谷川辰之助君も二葉亭四迷である。あんな月並の名を署して著述する時であるのに、あんなものを書かれたのだ。譃《うそ》の名を著述に署することはどこの国にもある。昔もある。今もある。後世もあるだらう。併し「浮雲、二葉亭四迷作」といふ八字は珍らしい矛盾、稀なるアナクロニズム(8)として、永遠に文芸史上に残して置くべきものであらう。

翻訳がえらい(9)といふことだ。私は別段にえらいとも思はない。あれは当前だと思ふ。翻訳といふものはあんな風でなくてはならないのだ。あんな風でない翻訳といふものが随分あるが、それが間違つてゐるのである。あれがえらいと云はれたつて、亡くなられた人は決して喜びはせられまいと思ふ。

著作家は葬られる運命を有してゐる。無常を免れない。百年で葬られるか、十年で葬られるか、一年半で葬られるかが問題である。それを葬られまいと思つてりきんで、支那では文章は不朽の盛事(10)だ何ぞといふ。覚束《おぼつか》ない事である。棺を蓋《おお》うて名定まる(11)何ぞともいふ。その蓋棺《がいかん》の後の名が頗《すこぶ》る怪しい。Stendhal(12) の作を Goethe が評した(13)。それがギヨオテの全集に残つてゐて、名前の誤植が何板を重ねても改められずにゐた。そのスタンダルの掘り出されて(14)もてはやされる時も来る。Gottsched(15) は敵役《かたきやく》(16)であつた。ギヨオテや Schiller(17) が吹聴《ふいちょう》せられるので、日本にまで悪名を伝へられてゐた。それがどうやら昨今掘り出され掛かつてゐるやうだ。

死んで葬られるのは当前とも言はれる。生きてゐて葬られるのは多少気の毒である。生きてぴん〱してゐる奴を、穴を掘つて押し落して、上から土を掛けることは珍らしくない。

自分が頭を出すために人を生埋にすることがある。頭を出す位の人なら、人を生埋にしなくても頭を出すに差支はない。それを人を生埋にしなければならないやうに思ふのは、目が昏《くら》んでゐるのかも知れない。併し人は皆達観者ではない。著述家だつて目の昏んでゐるのがあるのはしかたがない。

人を生埋にすることにばかり骨を折つてゐて、自分の頭はどうしても上がらないのもあるやうだ。こんなのは御苦労千万である。

西洋人は人を葬るとき、土は汝の上に軽かれと云ふ。生埋にしたとき、頭の上の土が余り軽いと、又ひよつくり頭を出すことがある。

長谷川辰之助君などもこんな風にレサアレクシヨン[18]を遣られた一人かと思ふ。

平凡[19]が出た。

私は又逢ひたいやうな気がした。併し此人の所謂自然主義の牛のよだれ[20]が当つて、「しゆん」外れの人に「しゆん」が又循《めぐ》つて来たのが、即ち葬られて更に復活したのが、却つて一層私を尋ねて行きにくゝしたやうな心持がした。

流行る人の処へは猫も杓子《しやくし》も尋ねて行く。何も私が尋ねて行かなくても好いと思ふ。かういふ考も、私を逢ひたい人に逢はせないでしまふ一の原因になつてゐる。

中江篤介[21]君なんぞは、先方が一度私を料理屋に呼ん[22]で馳走をしてくれたことがあるのに、私は一度も尋ねて行つたことがない。それが不治の病[23]になつたと聞いて、私はすぐに行きたいと思つた。そのうちに一年有半[24]の大評判で、知らない人がぞろ〳〵慰問に出掛けるやうになつた。私はとう〳〵行かずにしまつた。尾崎徳太郎[25]君も私の内で雲中語[26]といふ合評をする席へ、一度来てくれたことがある。これも不治の病[27]になつた。今度は私も奮発して、横寺町[28]の二階へ逢ひに行つた[29]。此人は色の浅黒い、気の利いた好男子で、不断身綺麗にしてゐる人のやうに思つてゐたが、病気の診断が極まつて余程立つてからであつたにも拘はらず、果して少しも病人臭くはしてゐなかつた。愉快に話をした。菓子を出して残念ながらお相伴は出来ないと云つた。私は今でも、あの時行つて逢つて置いて好かつたと思つてゐる。

話が横道に這入つたが、長谷川辰之助君を尋ねることは思ひながら出来ずにゐて、月日が立つたのである。

併し丸で交通がないのではない。Gorjki[30]を訳する[31]のに、独逸訳を参考したいと云つて、借りによこされたから、私は人に本を貸すことは大嫌なのに、此人に丈は貸したことがある。何とかいふ露西亜人[32]が横浜で雑誌[33]を発刊するのに、私の舞姫[34]を露語に訳して遣りたいが、差支はなからうかと、手紙で問ひによこされたことがある。私は直に差支はないと云つて遣つた。程なく雑誌に舞姫が出ることになると、その雑誌社から、わざ〳〵敬意を表するといふ電報が来た。次いで雑誌を十部ばかり送つて来た。私は余り鄭重《ていちょう》にせられて恐縮した。そんな風にしてゐるうちに、ある日長谷川辰之助君は突然私の千駄木の家へ遣つて来られた。(35)

前年の事ではあるが、何月何日であつたか記憶しない。日記に書いてある筈だと思つて、繰返して去年ぢゆうの日記を見たが、書いてない。こんな人の珍らしく来られたのが書いてないやうではといふので、私の日記は私の信用を失つたのである。

私は大抵お客を居間に通す。その日に限つて、どうかして居間が足の踏みどころもないやうに散らかつてゐたので、裏庭の方へ向いた部屋に通した。

急いで逢ひに出て見ると、長谷川辰之助君は青み掛かつた洋服を着てすわつてをられた。私の目に移つた人は骨格の逞しい偉丈夫である。浮雲に心理状態がゑがかれてゐるやうな、貧血な、神経質(36)な男ではない。平凡にゑがかれてゐるやうな所謂賃訳(37)をして暮しの助にしてゐる小役人らしい男(38)でもない。

話をする。私には勿論隔《へだて》はない。先方も遠慮はしない。丸で初て逢つた人のやうではない。何を話したか。

私は、此の自ら設けた問に答へるに先だつて、言つて置きたい事がある。こゝで私は此人を、どんなにえらくでも、どんなに詰まらなくでもして見せることが出来る。此人をえらくすると同時に、私がそれにおぶさつて、失敬だが、それを踏台にしてえらがることも出来る。此人を詰まらなくして、私のえらさ加減を引立たせることも出来る。ドラマチカル(39)な、巧妙な対話を組み立てることも出来る。そして此人はそれに対して何の故障を言ふことも出来ない。反駁《はんばく》が出来ない。取消が出されない。

これと同じ場合に、言はれたり書かれたりしたことが、世の中には沢山あるだらうと思ふ。何事でも、それを見聞したといふ人の伝へは随分たしかな筈である。自ら其局に当つたといふ人の言ふことなら、一層確な筈である。

併しどこの国にも沢山あるメモアル[40]なんぞといふものは、用心して読むべきものであらう。意識して筆を曲げたものがあるとすれば、固より沙汰の限である。縦令それまでゞなくとも、記憶は余り確なものではない。誰の心にも自分の過去を弁護し修正しようと思ふ傾向はあるから、意識せずに先づ自ら欺いて、そして人を欺くことがある。

何を話したか。

私は小説を書いてゐるのではないといふことを、先づ十分意識の上に喚び起して置かねばならない。私は亡くなられた人に対して、大いに、大いに謹慎しなくてはならない。

さてさうなつて見ると、私の記憶は穴だらけで、到底対話を組み立てることは出来ない。

長谷川辰之助君は、舞姫を訳させて貰つて有難いといふやうな事を、最初に云はれた。それはあべこべで、お礼は私が言ふべきだ、あんな詰まらないものを、好く面倒を見て訳して下さつたと答へた。

血笑記[41]の事を問うた。あれはもう訳してしまつて、本屋の手に廻つてゐると話された。

洋行すると云はれた。私は、かういふ人が洋行する[42]のは此上もない事だと思つて、うれしく感じて、それは結構な事だ、二十年このかた[43]西洋の様子を見ずにゐる私なんぞは、羨ましくてもしかたがないと云つた。

暫く話してゐたが、此人の口からは存外文学談が出ないで、却て露西亜の国風、露西亜人の性質といふやうな話が出た。露西亜と日本との関係といふやうな事も話頭に上つた。

一時間まではゐないで帰られたやうに思ふ。

その後、私は長谷川辰之助君の事は忘れてゐた。ある日役所から引き掛に、須田町で、電車の窓へ売りに来る報知新聞[44]の夕刊を買つて見た。その夕刊の一面に、長谷川辰之助君の事が二段ばかり書いてある。西洋で肺結核になられて、いよいよ帰郷せられるといふことであつた。

　私はそれを読んで、外の事は見ずに、新聞を置いて、いろいろな事を考へながら帰つた。容態が好くないから帰られるのだとは書いてあつた。併し兎《と》に角《かく》、印度洋を渡つての大旅行を敢てせられるのだから、存外悪性でないのだらうとも思つて見た。結核菌の証明せられた肺尖加答児《はいせんかたる》の人にも、すつかり快復して長生をする人もあるなどといふことを思つた。

　ある日新小説[45]が来た。小山内薫[46]の途中といふ小説が出てゐる。此頃ちよい／＼人の小説を読むやうになつてゐるので、ふとそれを読み出した。途中[47]の主人公も洋行する。露西亜にゐて肺結核になる。事実に拠つたらしい小説で、長谷川辰之助君とは年代の関係が違ふが[48]、その経歴の順序が似てゐる。私は始終長谷川辰之助君の事を思ひながら読んだ。

　途中の主人公は、肺結核になつて露西亜から帰つても、その後何年か生きてゐて死んだ。長谷川辰之助君はとう／＼故郷に帰り著かずに、却つて途中で亡くなられた。

　亡くなられたのは、印度洋の船の中[49]であつたさうだ。誰やら[50]新聞で好い死どころだと云つた。私にもさういふ感じがする。

　併し臨終の折の天候はどうであつたか知らない。時刻は何時であつたか知らない。船の何処で死なれたか知らない。

　私はかういふ風に想像することを禁じ得ないのである。病気で欧羅巴《ヨーロッパ》を立たれたのであるから、日本人の乗合のない船[51]には乗られなかつたに違ひない。病が段々重るので、その同国人はキヤビンの病牀を離れずに世話をしてゐる。心安くなつた外国人も、同舟の夙縁《しゅくえん》[52]で、親切に見舞に来る。露西亜人もその中にゐて、をり／＼露語で話をする。

或る夕《ゆうべ》、海が穏《おだやか》である。長谷川辰之助君はいつもより気分が好いから、どうぞデックの上に連れて行つて海を見せてくれいと云はれる。側《はた》のものは案じて留めようとするが、どうしても聴かれない。そこで世話をしてゐる人がやう〳〵納得する。

　かういふ船には籐の寝台がある。あれは航海者がこゝろざす港に著くと、船の小使に遣つてしまふ。さうすると、小使がそれを繕つて持つてゐて、次に乗る客に売るのである。あの籐の寝台がデックの上にある。その上へ長谷川辰之助君を連れて行つて寝かしてあげる。海が穏である。印度洋の上の空は澄みわたつて、星が一面にかがやいてゐる。

　程好く冷えて、和かな海の上の空気は、病のある胸をも喉をも刺戟しない。久し振で胸を十分にひろげて呼吸をせられる。何とも言へない心持がする。船は動くか動かないか知れないやうに、昼のぬくもりを持つてゐる大洋の上をすべつて行く。暫く仰向いて星を見てゐられる。本郷弥生町[53]の家のいつもの居間の机の上にランプの附いてゐるのが、ふと画のやうに目に浮ぶ。併しそこへ無事で帰り著かれようか、それまで体が続くまいかなどといふ余計な考は、不思議に起つて来ない。

　長谷川辰之助君はぢいつと目を瞑《つむ》つてをられた。そして再び目を開かれなかつた。

　あゝ。つひ〳〵少し小説を書いてしまつた。併しこれは私の想像だといふことをことわつて置くのであるから、人に誤解せられることもあるまい。随つて亡くなられた人を累するやうな虞《おそれ》もあるまい。

（1）　長谷川辰之助（はせがわ たつのすけ）元治元（一八六四）年二月（新暦四月——誕生日には異説）～明治四二（一九〇九）年五月。筆名二葉亭四迷。小説家、翻訳家。「小説総論」「浮雲」「あひゞき」「平凡」など。

（2）　面会日といふものを極めてゐる人もあるたとえば、夏目漱石が毎週木曜日を面会日と定め（木曜会ともいわれる）、弟子達が参集したことはことに有名。
（3）拙は蔵する　拙いことは隠しておくこと。
（4）告白流行の時代　当時（明治四〇年代）文壇の主流だった自然主義派の文学は、花袋の「蒲団」（明40・9）以後私生活や体験をありのまま描く自己告白の色彩が強かった。
（5）浮雲　二葉亭四迷の小説（未完）。第一篇は明治二〇年六月、第二篇は明治二一年二月に刊行。第三篇は「都の花」に明治二二年七月～八月まで連載。
（6）坪内雄蔵　（つぼうち ゆうぞう）安政六（一八五九）年五月～昭和一〇（一九三五）年一月。筆名坪内逍遙、春の屋おぼろ。英文学者、評論家、劇作家。「小説神髄」「当世書生気質」「桐一葉」「シエークスピヤ全集」全四〇巻（翻訳）など。
（7）矢崎鎮四郎　（やざき ちんしろう）文久三（一八六三）年一月～昭和二二（一九四七）年一〇月。筆名嵯峨の屋おむろ。小説家、詩人。「無気味」「初恋」など。
（8）アナクロニスム　anachronisme〔仏〕　時代遅れで古臭いこと。時代錯誤。或る人（物）、或る事件をそれがありえない、起こりえない時代に置くこと。
（9）翻訳がえらい　二葉亭はツルゲーネフの翻訳「あひびき」「めぐりあひ」などをはじめ多くのロシア文学の翻訳を手懸け、名訳家として知られていた。
（10）不朽の盛事　永久に朽ちない盛大な事業。「文章経国大業、不朽之盛事」（魏文帝「典論」）。
（11）棺を蓋うて名定まる　死後にその人間の評価が定まることをいう。「丈夫蓋棺事定」（「晉書、劉毅伝」）。
（12）Stendhal　スタンダール〔一七八三～一八四二〕フランスの小説家。「赤と黒」「パルムの僧院」「恋愛論」など。
（13）Goethe が評した　ゲーテ〔一七四九～一八三二〕は「赤と黒」を女性の性格描写が優れていると激賞し、スタンダール作品の最高傑作とした。
（14）掘り出されて　スタンダールの作品は、生前ほとんど認められていなかったが、一九世紀後半にテーヌのスタンダール論（一八六四）などによって評価され、二〇世紀に入りバルザックと並んで一九世紀フランス文学の代表作家となった。

（15）Gottsched　ゴットシェット〔一七〇〇～一七六六〕ドイツ擬古典主義を代表する文芸批評家。ライプチヒ大学に学び、美学の教授となる。「ドイツ人のための作詞法」など。

（16）敵役　ゲーテやシラーの名声に比べ、ゴットシェットの評価が著しく低いことをさしている。

（17）Schiller　シラー〔一七五九～一八〇五〕ドイツの詩人、劇作家。代表作に「群盗」「ヴィルヘルム＝テル」など。

（18）レサアレクシヨン　reserrection〔仏〕死から蘇ること。復活。二葉亭は「浮雲」中絶後文壇から遠ざかっていたが、明治四〇年代に入って、「平凡」「其面影」などを発表し、文壇に復帰した。

（19）平凡　二葉亭の小説。明治四〇年一〇月三〇日～一二月三一日まで「東京朝日新聞」に連載された。

（20）自然主義の牛のよだれ　「平凡」中に「近頃は自然主義とか云つて、何でも作者の経験した愚にも附かぬ事を、聊かも技巧を加へず、有の儘に、だら〳〵と、牛の涎のやうに書くのが流行るさうだ。好い事が流行る。私も矢張り其で行く」とある。

（21）中江篤介（なかえ　とくすけ）筆名兆民。弘化四（一八四七）年一〇月（誕生日には異説）～明治三四（一九〇一）年一二月。思想家、評論家。「民約訳解」「維氏美学」など。

（22）私を料理屋に呼んで　明治二三年（月不詳）、兆民が森鷗外ほか石橋忍月、幸田露伴、宮崎晴瀾、森槐南を招き、芸妓数人を呼んで酒宴を催したことがある。その時の模様は各出席者執筆で「国粋宴の記」と題し、「自由新聞」に発表されている。

（23）不治の病　兆民は明治三三年に喉頭癌を患う。

（24）一年有半　兆民の随筆評論集。明治三四年九月刊。喉頭癌のため余命一年半と宣告されたあと執筆したもの。三章全一六二項目からなる。翌一〇月続篇に当たる「続一年有半」が刊行されている。

（25）尾崎徳太郎（おざき　とくたろう）筆名尾崎紅葉。慶応三（一八六七）年一二月（誕生日には異説）～明治三六（一九〇三）年一〇月。小説家。明治一八年二月に山田美妙、石橋思案らと硯友社を結成、同年五月機関誌「我楽多文庫」発刊。代表作に「二人比丘尼色懺悔」「多情多恨」「金色夜叉」など。

（26）雲中語　鷗外主宰の雑誌「めさまし草」に連載された新作小説の合評会。鷗外、露伴、斎藤緑雨を中心に、依田学海、森田思軒、紅葉らも参加した。

（27）不治の病　紅葉は明治三六年三月入院し、胃癌と診断された。

（28）横寺町　牛込（現新宿区）横寺町四七番地。紅葉の自宅があった処。

（29）逢ひに行つた「見舞人署名帖」（「尾崎紅葉全集」収録）によると、鷗外は明治三六年七月一七日に紅葉を見舞っている。

（30）Gorjki　ゴーリキー　Maksim Goriky〔一八六八～一九三六〕ロシアの小説家。「どん底」「アルタモーノフ家の事業」など。

（31）訳する　二葉亭が訳したゴーリキー作品には「猶太人の浮世」（明38・2、3）、「ふさぎの虫」（明39・1、3）、「灰色人」（明39・4）などがある。

（32）何とかいふ露西亜人　ピルスウツキーをさしていると考えられる。ポーランド人だが、ロシア革命に加わり、本国を亡命。来日の折二葉亭と親交を結んだ。

（33）雑誌「Vostok」（極東）をさす（未詳）。「舞姫」のロシア語訳は創刊号に掲載された。（二葉亭の鷗外宛書簡によると）明治四一年一月頃刊行されている。

（34）舞姫　明治二三年一月「国民之友」に新年附録として発表された。鷗外の小説第一作。「うたかたの記」「文づかひ」と併せて初期三部作といわれている。

（35）千駄木の家　東京本郷（現文京区）駒込千駄木町三一番地、観潮楼と呼ばれた鷗外の自宅。鷗外は明治二五年一月から大正一一年七月に亡くなるまで約三〇年間住んだ。

（36）神経質な男「浮雲」の主人公内海文三をさす。

（37）賃訳　翻訳をして報酬を得ること。

（38）小役人らしい男　「平凡」の主人公古屋雪江をさす。
（39）ドラマチカル　dramatical〔英〕劇的な。
（40）メモアル　mamoire〔仏〕回想録、見聞録。
（41）血笑記　アンドレーエフ Andreev〔一八七一～一九一九〕作「赤い笑い」の翻訳。明治四一年七月易風社より刊行。
（42）洋行する　二葉亭四迷は明治四一年六月「朝日新聞」特派員としてロシア（ペテルブルグ）に赴いた。
（43）二十年このかた　鷗外がドイツ留学をしたのは明治一七年八月～明治二一年九月までの約四年間で、その頃より二〇年程経過している。
（44）報知新聞　日刊新聞。明治五年前島密らが創刊。当時は郵便報知新聞と称していた。のち、「読売新聞」と合併。
（45）新小説　須藤南翠、饗庭篁村らによって春陽堂より創刊（明22・1、第一次）され、続いて（明29・7、第二次）幸田露伴が編集を担当、のち後藤宙外と交替した。鏡花「歌行燈」、漱石「草枕」、花袋「蒲団」、荷風「すみだ川」などを掲載。昭和二年三月廃刊。
（46）小山内薫（おさない　かおる）明治一四（一八八一）年七月～昭和三（一九二八）年一二月。劇作家、小説家。メーテルリンクの戯曲「群盲」を翻訳し、森鷗外に認められる。「大川端」「息子」など。
（47）途中　「新小説」明治四二年五月号に発表された小説。
（48）年代の関係が違ふ　「途中」主人公の大島京介は二五歳で病死し、実際の二葉亭とは年齢に差があり、時代も日露戦争前後と異なっていることをさしている。
（49）印度洋の船の中　二葉亭は四月九日ロンドンから日本郵船賀茂丸にて帰国の途についたが、五月一〇日ベンガル湾洋上で逝去した。
（50）誰やら　坪内逍遙をさしていると思われる。坪内は「東京朝日新聞」（明42・5・17）に掲載された「志に殉じた二葉亭」中で「どうせ再び起たざる病軀ならば印度洋上に空しくなつたはうが当人の素志に合つたであらう」と述べている。
（51）日本人の乗合のない船　在露時代の友人末

永一三が乗船まで付き添い、万一のことも考えて賀茂丸の船長と事務長に頼み置きしていたらしい。船中での待遇は良く快い船旅であったという（中村光夫「二葉亭四迷伝」から）。

(52)　夙縁　宿縁に同じ、前世からの因縁。ここでは古くからの誼といった程の意。

(53)　本郷弥生町　現文京区向ガ丘弥生町。東京大学農学部およびその一帯の町名。ただし、当時二葉亭の自宅は本郷駒込西片町にあった。

鼎軒《ていけん》先生

▒初出「東京経済雑誌」（明44・4）

鼎軒先生[1]には一度もお目に掛かつたことがない、私は少壮の頃、暇があれば本ばかり読んでゐたので名家の演説などをもわざ〳〵聴きに往つたことが殆ど無い、そこで余所《よそ》ながら先生のお顔を見る機会をも得ないでしまつた、

先生がアアリア人種[2]に日本人も属するといふことを論じた小冊子[3]を出された頃であつた、友人上田敏[4]君が宅の二階に来て、話をしてゐられた、私はふいと思ひ出して、かう云つた、

「僕は此頃田口卯吉と云ふ人の書いた本を見たが、日本人がアアリア人種だと云ふ論断がしてある、そしてその理由として挙げてある言語学上の事実が、間口ばかり広くて手薄である、学者はあんな軽率な論断をしては困るぢやないか、」

かう云ふと、上田君が愛敬のある畳なり合つた歯を見せて、意味ありげに笑つた、

「田口さんは僕の親類だ[5]、」

此時私は始て田口上田両家の関係を知つた、そして鼎軒先生が幾分か自分に接近して来られたやうに感じた、その後幾年か立つた、

或る日又上田君が来て話してゐる間に、かう云はれた、「今度田口の子が卒業して君の部下になるから、どうぞ使つて遣つてくれ給へ、」これが文太[6]さんが陸軍の薬剤官[7]になつた時の事であつた、

それから何処やらまだ坊つちやんらしい処の残つてゐる文太さんに、役所でも役所の外でも次第に心安くなつて、間接に故人鼎軒先生に接近するやうな心持がして来た、

彼此するうち、先生の七回忌(8)が来た、そこで上田君からも文太さんからも、私に何か言へと云ふことである、

私は何を言つたら好からう、

先生には公生涯(9)と云ふ一面と、学者の経歴(10)と云ふ一面とがある、公生涯の方は私は余り縁遠いから、何とも云ひ兼ねる、只学者としての鼎軒先生に就いて、大体の事が云ひたい、

併しかう引離して、先生の一面丈を説くと云ふことは、稍《やや》無理になりはすまいかと思はれる、それは先生の公生涯と学者生涯とは密接してゐるからである、

(11)先生のあらゆる学問上の意見には、(12)デモクラチイの影でないまでも、デモクラチスムの影を印してゐる、それで官学と違ふ、此点から言ふと、鼎軒先生の学問は福沢先生(13)に近い、

私は一般の人格の上から、両先生を軒輊《けんち》(14)しようとは思はない、併し学問に於いては、鼎軒先生の勝つてゐられる処がある、私はそれが言ひたい、

私は日本の近世の学者を一本足の学者と二本足の学者とに分ける、

新しい日本は東洋の文化と西洋の文化とが落ち合つて渦を巻いてゐる国である、そこで東洋の文化に立脚してゐる学者もある、西洋の文化に立脚してゐる学者もある、どちらも一本足で立つてゐる、

一本足で立つてゐても、深く根を卸した大木のやうにその足に十分力が入つてゐて、推されても倒れないやうな人もある、さう云ふ人も、国学者や漢学者のやうな東洋学者であらうが西洋学者であらうが、有用の材であるには相違ない、

併しさう云ふ一本足の学者の意見は偏頗《へんぱ》(15)である、偏頗であるから、これを実際に施すとなると差支を生ずる、東洋学者に従へば、保守になり過ぎる、西洋学者に従へば、急激になる、現にある許多《あまた》の学問上の葛藤や衝突は此二要素が争つてゐるのである、

そこで時代は別に二本足の学者を要求する、東

西両洋の文化を、一本づゝの足で蹈まへて立つてゐる学者を要求する、

真に穏健な議論はさう云ふ人を待つて始て立てられる、さう云ふ人は現代に必要なる調和的要素である、

然るにさう云ふ人は最も得難い、日本人に取つては、漢学をすると云ふことが、既に外国の古代文学を学ぶのである、西洋人が希臘羅馬《ギリシャローマ》の文学を学ぶと同等の難事である、その上に又西洋の学問をしなくてはならない、それも単にポリグロット(16)な人には比較的容易になられよう、猶《なお》進んで西洋の文化が真に味はれるやうにならうと云ふのは随分過大な望みである、

私は鼎軒先生を、この最も得難い二本足の学者として、大いに尊敬する、

先生が一本の足で西洋の文化をどれ丈しつかり蹈《ふ》まへてゐられたか、他の一本の足で東洋の文化をどれ丈しつかり蹈まへてゐられたか、それを一々具体的に研究するのは、頗《すこぶ》る興味のある問題であらう、憾《うら》むらくは私は今それ程の余裕を有せない、

只大体から見れば、先生の重点は西洋文化の地面に落ちてゐた、併し随分幅広く股を開いて、東洋文化の地面をも蹈んでゐられた、先生は西洋文化の眼を以て東洋文化を観察して、彼を我に移して、我の足らざる所を、補はうとしてゐられた、先生は此意味に於いて種子を蒔いた人である、併し其苗は苗の儘でゐる、存外生長しない、それは二本足の学者でなくては先生の後継者となることが出来ないからである、その二本足の学者が容易に出て来ないからである、

そして世間では一本足同士が、相変らず葛藤を起したり、衝突し合つたりしてゐる、

（1）鼎軒先生　田口鼎軒（たぐち　ていけん）安政二（一八五五）年四月～明治三八（一九〇五）年四月。本名卯吉。田口家は旧幕臣で、義兄は明治女学校の創立者木村熊二。経済学を学

び、日本初の本格的経済雑誌「東京経済雑誌」を発行。経済学者、史論家。鷗外は「里芋の芽と不動の目」（明43・2）で、田口卯吉を主人公の、自由主義者の兄の友人として描いている。

（2）　アアリア人種　インド - イラン語派の言語を用いる種族。とくに紀元前二千年紀に北インドに侵入して定着したものをさす。元来は人種名ではないが、ナチスは、この人種は金髪、青い眼、長身、やせ型という身体特徴をもった優秀な種族で、ゲルマン民族こそがそれであるとした。

（3）　小冊子　明治二八年に発表された「日本人種論」のこと。「余は白皙人種に創造の智力あるに敬服するものなり、然りと雖も（略）人種上に於て大に劣らざることを信ずるものなり、梅桜各々優所あり彼れ『アリヤン』人種に属すと雖も我日本人種も亦特殊の技倆なからんや」とある。

（4）　上田敏（うえだ　びん）明治七（一八七四）年一〇月～大正五（一九一六）年七月。詩人、翻訳者、評論家。訳詩集「海潮音」（明38・10）。

（5）　田口さんは僕の親類だ　明治二三年九月、田口家では、鼎軒の親友乙骨太郎の甥にあたる上田敏が一高に入学したのを機に、書生として預かった。以後、敏は明治三二年九月に鼎軒の媒酌で結婚するまで田口家に奇遇した。

（6）　文太　田口文太（たぐち　ぶんた）明治一一（一八七八）年二月～没年月不詳。鼎軒二四歳の時に長男として誕生。鼎軒死亡時はまだ二七歳で、東京帝国大学医科大学薬学科に在学中。のち薬学科を卒業して、薬学士として陸軍に仕官し薬剤関係で活躍した。

（7）　陸軍の薬剤官　七回忌の時点では、陸軍二等薬剤官薬学士である。なお、鷗外は明治四〇年一一月に、陸軍軍医総監に任ぜられ、陸軍省医務局長に補せられている。

（8）　七回忌　「鼎軒先生」は明治四四年四月「東京経済雑誌」の「鼎軒田口博士七回忌記念号」に掲載された。表紙では、「学者としての鼎軒先生」。

（9）　公生涯　田口は、東京株式取引所肝煎、両毛鉄道会社社長、東京府会議員・市会議員などを歴任した後、明治二七年衆議院議員に当選、以後死亡するまで議員を務めた。
（10）学者の経歴　「東京経済雑誌」を中心に発表した経済学、「日本開化之性質」（明18・9）に代表される史論など多岐にわたる。「大日本人名辞書」（明17～19）、「国史大系」（明19～34）、の編纂なども行う。
（11）デモクラチイ　democracy　民主主義、民主政治。
（12）デモクラチスム　民主主義。
（13）福沢先生　福沢諭吉（ふくざわ ゆきち）天保五（一八三四）年一二月～明治三四（一九〇一）年二月。思想家、教育家。みずからの渡欧、渡米経験をもとに「西洋事情」（慶応2）などで西欧文明の紹介に努めた。独立精神を重視。
（14）軒輊　優っていることと劣っていること。優劣。軽重。
（15）偏頗　かたよって不公平なこと。
（16）ポリグロット　polyglot　多国語を話す人、数カ国語に通じている人。ここでは小器用に東西の学問をやってのけるという、あまり良くない意味で用いられている。

馬琴日記鈔[1]の後に書く

▒初出「馬琴日記鈔」（文会堂書店、明44・2）

明治四十三年十二月の事である。僅か一週間を出でないのに、馬琴[2]の事に就いて二箇条の依頼を受けた。一は八犬伝[3]の序を書けといふことで、一は此日記鈔の総評を書けといふことである。

　僕が文芸にたづさはるやうになつてから、もう二十年になる。然るに馬琴の事に関する依頼を受けたことは、これまで一度もなかつた。

　これは偶然ではない。

　馬琴は三十年前に再び葬られて、此頃再び生れた。僕の文芸生活の過去は、馬琴の埋没せられてゐた間に経過したのである。

　馬琴を再び葬つた小説神髄[4]は、恥かしい書だと、坪内君が僕に言はれた。あれは坪内君の恥ぢなくても好い書だと思ふ。なぜといふに、あれはあの時出なくてはならなかつた書だからである。

　馬琴の小説は再び葬られなくてはならない運命を有してゐた。あの幅の広い、そして粗い作風が一度抑へられなくては、奥行の深い、そして細かい作風が新に興ることが出来なかつた。だから坪内君が葬らなかつたら、外の人が葬つただらう。

　併し馬琴の小説は葬られ切りに葬られてゐるやうなものではない。少くも欧羅巴《ヨーロッパ》でスコット[5]やなんぞの作が永久に読まれる丈は永久に読まれるだらう。

　此意味に於いて、僕は永遠なる性命が馬琴の小説にあると信ずる。

　これに反して、僕は此頃の馬琴熱[6]を見て、却つて馬琴の為めに気の毒な事だと思ふ。なぜといふに、若し此熱が持続して行くと、馬琴は又三たび葬られなくてはならないかも知れないからである。

馬琴熱は目下孔子熱[7]、尊徳熱[8]、赤穂義士熱[9]と共に流行してゐる反応症である。孔子は永久に尊敬すべきである。尊徳は永久に尊敬すべきである。赤穂義士は永久に尊敬すべきである。併し孔子熱も、尊徳熱も、赤穂義士熱も、馬琴熱と共に一時の流行たるに過ぎない。

文化には奈何なる障碍《しょうがい》[10]をも凌いで発展して行く底力がある。子供が麻疹《ましん》[11]を凌ぎ、疱瘡《ほうそう》[12]を凌いで育つて行くやうに、人類はどうにかして、あらゆる疫病に対する免疫血清を醸し成して、屈せず撓《たわ》まず[13]、文化の大道を歩んで行く。

馬琴の神輿《みこし》をかついで[14]行く祭の人々よ。僕は君達に勧告する。余りに早く凱歌《がいか》を奏し[15]給ふな。

神輿の中なる馬琴よ。少しの眩暈《めまい》を辛抱するが好い。かつがれても揺られても、君の真価は動かない。君の永遠なる性命は依然としてゐる。

馬琴よ。僕は君の八犬伝の序文を書かせられて、昔愛読した書の二三頁を翻《ひるがえ》して見た。そして偶然君の弁疏《べんそ》[16]の語を発見した。それは犬江[17]は論外として、犬塚[18]でもなんでも、皆若い癖に老人じみてゐるといふ非難を聞いて、君が「蒲衣《ほい》は八歳にして舜《しゅん》の師たり、睾子《かうし》は五歳にして禹《う》を佐《たす》く[19]」云々と云つてゐる処であつた。君は幸福であつた。先王《せんおう》[20]だのなんのと、一般に認められてゐる権威のある世に生れて、その権威の下に自己を保護することが出来た。君は明治四十何年に生れないで、幸福であつた[21]。

馬琴よ。僕は君の日記鈔の跋文《ばつぶん》[22]を書かせられて、此鈔本を一読した。君の時代も存外物騒であつた。為永[23]春水は手鎖《てじょう》[24]になつた。君の八犬伝もあぶなく絶板になる処を助かつた。風教《ふうきょう》[25]の維持者として神輿にかつがれる時も来る君であるのに。

馬琴よ。兎に角君は安んじて好からう。君の真価は動かない。君の永遠なる性命は依然としてゐる。

明治四十三年歳晩　　森林太郎

（1）馬琴日記鈔　明治四四年二月、文会堂書店より刊行。饗庭篁村編。芳賀矢一、萩野由之、幸田露伴、黒板勝美、三上参次、三宅雪嶺、森鷗外、関根正直が評者として関わっている。あとがきは鷗外。定価一円五〇銭。本書は、曲亭馬琴日記巻より一八年間を鈔出したもの。内容は、祖先祭の事、読書の事、失明の事、倹約の事、初鰹の事、交友の事など。

（2）馬琴　曲亭馬琴（きょくてい ばきん）明和四（一七六七）年六月～嘉永元（一八四八）年一一月。読本・合巻作者。江戸深川の旗本松平鍋五郎源信成の屋敷に生れる。父興義は、松平家の用人。二四歳で山東京伝の門を叩き、戯作作者となる。「南総里見八犬伝」「椿説弓張月」など。

（3）八犬伝　曲亭馬琴著「南総里見八犬伝」のこと。文化一一年一一月から天保一三年に完結。室町時代末期が舞台。安房の武将里見義実の娘伏姫と妖犬八房の気をうけて生まれた仁義礼智忠信孝悌の玉と体に牡丹の形の痣を持ち、名字に犬の一字がついた八犬士が活躍する物語。二八年に及ぶ執筆の中で、馬琴は両眼の失明をしたが、長男の未亡人お路に口述筆記させ苦難の末、完成させた。

（4）小説神髄　坪内逍遙著。明治一八年九月から翌年四月にかけて九冊の分冊として松月堂より刊行。小説論。「小説の主眼」で『八犬伝』中の八士の如きは、仁義八行の化物」と述べて前時代の勧善懲悪的な文学観を否定した。小説における写実主義と勧善懲悪の排除による文学の自立性を主張した。

（5）スコット　ウォルター・スコット　Walter Scott〔一七七一～一八三二〕スコットランドの詩人、小説家、法律家。父は事務弁護士。母はエディンバラ大学医学部教授の娘。幼少の頃、小児麻痺に罹患し生涯右脚が不自由となり、その後も病弱のため、正規の教育はしばしば中断された。日本では、「ラマームーアの花嫁」が「春風情話」（坪内雄蔵訳、明13）として、「アイヴァンホー」が「梅蕾余薫」（牛山鶴堂訳、明19）として紹介された。

（6）馬琴熱　「金港堂の『絵本里見八犬伝』は、原本の挿画全部を複製して古典復刻史に一期を画す」（「万朝報」明43・1・1）。「南総里見八犬伝」（幸田露伴校、国文館、明43～44）、「椿説弓張月　鎮西八郎為朝外伝」（吉川弘文館、明43～44）、「曲亭遺稿」（国書刊行会、明44）などが相次いで刊行されている。

（7）孔子　（こうし）〔前五五二～前四七九〕春秋、魯国生れ。儒家の祖。思想家、教育者。中心思想は仁で、孔子の言行を弟子達が記述したものが「論語」である。矢野恒太の「ポケット論語」（博文館）は、明治四〇年一二月に刊行されたが、翌年一二月より版を重ねている。

（8）尊徳　二宮尊徳（にのみや　そんとく）天明七（一七八七）年七月～安政三（一八五六）年一〇月。相模国栢山村（小田原市）の裕福な百姓家に生れる。小田原藩の農村再興に成功して世に認められた。「二宮翁夜話　報徳教祖五巻」（明42）、「興国論」（明43）が出版されている。

（9）赤穂義士　元禄一四（一七〇一）年三月一四日、浅野内匠頭長矩が江戸城松之廊下で吉良上野之介義央を切りつける。その結果、長矩は切腹、御家断絶。主君の仇を打つため、翌年一二月一四日、大石内蔵之助良雄ら四六人は吉良邸に討ち入り成功する。明治四三年八月「忠臣蔵」（宮戸座）、明治四三年一一月「仮名手本忠臣蔵」（市村座）が上演されている。明治四〇年六月以来、桃中軒雲右衛門の浪花節「義士銘々伝」が一世を風靡した。

（10）障碍　碍は礙の俗字。さまたげること。

（11）麻疹　はしかのこと。

（12）疱瘡　天然痘の別称。ウイルス性の伝染病。

（13）撓む　気の張りをなくさせること。心弱くすること。

（14）神輿をかつぐ　他人をおだてあげる。

（15）凱歌を奏する　勝利の喜びの歓声をあげる。

（16）弁疏　いいわけ。弁解。

（17）犬江　犬江親兵衛仁（いぬえしんべいまさし）「南総里見八犬伝」の八犬士の一人で仁の玉をもつ。

（18）犬塚　犬塚信乃戍孝（いぬづかしのもりたか）八犬士の一人で孝の玉をもつ。

（19）「蒲衣は八歳にして舜の師たり、睾子は五歳にして禹を佐く」「南総里見八犬伝」第二輯巻之五に記載されている文章。舜は、中国太古伝説上の帝王で禹に黄河の治水工事にあたらせた。治水工事の成功で舜は、禹にその座を譲り、禹は夏王朝をひらいた。蒲衣は、舜からその座を譲られたがそれを受けなかったとされている。皐子は、舜の家臣皐陶（こうよう）の子、伯益のことであろうとされている。

(20)　先王　前代の知恵や道徳にすぐれた君主。

(21)　君は明治四十何年に生れないで、幸福であつた　森鷗外は、明治四二年七月「昴」掲載の「ヰタ・セクスアリス」で発禁処分を受けている。また「沈黙の塔」（明43・11）で大逆事件を暗示した作品を発表する。

(22)　跋文　書物の終わりに書く文章。

(23)　為永春水　（ためなが しゅんすい）寛政二（一七九〇）年〜天保一四（一八四三）年一二月。人情本作者。文化末年頃より書肆青林堂を経営のかたわら、戯作者を志望し式亭三馬に入門する。天保三（一八三二）年には「春色梅児誉美」を発表、恋愛情緒を主とした作風は、婦女子に絶大な支持を受ける。天保一三（一八四二）年、天保の改革によって、五〇日の手鎖の刑に処せられる。

(24)　手鎖　天保一三（一八四二）年六月一五日付の馬琴日記には「丁字屋中本一件去る十二日落着致、板元七人画工国芳、板木師三人は過科五貫文づゝ、作者春水は咎手鎖五十日、板木はけづり取り或はうちわり、製本は破却の上焼捨になり候由也。」と記されている。

(25)　風教　道徳によって人民をよい方向へ導くこと。馬琴の儒教的な勧善懲悪思想のことを示唆したものか。

「相聞」序

▒所収　与謝野寛「相聞」（明治書院、明43・3）

与謝野寛[1]君が相聞[2]を出す。

これ丈の事実に何の紹介も説明もいる筈がない。

一体今新派[3]の歌と称してゐるものは誰が興して誰が育てたものであるか。此間に己だと答へることの出来る人は与謝野君を除けて外にはない。

僕などは抒情詩人たる資格があるかないか甚だ覚束《おぼつか》ない。又力を其方角に展べようと試みたこともない。明治三十七八年役[4]の時を思ふ。大抵戦役といふものは数十日準備して一日交戦するものであるから、彼役のやうに猛烈な交戦が十日も続くやうなことがあつても、其前後には必ず数十日の準備と整頓とがいる。さういふ間に将卒の心は何物を要求するか。一面には或る大きい威力を上に仰いでそれにたよりたく思ふ。人は神を要求する。他の一面には胸の中に鬱積する感情をどうにかして洩したく思ふ。人は詩を要求する。

人情の免れることの出来ない要求として此二様の心持が出て来る。高等司令部から兵卒の舎営迄、何処にも詩の会がある、歌の会がある、俳諧の会がある。

所が抒情詩の体はいろいろあつても、どれ一つ素養なしに修行なしに成し得られるものはない。

どこでも読むに足るもの誦するに足るものは殆ど出来なかつた。随つて後にも留まるまい。

僕もさういふ境界に長い間身を置いた。矢張素養なく修行なき身でありながら、どうにかして少し新しい感情を三十一字にして見たいと思つて、二三の試みをした。歌日記(5)にそれが残つてゐる。それから戦役が果てて還つたので、少し近年の新派の歌といふものを読んで見た。そしてかういふ事を発見した。それは僕が新しい積りでした試みが、悉《ことごと》く既往に於いて与謝野君のした試みであつて、僕は知らずに其轍《そのてつ》を踏んだ(6)のだといふ事である。

原来僕は在来の歌(7)を棄てるものでもなく、其未来を悲観するものでもないのに、それから後は新派の(8)歌を作る人達に接近した。新詩社の会(9)にも莅《のぞ》んだ。それと同時に漸進改革派ともいふべき佐々木信綱君(10)一派の歌や、亡くなつた正岡子規君の余風を汲んでゐる伊藤左千夫君一派(11)の歌をも味はつて見た。

そして僕は思つた。此等の流派は皆甚だしく懸隔《けんかく》し(12)てゐるやうではあるが、これが皆いつか在来の歌と一しよになつて、渾然たる新抒情詩の一体を成す時代があるだらうと思つた。

僕は今でもさう信じてゐる。

其間に周囲は絶間なく変遷して行く。新派は最新派を生み、最新派は最々新派を生む。与謝野君の歌さへ人に古いと云はれるやうになつた。

人の歌の生涯も、進むときがある。低回してゐるときがある。退くときがある。併し其人が凡庸でない限は、低回しても退いても、丁度鷙鳥《しちょう》(13)が翼を斂《おさ》めて、更に高く遠く蜚《と》ぶ支度《したく》をするやうなもので、又大いに進むのである。

そして相聞が出る。

僕の言ひたい事は殆どここに尽きた。只少し書き添へたいのは与謝野君の人物に就いてである。与謝野君は散文をも書かれる。議論をもせられる。そしてそれが極めて忌憚《きたん》(14)なき文章である。世を驚かし俗を駭《おどろ》かさずには已まない。それで与謝野君は恐ろしい人になつてゐる。

哲学者ニイチエ(15)は矯激の説(16)を唱へた。然るにその人は身綺麗で、衣服に気を着けてゐる、極めて優しい紳士であつた。そこで人に女子の崇拝者の多いのを嘲られた。要するに、抱負が大きいので、人には下らなかつたが、心立のおとなしい人であつたらしい。

僕は与謝野君を知ることがまだ浅い。(17)併し与謝野君の議論を読んで、其人物を誤解する人がありはすまいかと思ふので、一言書き添へるのである。

（明治四十三年三月六日於観潮楼）

（1）与謝野寛　38頁参照。

（2）相聞　「相聞」（明治書院、明43・3）。高村光太郎の装丁および挿絵がある。生前「与謝野寛短歌全集」を除けば唯一の単独歌集。「女性の愛」を中心テーマに、中年期に入った男の複雑な心境を歌う。巻頭歌「大空の塵とはいかが思ふべき熱き涙のながるるものを」

（3）新派　旧派和歌に対して近代和歌の呼称。二〇年代の和歌改良論、落合直文の「あさ香社」、鉄幹の「亡国の音」（明29）で新派和歌は一応の位置を占めた。

（4）明治三十七八年役　帝政ロシアと東亜の制覇を争った戦い。鷗外は第二軍軍医部長として日露戦争に従軍。

（5）歌日記　「歌日記」（春陽堂、明40・9）。明治三七～三九年までの日露戦争従軍中に制作（新体詩や長歌、旋頭歌、短歌、俳句）。

（6）其轍を踏んだ　先人のしたことを繰り返す

こと。
（7）在来の歌　鷗外は明治三九年六月、山県有朋の意を受け、山県有朋、井上道泰、佐佐木信綱をメンバーに歌会常磐会を発足。
（8）新派の歌　明治四〇年三月～四三年四月。自宅を観潮楼と名付けて歌会を主催。与謝野寛、佐佐木信綱、伊藤左千夫、上田敏、斎藤茂吉、石川啄木らを招いた。
（9）新詩社の会　明治三三年一一月、鉄幹によって創始される。翌年四月新詩社の機関誌「明星」を発行。
（10）佐佐木信綱君一派　明治三一年歌誌「心の華」（後「心の花」）を機関誌として結社竹柏会を主宰。「ひろく、ふかく、おのがじしに」の標語を掲げる。
（11）伊藤左千夫君一派　子規没後、根岸短歌会の機関誌「馬酔木」（明36・6）を創刊、「アララギ」（明41・10）へと継承される。発足当時編集は左千夫が中心であったが、その後、茂吉、節、文明らも加わる。
（12）懸隔　二つの物事が大きく違っていること、かけ離れていること。
（13）鷙鳥　鷲、鷹などのような他の動物を捕らえて食べる性質の荒い鳥。
（14）忌憚なき　遠慮することのない。
（15）ニイチエ　フリードリィヒ・ニーチェ Friedrich Wilhelm Nietzsche〔一八四四～一九〇〇〕ドイツの哲学者、詩人。痛烈なキリスト教批判者。進行性脳麻痺の発病によって精神錯乱に陥るまでの六、七年間に思想は深まり、ニヒリズムを告知し、それを克服する作品「ツァラツゥストラかく語りき」（一八八五）、「善悪の彼岸」（一八八六）を書く。
（16）矯激の説　人並みはずれて激しい様子。
（17）与謝野君を知ること　明治二五年八月一〇日頃、師である落合直文の紹介で寛ははじめて鷗外宅を訪問。「東西南北」（明29・7）にも序を書く。

与謝野　寛

＊与謝野寛（よさの　ひろし）

明治六（一八七三）年二月二六日～昭和一〇（一九三五）年三月二六日。京都生れ。明治・大正・昭和期の歌人、詩人。号鉄幹。明治二五年上京。落合直文に師事し、浅香社結成に参加。明治二七年、歌論「亡国の音」を発表し、二九年、詩歌集「東西南北」を刊行。近代短歌革新の先鞭をつける。三二年、新詩社を結成、翌年、「明星」を創刊。晶子とともに明治三〇年代の浪漫主義の中心を担う。四一年に「明星」は終刊。四五年に渡欧しパリに滞在。その後、慶應大学教授となる。また、西村伊作の文化学院創設に協力。歌集「紫」（明34）、「相聞」（明43）などがある。

モンマルトルの宿

▒所収　「巴里より」（金尾文淵堂、大3・5）

僕はパンテオン(1)の側から河を越して反対に巴里の北に当るモンマルトル(2)へ引越して来た。パンテオン附近と異つて学者や学生風の人間は少しも見当らず、画家（殊に漫画家）や俳優や諸種の芸人が多く住んで居る。名高い遊楽の街だけにタバラン(3)とかムウラン・ルウジユ(4)とか云ふ有名な踊場を初め、贅沢な飲食店や酒場や喫茶店が多い。派手な遊楽の女謂《いわ》ゆるモンマルトワアルの本場であるのは言ふまでもない。昼日中また夜を徹して暁まで僕の下宿の附近には音楽と歌が聞えると云ふ風である。初めて越して来た日に重いトランクを女中のマリイと二人で三階へ引上げる時は泣き出したくなつた。日本の十畳敷許りの所に赤い絨氈を敷き詰めて、淡紅い羽蒲団の掛つた二人寝の大きな寝台を据ゑ、幾つかの額と二つの大きな鏡の懸つた可なり立派な部屋だが、半月程暖炉を焚かなかつたので寒さが僕をがたがたと慄はせた。石炭を燻《く》べても燻べても容易に温まらない部屋の中で僕はしみじみと東京の家を恋しいと思つて居た。併し夜になつて初めて家族と一緒に食卓に就いた時は、何だか僕の好きな大阪の家庭で食事をする様な親しさを感じて少し心が落着いた。下宿人は多勢居るが家族と一緒に食事をするのは僕の外に四人の美しい娘だけだ。此家の細君が余程変つて居て間があればピアノに向ふか、でなくば踊の真似をして高い声で歌つて居る。食事の間にも肉刀《クトウ》で食卓を叩き乍ら歌つたり、年下の亭主の首を抱へて頬擦りをしたり、目を剝いて怒る真似をしたりするので、家の内は常に笑を断たない。其れに下宿人の娘の一人も剽軽者《ひょうきんもの》で細君に調子を合せて歌ひ、何かと冗談を言合ひ乍ら其末が直ぐ二人共歌の調子に成る。美男の亭主は何時でも「然うだ、然うだ」と言つて莞爾《にこにこ》して居る。フツフウ、ユウユウと云ふ流行唄の二つの間投詞を取つて名づけた二匹の小犬が居て食卓の下で我我の足に突当り乍らうろうろする。膝へ駆上つても来る。其度にきやつきやつと笑ふので小犬等も亦食卓を賑す一つに成つて居る。楽天的な滑稽《おど》けた家庭だ。之が純巴里人の性格の一種を示して居るのであらう。或友人から巴里人は倹素《しまつ》(5)だから家庭へ入るのは不愉快だと聞かされて居たが、一概に然うでも無さ相である。食事なども並の料理店で食ふより旨く、又何時も「充分だ」と断らねば成らぬ程潤沢だ。驚くのは巴里の女は概して然うなんであらうが、細君や例の下宿人の娘等がよく酒を飲む事である。シトロン(6)でも煽る調子で食事毎に葡萄酒や茴香酒《アブサント》(7)を飲む。そして夜ぶかしをするので、大抵午後一時頃に起きる。僕は此女連中の化粧する所を興味を以て観て居るが、いろんな白粉を顔から胸や背中へ掛けて塗り、目の上下にはパステルの絵具のやうな形をした紫、黒、群青さまざまの顔料を塗るのは、随分思ひ切つた厚化粧だが、仕上を見ると大分に容色を上げて居る。男らしい洒落な性格の細君の他の一面には怖ろしく優しい所があつて、越して来て五日目に風邪を引いて僕が寝て居ると、毎夜午前二時頃に橙《だいだい》を入れたアメリンカンと云ふ熱い酒や玉子焼などを拵《こしら》へて見舞に来て呉れたりする。僕は伊太利《イタリー》へ旅行するまで此家庭に居ようと思ふ。宿は 21. Bis, Rue Victor Massé にあるが、宿の主人の名は Louis Pirolley である。

（二月二日）

（1）　パンテオン　一八世紀建造の新古典主義様式の円堂。パリのサンジュヌビエーブ丘にある。教会として建てられたが、フランスの偉人の廟として使われるようになる。

（2）モンマルトル　パリ市北部のモンマルトルの丘を中心とする地区。
（3）タバラン　「バル・タバランは夜の戯れを喜ぶ人の、巴里に入りて必ず訪うべき処の一つなるべし。肉楽の機関備りて欠くる処なきモンマルトルにある公開の舞踏場なり」（永井荷風「ふらんす物語」）
（4）ムウラン・ルウジユ　一八八九年創設。歌・踊り・軽演劇などを上演したレビュー劇場。赤い風車が目印。最初、ダンスホールとして開場した。
（5）倹素　つつましやかで飾らないこと。地味。質素。
（6）シトロン　シトロンはミカン科の常緑低木。ここでは、その果実を原料とした清涼飲料水。
（7）茴香酒　ニガヨモギを主体とする香草を配合してつくる緑色のリキュール。アルコール分七〇パーセントに及ぶ。

謝肉祭《キャルナワル》

■所収「巴里より」（金尾文淵堂、大3・5）

待ち焦れて居た二月二十日の謝肉祭(1)、その前後五日に亙つて面白かつた巴里の無礼講の節会も済んで仕舞つた。可なり謹厳な東洋の家庭に育つて青白い生真面目と寂しい渋面との外に桃色の「笑」のある世界を知らなかつた僕が、毎夜グラン・ブルヴァルの大通の人浪に交つて若い巴里の女から「愛らしい日本人」斯んな掛声とコンフエツチ(2)の花の雪とを断えず浴びせられて、初の程こそ専ら受身で居たが、段段攻勢に転ぜざるを得ない気分に成つて大きなコンフエツチの赤い袋を小腋に抱へ乍ら相応に巴里の美人へ敬意を表して歩いたのは、若返つたと云ふより生れ変つたと云はうか、満三十九年間（一寸欧羅巴風に数へて）全く経験しなかつた無邪気な遊びであつた。女装をした男や男装の女の多いのは勿論、頗《すこぶ》る振つた仮装行列や道化《ピエロ》が沢山に出た。男女の大学生が東洋諸国の風俗に扮して歩いて居るのも見受けた。其中に日本の陣羽織を着て日本刀を吊した若い女大学生と話して歩いて頻《しきり》に笑つて居たのは和田垣博士(3)であつた。全身をアラビヤ人風に塗つて大きな作り鼻の中へ電灯を点けた二人の男が相抱いて舞踏し乍ら巧に人込の中を縫つて早足に行き過ぐるのは喝采を博して居た。天下晴れての無礼講だけに見知らぬ女を抱きかかへて厭がるのも構はず頬摺をして歩く男も多い。若い男かと見るとシルクハツトを被つた生真面目な顔附の白髪の紳士も混つて居る。又孫の一人も有らうと想はれる老夫人が済ました顔をし乍ら若い男と見ればコンフエッチを振撒いて行く。僕にも或婆さんが振撒いたから追掛けて行つて襟元へどつさり入れて遣ると「メルシイ」と礼を言はれた。巴里人の事だから無論多少の酒を飲んで居るに関らず日本の花見に見受ける様な乱酔者《よっぱらい》は全く無い。従つて執拗《しっこ》く悪巫戯《わるふざけ》をする者が無く、警察事故も生じない。巡査や憲兵までがコンフエツチの攻撃に遇つて莞爾《にこにこ》して居る。僕は梅原(4)、九里(5)の二人と伴立つて歩いたが、行きちがひざまに僕の頬つぺたへ頗る野蛮なコンフエツチの投げ方をする者があるから、振返つて応戦しようと思ふと其れは満谷(6)、徳永(7)、柚木(8)などの日本人であつた。毎夜珈琲店に夜更かしをして帰つて寝巻に着替へようとする度、襯衣《シャツ》の下から迄コンフエツチがほろほろと翻《こぼ》れて部屋中に五色の花を降らせた。併し巴里で第一に盛な祭は三月のミカレエムだと云ふ。其頃は女の服装が一変するから色彩の点からも華やかな節会であらう。

（二月二十七日）

（1）　謝肉祭　おもにローマカトリック教国で、復活祭前四〇日間の斎戒期である四旬節の前三～七日間にわたって行われる祭。仮装行列・仮面劇など華やかな催し物が行われる。古代ローマ時代の冬至祭がキリスト教の儀式と結び付いたとされる。カーニバル。

（2）　コンフエッチ　祭や謝肉祭の時に投げ合う色紙のつぶて、紙玉。

（3）　和田垣博士　和田垣謙三（わだがき　けんぞう）万延元（一八六〇）年七月～大正八（一九一九）年七月。明治・大正期の経済学者、法学博士。明治三一年、東大農科大学教授となり、農政学・経済学を講じた。また、日本女子商業学校、東京商業学校の校長として民間の実業教育を指導した。「鬼糞録」（大正名著文庫、至誠堂書店、大2・7）など随想集に「パリにおける忠臣蔵」などの文章がある。

（4）　梅原　梅原龍三郎（うめはら　りゅうざぶろう）明治二一（一八八八）年三月～昭和六一（一九八六）年一月。大正・昭和期の洋画家。京都生れ。浅井忠に師事。明治四一年に渡仏。ルノワールの薫陶を受ける。帰国後、国画創作協会の創設に参加。日本画の技法も取り入れた色彩豊かで装飾性の高い作品を描いた。代表作「黄金の首飾り」「桜島」など。

（5）九里　九里四郎（くり しろう）明治一九（一八八六）年一月～昭和二八（一九五三）年三月。洋画家。東京美術学校卒業。「白樺」の同人と親しむ。のち、津田青楓らと三条会を結成する。パリでは何度か寛と行動をともにしている。

（6）満谷　満谷国四郎（みつたに くにしろう）明治七（一八七四）年一〇月～昭和一一（一九三六）年七月。岡山県生れ。明治・大正・昭和期の洋画家。小山正太郎の不同舎に学ぶ。明治三三年、渡欧。帰国後、太平洋画会の創立に参加。明治四四年、再渡欧。それまでの写実的画風から離れ、後期印象派やキュービニズムの影響を受ける。代表作に「車夫の家族」「緋毛氈」がある。寛と同じ熱田丸で渡仏。

（7）徳永　徳永柳州（とくなが りゅうしゅう）生没年不詳。本名仁臣。寛と同じ熱田丸で渡仏。「巴里より」の挿画と装丁を手掛ける。実現しなかったが、与謝野夫妻と一緒に「欧羅巴」という書物を刊行する計画もされていた。

（8）柚木　柚木久太（ゆのき ひさた）明治一八（一八八五）年一〇月～昭和四五（一九七〇）年一〇月。明治・大正・昭和時代の洋画家。岡山県生れ。満谷国四郎に師事。作品に「護書之図」「水郷の夕」など。寛と同じ熱田丸で渡仏。

与謝野　晶子

＊与謝野晶子（よさの　あきこ）

明治一一（一八七八）年一二月七日～昭和一七（一九四二）年五月二九日。歌人。大阪府堺市の和菓子商、鳳宗七、つねの三女。堺女学校時代から家業を手伝って現実的な生活の感覚を身につけ、傍ら独学で古典に親しんで人間や人生への観察を深めた。明治三三年、鉄幹与謝野寛と出会って「みだれ髪」に才能を開花させ、伴侶として五男六女をもうけた。半年間の渡欧経験（明45・5～大元・10）は、大正期の随想、詩歌、童話、「源氏物語」の現代語訳などの作品、文化学院での教育活動として結実した。

西瓜灯籠《すいかどうろう》

これはもう大分大きくなつてからのことです。藤間《ふじま》のお師匠さん（1）の所へ通つて居た頃から云へば、五年も後の十歳《とお》か十一の時の夏の日に、父が突然私のために西瓜灯籠（2）を拵《こしら》へてやらうと云ひ出しました。どんなに嬉しかつたか知れません。老婢《ろうひ》（3）は早速八百屋《やおや》へ走つて行つて、ころあひの小《ちいさ》い西瓜を選《え》つて買つて来ました。父は私にどんな模様がいゝかと尋ねましたが、私は何でもいゝと云つて居ました。出来上りましたのは一面に匍《は》つた朝顔の花の青白く光つて透き通る美しさの限りもなく思はれる灯籠でした。その晩軒《のき》に吊して置きますと通る人で振返つて賞めて行かないものはない程でした。父は翌日また弟に馬の絵を彫つた灯籠を作つてやりました。その夜の涼台《すずみだい》の上には朝顔のとそれが並んで吊されました。三疋の馬が勢よく飛び上つて居る図がらの好いのを、また街を通る人々が賞めて行きました。私は少し自分のがけなされたやうな悲《かなし》みを感じました。三日目に父は妹のために楓《かえで》の葉と短冊《たんざく》を彫つた灯籠を作りました。それは朝顔などの線の細い模様とちがつて、くつきりと浮き出したやうな鮮明《あざやか》さは何にも比べやうもない美しいものでした。三つの灯籠はまたその夜涼台の上に吊されました。老婢が気を附けて、萎《しな》びぬやうにと井戸端《ばた》の水桶の中に、私の灯籠は前夜もその前夜も入れられてあつたのですが、それにも関らず青白かつた彫跡《ほりあと》は銹《さび》色を

▒初出「私の生ひ立ち（三）」（「新少女」婦人之友社、大4・6）

帯び、青い地は黒い色になつて居るのです。形も小《ちいさ》くなり丸かつたものが細長いものに変つて居るのです。私は生れて初めて老《おい》と云ふこと、死と云ふことをその夜の涼台で考へました。早く生れたものは早く老い、早く死ぬとそれ程のことですがどんなに悲しく遣瀬《やるせ》ないことに思はれたでせう。私はそれを足つぎ(4)をして下《おろ》さうとはせずにそのまゝ眺めて居ました。

次の年には父は誰のとも決めずに流《ながれ》を鮎《あゆ》の上《のぼ》る灯籠を西瓜で彫つてくれました。私はその時にはもう生命《いのち》の悲《かなし》みなどは忘れて、早く自分も何かの絵を西瓜に彫つて、灯籠を作るやうになりたいとばかり思つてました。

※「新少女」　羽仁もと子の創刊した「婦人之友」の親子雑誌として大正四年一月創刊された少女雑誌。同郷の河井酔茗が編集長であったために自伝的要素の濃い「私の生ひ立ち」を連載したものか。竹久夢二の挿絵が付いていた。

(1)　藤間のお師匠さん　藤間流の踊りの師匠。晶子の家の貸家に住み、晶子も踊りを習っていた。

(2)　西瓜灯籠　西瓜の中をくりぬき、ろうそくを灯して灯籠としたもの。

(3)　老婢　年取った召使い。

(4)　足つぎ　高くて手の届かない時に使う踏み台。

平出《ひらいで》修《しゅう》氏の夢

▒所収　「愛、理性及び勇気」（阿蘭陀書房、大6・10）

故人の夢を見たことの懐しい余りに私は夢[1]の筋を書いて置きたいのである。故人とは今からもう足掛四年前の大正三年の三月十七日に永眠した平出修氏[2]のことである。私は平出氏の夢を見たことは之を以て初めとするのでは無い。はつきりと平出氏の温容[3]に接して居る自分を夢の中に見出したことは決して四度や五度では無かつた。然《しか》も如何《いか》なる場合にも平出氏の既に故人であることを夢中の自分は知覚して居ることに由つて、忘れ易いのが夢でありながらも、特殊な感じを持つた夢として覚めて後の頭の中にも屡々《しばしば》回想されて来る夢であつた。故人となつた身内や友人を夢で見ても多くは生死のことなどは眼中には置かないで其等の人と交渉を運ばせて居るのが夢の中の私であつて、よく人は亡くなつたばかりの故人は夢でも物を云はないものであると云ふが、私の夢の世界にはそんなむづかしい規則は無いなどと云ふのが私の常であつた。それであるのに、平出氏に於てのみは何時《いつ》も既に故人となつた平出氏であると云ふ自覚を夢中の自分の心から取り去ることの出来ないのは、其友の死の傷ましさと悲しさが身内の死にも女友達の死にも勝《まさ》つて私の魂に食ひ入つて居るからであるやうな気がする。私と平出氏とは同年であつた。氏の夫人も同じ年である。私と平出氏とは十四年の交りがあつた。大正三年には私も平出氏夫妻も三十七歳であつた。平安朝中期の才人、美男、驕児《きょうじ》(4)で、青年政治家を兼ねた藤原伊周(5)の卒した(6)年齢として私の記憶する、併せて尾崎紅葉氏(7)の歿年として私の記憶する三十七歳で平出氏の生命もまた終つたのであつた。平出氏の病は脳膜炎(8)であつたと云ふことである。最終の病院に於ける氏の肉体の悩みを目にして、私は氏の肉体と魂とが大自然に帰することの速《すみや》かならんことを寧《むし》ろ祈つた。

　去年の十一月の既に寒い風の吹く頃に見た夢であつたが、それは菜の花の畑が遠く続き、近い赤土塀《つちべい》の中には立木の桃が幾本と無く紅く咲いて、紙漉《すき》をする職人などが其下で働いたりなどして居た。私達の最初に居たのは其庭を前にした板敷の室で、其処には外光の下にある色彩をよく調和したやうな美くしい色をした乾菓子《ひがし》(9)が沢山《たくさん》棚に置かれて居た。私達は斯《こ》うして珍らしい田舎の菓子屋に来て居るのであると云ふやうな心持で、私は猶ほ彼方此方《かなたこなた》と室から室を歩いて居ると、或薄暗い室で平出氏の居るのを発見した。氏は喜びに満ちた声で、

「奥様、絵が出来ましたよ、私は今初めて絵を描くことが解つた。面白い、実に面白いものですよ。」

　と云ふのであつた。私も嬉しくなつた。単に平出氏を見たと云ふだけではなくて、平出氏の絵を描くことを嬉しく感じて居たのである。今日から後、文学と並んで之をこの人は大なる慰藉《いしや》(10)とするであらうと思ふことが嬉しかつた。私が絵の具の塗り方を覚えた時と同じやうに喜んで居た。其時良人《おっと》が薄暗い室へ来て、

「何の絵を描いて居るのですか。」

と云つた。

「バナナの写生ですよ。」

と平出氏は云ふのであつた。見ると白い皿からバナナが浮出して居た。某氏の家にあつた河村清雄(11)氏の作によく似たものであつた。

「君、こんな暗い所よりもつと明るい座敷へ来て、其処等の景色でも写生し給へ。」

と良人の云つた時に、私は死んで居る人なのであるから暗い処の方がいいのかも知れないと平出氏のことを思つた。そして三人が一所に歩く時に明るい座敷へ来たら平出氏は消えてしまふかも知れないと云ふやうな恐れを持つたのであるが、其様なことも無くて平出氏は頻《しき》りに紙漉をする男達をも、田舎の子供や子守の姿の多く見えるのをも面白がつて居た。私と平出氏とが一所に絵を描いて居ると思つて居る間に其夢は醒めた。それから後に見たのは昨夜の夢で、私の次にくはしく書いて置かうとするものである。

私は坦々《たんたん》とした白い道を歩いて居た。真実に広い静かな都の街であつた。けれども人の通つて居ることは僅かに私達の連《つれ》だけであるのであつた。連と云ふのは自分の良人でも無く、また子供達でも友人でも無くて、平出氏の養女の石子(12)さんと其家の一人の女中とであつた。私は何処へ行くのであらうと或疲労を感じた刹那《せつな》に考へたが、解らない。石子さんを見ると、さも心得たやうに見も知らない立派な都の街を右に曲り左に曲りして私を案内して行くのである。

「あなた方にお目に掛れて幸ひでしたが、あなた方はどうして場《ば》の外へお出でになりましたか。」

私はこんな質問をした。

「ええ、お父さんが、私と女中は若い元気のいい者ばかりだから家へ帰つて食事をして来いとお云ひになりました。」

この答を聞いて私は平出氏の倹約家であつたことを思つた。私も平出氏に招待されたのであるが、食事だけは何処かで済ませて行きたいと思つて辺りを見廻したりした。併し其れもまた平出氏に済まないと云ふやうなことを思つた。今日は再生の祝と云ふ大きな悦びのある所へ行くのに私は何を躊躇《ちゅうちょ》することがあらう、早く行かう、早く行つて蘇生した平出氏を見ようと、私の心はまた俄《にわ》かに忙しくなつたが、足は其れに伴はない。

「石子さん、随分遠いのですね。」

私はまた行人の絶えた広い道を眺めて良人のことや子供のことを思はずには居られなかつた。併しあんなに私の良人を重んじて居た平出氏であるから、行つて見たら案外先に良人が行つて居るかも知れないなどとも私は思つた。私達はやがて眼界《がんかい》も分らない程の大きな広場に桟敷《さじき》の繞《めぐ》らされた所の一隅に立つて居た。羅馬《ローマ》の都にある古い闘戯場のやうである。それから私達は平出氏が待つて居る桟敷を見出して、細い廊下から其処へ行つた、磯辺の石程に多くの人込が見える所である。予期して居たやうに私の良人の顔も其処に見ることが出来た。平出夫人は丸髷《まげ》(13)に結《ゆ》つて居た。平出氏は白襟《えり》を重ねて黒の紋附羽織を着て居た。羽織の紐も白かつた。十歳程もこの人の若く見えるのは顔の色が透明な程に白くなつて居るからであらうと私は思つた。何にせよ長い月日の間泉下《せんか》(14)に居た人なのであるから、まだ並の人間のやうな穢《きたな》い皮膚にはなつて居ないのである。清い玉のやうな、赤子のやうなものなのだけれども、これもまた追々変つて旧《もと》の人間に復してしまふのであらうなどと私は思つて居た。私は簡単に悦びを平出氏へ告げた。さうしながらも悦びは先づ夫人に云ふべきことで、悲《かなし》みも歎きも無い境に居た此人に昨日と今日の価値は大懸隔《だいけんかく》のあるものとも思はれない、夫人こそあの突き落されたやうな淋しい天地を忽ちまた捨てて旧歓を再びするのであるから、最も幸福を感じて居る筈であるなどと私は思つた。平出氏は愛嬢の久子(15)さんをぢつと右の脇に抱へて居た。

「嬢や、お父さんの手はこんなに細くなつたよ、痩せて居るだらう。」

かう云ふ平出氏の突き出して居る左の手は青玉《せいぎょく》の色を帯びた白であつた。

「お痩せになる程まで墓の中の生活はお苦しかつたのですか。」

と私は云つた。

「それは生きて居るやうなことはありませんよ。」

「と云ふと、どんなことですか。」

「淋しいぢやありませんか。」

と云つて平出氏は夫人の横顔をぢつと見た。

「もう直《す》ぐ初まりますよ。」

と夫人は斯《こ》んなことを云ふのであつた。私は何を見物するためのこの桟敷であるかを思ふのに長く考へ悩まなければならなかつた。桟敷の体裁《ていさい》から云へば日本なら相撲《すもう》や曲馬《きょくば》(16)を見るより外に物の見られない所なのである。平出氏は良人に、

「先生、私は吉井君(17)の脚本をよく読んで置きませんでしたよ。こんな所では声がはつきりしないのですから脚本を知らないと困りますな。」

と云つた。それで私はこの興行が芝居であることが解つたのであつた。

「直覚で解りますよ、随分あなたなどは永い間休めて居た頭なんだから何んでも解りますよ。」

斯う云ふのは良人であつた。

「そんなこともありませんが、今度は弁護士の方の仕事をするのにも大分自信が出来ましたよ。」

「いいですね。もう弁護士の看板をお懸けになりましたか。」

「懸けました。家内の拵へてあった家は、無論狭いですがね、辛抱すれば出来ないことは無いと思つてますよ。」

私は二人のこの話の間に、久子さんは現在の久子さんであるか、実は何年かの前の彼女であるかをよく見究めよう、私は平出氏の蘇生を信じて居るが、或ひはこれがとんでもない感覚の錯誤であるかも知れない、それを判断することは久子さんがお父様に別れてから四年の後のお茶の水の小学校の六年生になつて居る今の久子さんでさへあれば、この場のことは総て幻影で無いとしていいのであると思つて、私は友禅の長い袖の着物を着た久子さんの頭からずつと下までを眺めた。リボンの掛けやうも、髪の長さもあの父を亡《うしな》つた当時の小《ちいさ》い久子さんで無いと云ふことが解ると、私は云ひやうもない安心が摑《つか》めた気になつた。私は平出氏に云つた。

「こんな時に戸籍はどうなるのですか。」

私は済まない気がするのであるが、これまで聞いて置くので無いと自分達の悦びは合理的なものにならないのであると信じて居た。

「平出君、あの解剖(18)の時……。」

良人も何と思つたのか、こんな事を云ひ出して、これだけで俄に止めてしまつた。さうだ、平出氏は解剖も受けた身体《からだ》なんだ、それだけれど斯うして帰つて来た。生命《いのち》は不思議なものであると私はしみじみ思つた。目の前を見物人が俄かに右往左往しだして夢は醒めた。（一九一七年三月）

（1）夢　「夢の中では意識が一方に集つて照り輝くためでせう、微妙な心理や複雑な生活状態を目が覚めて居る時よりも一層よく写実的に観察することの出来るばかりで無く、其れにおのづから明暗の度が適度に附いて、ちやんと一つの芸術品として立体的に浮き上つて構図されて居る場合があります。」（晶子「夢の影響」大6・2）

（2）平出修　（ひらいで しゅう）明治一一（一八七八）年四月～大正三（一九一四）年三月。弁護士。明治法律学校卒業。明治三三年、弁護士の平出善吉の妹ライと結婚し平出家に入籍。露花の号で「明星」に短歌、評論を発表。与謝野鉄幹の依頼で「大逆事件」の弁護団の一人となった。石川啄木、吉井勇、平野万里らと文芸誌「スバル」を発行。

（3）温容　優しく穏やかな、顔かたち。

（4）驕児　わがままな息子。

（5）藤原伊周　（ふじわら これちか）天延二（九七四）年～寛弘七（一〇一〇）年一月。藤原道長の兄道隆の次男。清少納言の仕えた定子の兄。「枕草子」や「栄華物語」にしばしば登場する貴公子。

（6）卒する　死ぬこと。

（7）尾崎紅葉　（おざき こうよう）慶応三（一八六七）年一二月～明治三六（一九〇三）年一〇月。小説家。「色懺悔」「金色夜叉」。山田美妙、石橋思案らと硯友社を結成。

（8）脳膜炎　脳膜に発生する炎症。修は結核性脳膜炎による激しい頭痛に襲われ、睡眠剤の投与で眠り、目覚めてまた苦痛にうめいたといわれる。

（9）乾菓子　生菓子に対して水分の少ない菓子。

（10）慰藉　なぐさめ、いたわること。

（11）　河村清雄　嘉永五（一八五二）年四月〜昭和九（一九三二）年五月。洋画家。ベネチアの美術学校に学び、帰国後明治美術会、巴会結成に参加。正しくは川村清雄だが、木下杢太郎の随想にも、森鷗外邸の二階の違棚に「河村清雄の油絵が置いてあつた」とある。

（12）　石子　明治三六年生れ。修の妻ライの妹。子どもがなかった結婚当初、引き取って養育していた。

（13）　丸髷　結婚した女性が結う日本髪の型。頭上に楕円形のやや平たい髷をつけたもの。

（14）　泉下　死後、人の行く所。あの世。

（15）　久子　明治三八（一九〇五）年七月〜昭和八（一九三三）年二月。修の長女。命名は上田敏。

（16）　曲馬　馬に乗ってする曲芸。明治一九年に来日したチャリネの曲芸団が有名。

（17）　吉井　吉井勇。80頁参照。

（18）　解剖　修は報恩と医学の進歩のため、陸軍軍医学校に献体を遺言した。

〈与謝野夫妻の弔歌〉

「かなしくもまたさびしくも君は無しともになげきし世のみ残れど」（寛）

「見る日なく語らむ日なく御手とりてなげかむ日なく忘るる世なし」（晶子）

アウギユストの「さびしい」

▒初出「砂の塔」（「女学世界」博文館、大5・11）
所収「我等何を求むるか」（天弦堂書房、大6・1）

昨日から食欲の少《すくな》いアウギユストが(1)「さびしい」と朝から云ひ続けて居る。彼方の座敷に居ても、廊下を歩いて居ても、私達の書斎へ入つて来ても「さびしい」とばかり云ふ。淋しいのか、寒いのか、解らない。二様の言葉を教へ分けて更に聞いて見たなら、何れかであることを答へるに違ひないとも思ふが、何方《どちら》の意味も含んだ言葉として云つて居るらしいから、強ひて今のアウギユストの心持の表現に最も都合のいい「さびしい」を改めさせるには及ばないと思つて黙つて居た。雨になつてから丁度四日目の陰気な日である。四人のお客様の中、えい子(2)さんとO牧師(3)さんは二本榎の聖書学校(4)へ行き、二人の子供(5)さんは友人と一所に動物園を観に行つた。長男の光(6)は今日も三十八度の熱がある。アウギユストにも三分ぐらゐの熱はあるのであつた。昨夜は午前二時になつてから寝に就いたので私の頭は余程ぼんやりとして居る。良人《おっと》が発行者から贈られて見て居る「真宗全史」(7)に私は心が引かれて一所に読ませて貰つて居るのであつた。女中に呼ばれて台所へ立つて行つたりする時などに冷い畳を踏んでは私もアウギユストのやうな意味で「さびしい」を云つて見たいのであつた。

午後になつて、良人の甥の克麿(8)さんが来て光の病牀で話などをしてやつてくれた。そして四人の兄や姉達が学校から帰ると、もうアウギユストは「さびしい」を云はないで居られるやうになつた。お頼みして置いた写本の「権記《ごんき》」[9]二十一冊を持つて某氏が来て貸して下すつた。これは十月五日のことである。

（1）アウギユスト　大正二（一九一三）年四月〜昭和六〇（一九八五）年五月。晶子の四男。渡欧中に訪問したオウギュスト・ロダンの名前をもらった。「猶かはいいアウギユストよ、／おまへは母の胎に居て／欧羅巴を観てあるいたんだよ。／母と一所にしたその旅の記憶を／おまへの成人するにつれて／おまへの叡智が思ひ出すであらう。」（詩「アウギユストの一撃」）

（2）えい子　大石えい。明治一六（一八八三）年一月〜昭和二七（一九五二）年一月。「大逆事件」で明治四五年一月に刑死した大石誠之助の妻。大正五年九月二九日、えいと二人の遺児は沖野岩三郎に連れられて新宮から上京、与謝野家に身を寄せた。えいは、大石の甥西村伊作が設立（大10）した文化学院で働くなどしたが、後に富士見町教会の婦人伝道師となった。与謝野鉄幹に詩「誠之助の死」があり、晶子に随想「紀州のおふかさん」がある。

（3）O牧師　沖野岩三郎。明治九（一八七六）年一月〜昭和三一（一九五六）年一月。新宮キリスト教会の牧師の時「大逆事件」に巻き込まれ、連座を免れてからは関係者の救援活動に尽力した。「宿命」（大6）、「煉瓦の雨」（大7）などの小説で事件や大石一家を描いた。

（4）二本榎の聖書学校　正しくは聖書学館。婦人伝道師養成のための寄宿学校。明治一八年、アメリカ長老教会の宣教師により東京市芝区二本榎西町に開設。沖野の作品に「聖書学院」として登場する。

（5）二人の子供　大石の遺児、鱶（ふか、明治三七年九月生れ）と舒太郎（のぶたろう、明治三九年一二月生れ）。

（6）光　明治三五（一九〇二）年一一月〜平成四（一九九二）年四月。晶子の長男。

（7）「真宗全史」　村上専精（むらかみ　せんしょう）著。大正五年九月刊行。宗祖親鸞による真宗の成立と、分派の歴史を説いた大著。著者は真宗大谷派の学僧。
（8）克麿　赤松克麿（あかまつ　かつまろ）明治二七（一八九四）年一二月～昭和三〇（一九五五）年一二月。鉄幹の次兄（赤松連城の養子）の三男。大正・昭和期の社会運動家。吉野作造門下で東大新人会の創立者。
（9）「権記」　大納言、藤原行成（九七二～一〇二七）の日記。藤原道長の時代の政治動向、宮廷の様子を知る重要史料。「行成卿記」ともいう。

美くしい贈物

■所収「人間礼拝」（天佑社、大10・3）

群馬県勢多郡富士見村の小見磯太郎さんと云ふ人から、小包郵便で一つの箱が届いたのを開けて見ると、いろいろの繭を一対づつ沢山《たくさん》に送つて下すつたのでした。私は子供達と共に、この美《うつ》くしい贈り物に胸を跳らせました。小見さんは、これまで全く御交際の無い人ですが、その優しい御厚意を嬉しく思はずに居られません、之は前週の事でした。

四年ほど前に、差出人の名を云はないで、近江の石山の名物である大きな蛍を五百匹ほど箱に入れて、鉄道便で送つて下すつた人があつて、それを庭に放ちましたら、十日ほどの間その蛍が宅の附近の木立を離れずに居ました。その時も何と云ふ優美な贈り物であらうと思つて感謝しました。その御厚意の主は今日まで解らずに居ます。

私はこれまで度々書いたやうに、贈答に就て古風な考へを持つて居る一人です。時折の贈答は美くしい友情の表現として正当なことだと思つて居ます。程度をさへ越さねば決して浪費とは云はれないものだと思つて居ます。

但し今日の贈答が型に陥つて、多く菓子折などに制限されて居るのは気の利かない事でもあり、また風情の乏しい事でもあると思ひます。贈り物の中には、前述のやうな心持の示された物があつて欲しいのです。

東京の小石川に住んで入らつしやるM博士の令夫人[2]は、久しい以前から、その花園で作つてお出でになる種々の見事な花を、毎月のやうに私に贈つて下さいます。私はその奥床しい令夫人のお心の見える贈物を御遠慮せずに頂いて、その香味と色彩の美とに浸ることを喜んで居ます。その令夫人からこの五月に沢山の薔薇を贈られた時の感激で幾篇かの詩[3]をも作りました。

その令夫人とはお手紙の上の御交際で、この月の中頃までまだ一度もお目に掛らない仲でした。お目に掛らないでも、その優しいお心の深さは、その美くしい贈物を透して最もよく語られて居ました。花を仲立とした女同志の交情、かう云ふ事は永遠に忘れられないなつかしさだと思ひます。

尾崎行雄[4]さんも以前からよく美くしい花を贈つて下さる一人です。此週にも、軽井沢からその山中にある一種の露草を沢山に送つて下さいました。この露草は先年も送つて頂いたことがあつて、一昨年尾崎さんが外遊された時、私からその航路の海が軽井沢の露草のやうな紫の色をして平安である事を歌[5]に詠んで祈ると、氏はその返歌[6]を洋上から無線電信で寄越《よこ》されたことがありました。我国の無線電信で歌が通信されたのは、尾崎さんと私とのこの贈答が最初だと云ふ事でした。

その外遊中に、尾崎さんが欧州の縫針のあらゆる種類を集めて倫敦《ロンドン》から送つて下すつたのも、珍しい贈物の一つであると嬉しく思ひました。

青島《チンタオ》[7]に居られる渋川玄耳[8]さんから、獏《ばく》[9]の形をした陶製の枕を贈つて下さいました。横に小さい孔《あな》が開いて居るのは、其処から水を入れて夏の水枕とするのだ相《そう》です。

私達夫婦は、面識のある親しい友人や、また未見の友人やから、かう云ふ風にして、折々にいろいろの珍しい贈物を受けます。お蔭で、西伯利亜《シベリア》の鈴蘭の花や、印度《インド》のマンゴスチンと云ふ果物や、布哇《ハワイ》の木の実や、メキシコの玩具やを、居ながらにして賞玩《しょうがん》することが出来ます。単に其物が嬉しく思はれるのみならず、それがすべて美くしい友情の表現として感謝されます。

其等の贈物を眺めて居ると、人間の生活の楽しさは理論などで云はれない、縹渺《ひょうびょう》として機微な(10)感情の世界にあることが実感されます。紙上の改造論などを幾百篇読むよりも、一束の薔薇の花の贈物が、どれだけ多く、人と人とをその魂に於て、ぴつたりと融和させる愛情を以て、私達の生活を浄化し健実にして力づけるか知れません。理窟《りくつ》に合ふ合はないの詮議は第二義です。問ふべきことは、愛に合つて居るか否かである事が明《あきら》かに思はれます。社会連帯の基礎となるのは愛です、決して理論のみの能《よ》くする所でありません。

贈答には、到底理論で云はれない愛の表現があつて、初めて価値を生じます。唯だ金目さへ掛つて居れば贈答の品として立派であると思ふのは俗見です。

（一九二〇年六月）

（1）近江の石山　滋賀県大津市、瀬田川の西岸、石山寺の付近をさす。「石山秋月」は近江八景の一つ。蛍の名所としても知られ「蛍谷」の地名が残る。

（2）M博士の令夫人　憲法学者美濃部達吉夫人、民子。

（3）幾篇かの詩　なつかしき博士夫人、／その花園の薔薇を／朝露の中に摘みて、／かくこそ豊かに／贈りたまひつれ。／どの室にも薔薇あり。／／同じ都に住みつつ、／我は未だその君を／まのあたりに見ざれど、／匂はしき御心の程は知りぬ、／何時も、何時も、／花を摘みて賜へば。（「薔薇の歌」「大観」大9・7）

（4）尾崎行雄（おざき　ゆきお）「外遊」とは

大正八年三月から一二月の欧米視察。晶子の随想集「心頭雑草」を携えて行った。軽井沢には尾崎の莫哀山荘があり、鉄幹、晶子をはじめとする歌人や画家が集った。

（5）歌　「海の色信濃の国の高原に摘みて賜ひし草に似よかし」（勿忘草を贈りこし人の海外に行くを送りて）（「太陽と薔薇」大10・1所収）

（6）返歌　「益良人《ますらお》も遠く及ばじ国の為め世のため運ぶ水茎の跡」

（7）青島　中国山東省東部、膠州湾にのぞむ保養地。一九世紀末ドイツが租借、第一次世界大戦中から大正一一年にかけて日本が占領していた。

（8）渋川玄耳　（しぶかわ げんじ）明治五（一八七二）年四月～大正一五（一九二六）年四月。新聞人、著述家。筆名藪野椋十。明治四〇年、朝日新聞社に社会部長として入社。石川啄木（同社校正係）の歌を評価し、「一握の砂」に序文を寄せた。大正元年に退社して国民新聞などに勤務。晩年は中国の珍しい書籍の収集、翻訳に没頭した。「藪野椋十　日本見物」（明43・11）。

（9）貘　人の悪夢を食うという中国の想像上の動物。鼻はゾウ、目はサイ、尾はウシ、足はトラ、体型はクマに似る。

（10）縹渺として機微な　かすかではっきりせず、微妙な。

石川 啄木

＊石川啄木（いしかわ たくぼく）

明治一九（一八八六）年二月二〇日〜明治四五（一九一二）年四月一三日。本名一。岩手県生れ。歌人、詩人、評論家。盛岡中学校中退。明治三六年、新詩社同人となる。明治三八年に詩集「あこがれ」を刊行。故郷渋民村の小学校代用教員や、北海道での新聞記者を経て、明治四一年に上京。翌年、東京朝日新聞の校正係となる。評論「時代閉塞の現状」（明43）のほか、歌集「一握の砂」（明43）、「悲しき玩具」（明45）がある。

硝子窓

▒初出「新小説」（明43・6）

○

「何か面白い事は無いかねえ。」といふ言葉は不吉な言葉だ。この二三年来、文学の事にたづさはつてゐる若い人達から、私は何回この不吉な言葉を聞かされたか知れない。無論自分でも言つた。——或時は、人の顔さへ見れば、さう言はずにゐられない様な気がする事もあつた。

「何か面白い事は無いかねえ。」

「無いねえ。」

「無いねえ。」

さう言つて了つて口を噤《つぐ》むと、何がなしに焦々した不愉快な気持が滓の様に残る。恰度何か拙《まず》い物を食つた後の様だ。そして其の後では、もう如《ど》何《ん》な話も何時もの様に興を引かない。好きな烟草さへ甘いとも思はずに吸つてゐる事が多い。

時として散歩にでも出かける事がある。然し、心は何処かへ行きたくつても、何処といふ行くべき的が無い。世界の何処かには何か非常な事がありさうで、そしてそれと自分とは何時まで経つても関係が無ささうに思はれる。しまひには、的もなくほつつき廻つて疲れた足が、遣場《やりば》の無い心を運んで、再び家へ帰つて来る事になる。——まるで、自分で自分の生命を持余してゐるやうなものだ。

何か面白い事は無いか！

それは凡ての人間の心に流れてゐる深い浪漫主義の嘆声だ。——さう言へば、さうに違ひない。然しさう思つたからとて、我々が自分の生命の中に見出した空虚の感が、少しでも減ずる訳ではない。私はもう、益の無い自己の解剖と批評にはつくづくと飽きて了つた。それだけ私の考へは、実際上の問題に頭を下げて了つた。——若しも言ふならば、何時しか私は、自分自身の問題を何処までも机の上で取扱つて行かうとする時代の傾向——知識ある人達の歩いてゐる道から、一人離れて了つた。

「何か面白い事は無いか。」さう言つて街々を的もなく探し廻る代りに、私はこれから、「何うしたら面白くなるだらう。」といふ事を、真面目に考へて見たいと思ふ。

○

何時だつたか忘れた。詩を作つてゐる友人の一人が来て、こんな事を言つた。——二三日前に、田舎で銀行業をやつてゐる伯父が出て来て、お前は今何をしてゐると言ふ。困つて了つて、何も為《し》ないでゐると言ふと、学校を出てから今迄何も為ないでゐた筈がない、何んな事でも可いから隠さずに言つて見ろと言つた。為方がないから、自分の書いた物の載つてゐる雑誌を出して見せると、「お前はこんな事もやるのか。然しこれはこれだが、何か別に本当の仕事があるだらう。」と言つた。——

「あんな種類の人間に逢つちや耐らないねえ。僕は実際弱つちやつた。何とも返事の為やうが無いんだもの。」と言つて、其友人は声高く笑つた。私も笑つた。所謂俗人と文学者との間の間隔といふ事が其の時二人の心にあつた。

同じ様な経験を、嘗て、私も幾度となく積んだ。然し私は、自分自身の事に就いては笑ふ事が出来なかつた。それを人に言ふ事も好まなかつた。自分の為事《しごと》を人の前に言へぬといふ事は、私には憤懣と、それよりも多くの羞恥の念とを与へた。

三年経ち、五年経つた。

何時しか私は、十七八の頃にはそれと聞くだけでも懐かしかつた、詩人文学者にならうとしてゐる、自分よりも年の若い人達に対して、すつかり同情を失つて了つた。会つて見て其の人の為人《ひととなり》を知り、其の人の文学的素質に就いて考へる前に、先づ憐愍《れんびん》と軽侮と、時としては嫌悪を注がねばならぬ様になつた。殊に、地方にゐて何の為事も無くぶらぶらしてゐながら詩を作つたり歌を作つたりして、各自他人からは兎《と》ても想像もつかぬ様な自矜(1)を持つてゐる、そして煮え切らぬ謎の様な手紙を書く人達の事を考へると、大きな穴を掘つて、一緒に埋めて了つたら、何んなに此の世の中が薩《さっ》張《ぱり》するだらうとまで思ふ事がある様になつた。

　実社会と文学的生活との間に置かれた間隔をその儘にして笑つて置かうとするには、私は余りに「俗人」であつた。——若しも私の文学的努力(と言ひ得るならば)が、今迄に何等かの効果を私に齎《もたら》してゐたならば、多分私も斯うは成らなかつたかも知れない。それは自分でも悲い心を以て思ひ廻《めぐ》す事が無いでもない。然し文学的生活に対する空虚の感は、果して唯文壇の劣敗者のみの問題に過ぎないのだらうか。

此処では文学其物に就いて言つてるのではない。文学と現実の生活とを近ける運動(2)は、此の数年の間我々の眼の前で花々しく行はれた。思慮ある作家に取つては、文学は最早単なる遊戯や詠嘆や忘我の国ではなくなつた。或人はこれを自家の忠実なる記録にしようとした。或人は其の中に自家の思想と要求とを託さうとした。又或人にあつては、文学は即ち自己に対する反省であり、批評であつた。文学と人生との接近といふ事から見れば、仮令《たとえ》此の運動にたづさはらなかつた如何なる作家と雖も、遂に此運動を惹起したところの時代の精神に司配されずにゐる事は出来なかつた。事実は何よりの証拠である。此意味から言へば、自然主義が確実に文壇を占領したといふのも敢て過言ではないであらう。

　観照と実行の問題(3)も商量された。それは自然主義其物が単純な文芸上の問題でなかつた為には、当然足を踏み入れねばならぬ路の一つであつた。——然し其の商量は、遂に何の満足すべき結論をも我等の前に齎さなかつた。嘗て私は、それを自然主義者の惰容と観た。が、更に振返つて考へた時に、問題其物のそれが当然の約束でなければならなかつた。と言ふよりは、寧ろ自然主義的精神が文芸上に占め得る領土の範囲――更に適切に言へば、文芸其物の本質から来るところの必然の運命でなければならなかつた。

自然主義が自然主義のみで完了するものでないといふ議論は、其処からも確実に認められなければならない。随つて、今日及び今日以後の文壇の主潮を、自然主義の連続であると見、ないと見るのは、要するに、実に唯一種の名義争ひでなければならない。自然主義者は明確なる反省を以て、今、其の最初の主張と文芸の本性とを顧慮すべきである。そして其の主張が文芸上に働き得るところの正当なる範囲を承認すると共に、今日までの運動の経過と、それが今日以後に及ぼすところの効果に就いて満足すべきである。

それは何れにしても、文学の境地と実人生との間に存する間隔は、如何に巧妙なる外科医の手術を以てしても、遂に縫合する事の出来ぬものであつた。仮令我々が国と国との間の境界を地図の上から消して了ふ時はあつても、此の間隔だけは何うする事も出来ない。

それあるが為に、蓋《けだ》し文学といふものは永久に其の領土を保ち得るのであらう。それは私も認めない訳には行かない。が又、それあるが為に、特に文学者のみの経験せねばならぬ深い悲しみといふものがあるのではなからうか。そして其の悲みこそ、実に彼の多くの文学者の生命を滅すところの最大の敵ではなからうか。

すでに文学其物が実人生に対して間接的なものであるとする。譬へば手淫の如きものであるとする。そして凡ての文学者は、実行の能力、乃至は機会、乃至は資力無き計画者の様なものであるとする。

男といふ男は女を欲する。あらゆる計画者は、自ら其の計画したところの事業を経営したいと思ふ。それが普通ではなからうか。（仮令世には、かの異常な手段に依つてのみ自己の欲望を充たしてゐる者が、それに慣れて了つて、最早正当な方法の前には何の感情をも起さなくなる様な例はあるにしても。）

故人二葉亭（4）氏は、身生れて文学者でありながら、人から文学者と言はれる事を嫌つた。坪内博士（5）は嘗てそれを、現在日本に於て、男子の一生を託するに足る程に文学といふものの価値なり勢力なりが認められてゐない為ではなからうか、といふ様に言はれた事があると記憶する。成程さうでもあらうと私は思つた。然し唯それだけでは、あの革命的色彩に富んだ文学者の胸中を了解するに、何となく不十分に思はれて為方がなかつた。

又或時、生前其の人に親しんでゐた人の一人が、何事によらず自分の為た事に就いて周囲から反響を聞く時の満足な心持といふ事によつて、彼《か》の独歩（6）氏が文学以外の色々の事業に野心を抱いてゐた理由を忖度《そんたく》しようとした事があつた。同じ様な不満足が、それを読んだ時にも私の心にあつた。

又、これは余り勝手な推量に過ぎぬかも知れぬけれども、内田魯庵（7）氏は嘗て文学を利器として実社会に肉薄を試みた事のある人だ。其の生血の滴《したた》る様な作者の昂奮した野心は、あの『社会百面相（8）』といふ奇妙な名の一冊に書き止められてゐる。その本の名も今は大方忘られて了つた。そして内田氏は、それ以後もう再び創作の筆を執らうとしなかつた。其処にも何か我々の考へねばならぬ事があるのではなからうか。

トルストイ（9）といふ人と内田氏とを並べて考へて見る事は、此際面白い対照の一つでなければならない。あの偉大なる露西亜人に比べると、内田氏には如何にも日本人らしい、性急な、そして思切りのよいと言つた風のところが見える。

○

自分の机の上に、一つ済めば又一つといふ風に、後から後からと為事《しごと》の集つて来る時ほど、私の心臓の愉快に鼓動してゐる時はない。

それが余り立込んで来ると、時として少し頭が茫乎《ぼう》として来る事がある。「こんな事で逆上《のぼ》せてなるものか！」さう自分で自分を叱つて、私はまた散りさうになる心を為事に集る。其の時、仮令其の為事が詰らぬ仕事であつても、私には何の慾もない。不平もない。頭脳と眼と手と一緒になつて、我ながら驚くほど敏活に働く。

実に好い気持だ。「もつと、もつと、もつと急がしくなれ。」と私は思ふ。

やがて一しきり其の為事が済む。ほつと息をして煙草をのむ。心よく腹の減つてる事が感じられる。眼にはまだ今迄の急がしかつた有様が見えてゐる様だ。「ああ、もつと急がしければ可かつた！」と私はまた思ふ。

私は色々の希望を持つてゐる。金も欲しい、本も読みたい、名声も得たい。旅もしたい、心に適つた社会にも住みたい、自分自身も改造したい、其他数限りなき希望はあるけれども、然しそれ等も、この何にまれ一つの為事の中に没頭してあらゆる慾得を忘れた楽みには代へ難い。——と其の時思ふ。

家へ帰る時間となる。家へ帰つてからの為事を考へて見る。若し有れば私は勇んで帰つて来る。が、時として何も差し迫つた用事の心当りの無い時がある。「また詰らぬ考へ事をせねばならぬのか！」といふ厭な思ひが起る。「願はくば一生、物を言つたり考へたりする暇もなく、朝から晩まで働きづめに働いて、そしてバタリと死にたいものだ。」斯ういふ事を何度私は電車の中で考へたか知れない。時としては、把手《ハンドル》を握つたまま一秒の弛みもなく眼を前方に注いで立つてゐる運転手の後姿を、何がなしに羨ましく尊く見てゐる事もあつた。

——斯うした生活のある事を、私は一年前まで知らなかつた。

然し、然し、時あつて私の胸には、それとは全く違つた心持が卒然として起つて来る。恰度忘れてゐた傷の痛みが俄かに疼き出して来る様だ。抑へようとしても抑へきれない、紛らさうとしても紛らしきれない。

今迄明かつた世界が見る間に暗くなつて行く様だ。楽しかつた事が楽しくなくなり、安んじてゐた事が安んじられなくなり、怒らなくても可い事にまで怒りたくなる。目に見、耳に入る物一つとして此の不愉快を募らせぬものはない。山に行きたい、海に行きたい、知る人の一人もゐない国に行きたい、自分の少しも知らぬ国語を話す人達の都に紛れ込んでゐたい……自分といふ一生物の、限りなき醜さと限りなき慜然《あわれ》さを心ゆく許り嘲つてみるのは其の時だ。

（1）自矜　うぬぼれ。プライド。

（2）文学と現実の生活とを近ける運動　自然主義文学運動のこと。

（3）観照と実行の問題　島村抱月は、実人生と芸術との間には境界があること、人生において観照的態度が必要であることを主張した。一方、岩野泡鳴は「実行即芸術」を主張した。田山花袋や徳田秋江らが加わって、明治四一年～四二年にかけて論争が行われた。

（4）二葉亭　二葉亭四迷（ふたばてい しめい）元治元（一八六四）年二月（文久四〔一八六四〕年二月、文久二〔一八六二〕年一〇月の異説）～明治四二（一九〇九）年五月。本名長谷川辰之助。江戸生れ。小説家、評論家。晩年は東京朝日新聞特派員としてロシアに赴き、病を得て帰国の船中で死去。小説「浮雲」（明20～23）のほか、翻訳「あひゞき」（明21）などは後代に大きな影響を与えた。

（5）坪内博士　坪内逍遙（つぼうち しょうよう）安政六（一八五九）年六月～昭和一〇（一九三五）年一月。本名雄蔵。「小説神髄」（明18～19）で、文学革新を進め、小説「当世書生気質」（明18～19）や戯曲「桐一葉」（明27）、演劇改良論など多方面に活躍した。

（6）独歩　国木田独歩（くにきだ どっぽ）明

治四（一八七一）年八月～明治四一（一九〇八）年六月。本名哲夫。小説家。代表作に「今の武蔵野」（明31）、「牛肉と馬鈴薯」（明34）など。独歩は、明治二九年、新天地を求めて北海道に赴き、現在の赤平市内の空知川沿岸に開拓地を定めたりしていた。

（7）内田魯庵（うちだ ろあん）慶応四（一八六八）年五月～昭和四（一九二九）年六月。本名貢。評論家、翻訳家、小説家。代表作に「くれの廿八日」（明31）。本文中で坪内逍遙の言葉とされているものは啄木の誤りで、内田魯庵の「同君が文学嫌ひになつた理由は、所詮、日本の文学者の社会的地位の低い事や、文学者が社会から優遇されないと云ふ事」（「二葉亭の人物」「新小説」明42・6）という発言をさしているものと思われる。

（8）『社会百面相』　明治三五年六月、博文館刊。

（9）トルストイ　レフ・ニコラエビチ・トルストイ Лев Николаевич Толстой（一八二八～一九一〇）一九世紀ロシアの代表的小説家。代表作「戦争と平和」（一八六三～六九）、「復活」（一八八九～九九）など。「ニイチエ、トルストイの二人は実に想界多事の暁に兵を挙げた乱世の英雄それである」（啄木「ワグネルの思想」）。

紙上の塵

▒初出「東京毎日新聞」（明43・8・4～同9・5）

（芝居道《しばいみち》近頃の景気の事）

○株の上り下りと文壇の景気には似た所があるよ。近頃は芝居道に思惑《おもわく》が付いたかして、随分乱暴に買煽《あお》つてる手合もあるぢやないか。

○ついぞ芝居を見ようと思つた事のない吾輩《わがはい》だが、何時《いつ》だつけ、浅草奥山(1)で木戸銭(2)三銭といふ芝居を見た事があるよ。無論気まぐれさ。見すぼらしい舞台へ見すぼらしい役者が出て来て、何《ど》れも此《こ》れも梅毒《かさ》掻《か》き(3)みたいな声で何か言つてゐたつけ。吉原何人斬《ぎり》(4)とでも言ふんだらうね。オワイ屋(5)に紋付を着せた様な大尽《だいじん》(6)や図無《ずな》(7)しの足袋でも穿《は》きさうな花魁《おいらん》(8)が立廻りをやるんだ。

○好《い》い気味《きび》だつたね。あんな皮肉な心持になつた事は滅多にない。——三階の隅つこから見下してゐると役者が皆小さく見えてね。それに、舞台と三階の間《あいだ》は五六間《ごろつけん》しか無かつたらうが、一里も二里も有る様に思はれたよ。——今風に言つたら、旧芸術と我々との距離《きより》とでも言ふかね。

○然《しか》し見下して許《ばか》りゐると頭が重くなるよ、見上げて許りゐたら首が痛くなるだらうしね。それかと言つて自由劇場(9)の様に、準備時代だから為方《しかた》はないが、借物の宝物を拝見に行く様なのも余《あま》りぞつともしない。

○ぴつたりと向き合つてゐて見る様な芝居を早く見たいものだね。

（文壇の人気沈滞の事）

○自然主義か！　君の話は矢《や》つ張《ぱ》りまだ其奴《そいつ》か？　もう彼是《かれこれ》五年越だよ。

○それは戯談《じょうだん》だがね。然しどうも此頃文壇の人気もパッとしないぢやないか、梅雨が明けたと云ふ今日此頃を。

○梅雨に成つて、煙草《たばこ》が湿《しめ》ると気も湿つて来るよ。つまり理智の眼が疲れて、独手《ひとりで》に瞼《まぶた》が合ひさうになつて来たんだね。見給《みたま》へ、何方《どっち》を向いても気の無い面《つら》ばかりぢやないか。なに、陽気な奴もある？　あ、例の彼《あ》の文学的迷信家の連中か？

○然しこれで可《い》いね。吾輩はさう思つてるよ全くこれで可いね。高が二三年しか生命《いのち》の無い天才なんか飛び出してくれるより、この儘《まま》の方が余《よ》つ程可いね。さうして此沈滞《このちんたい》は成るべく長く続いてくれた方が可いね。

○何故つてさうぢやないか。周囲《あたり》が静かになると各自《めいめい》何か考へるだらうぢやないか。ぢつとして皆で考へてみるんだね。さうするとまた何《ど》うか成つて行くよ。何を？　戯談ぢやない、それを聞く馬鹿が有るもんか。う？　さうさ、ナショナル・ライフの問題も其一つかも知れないね。

○ネオロマンチシズム(10)は人気が余り付かない？　さうかね、さうかも知れないね。パナマ(11)は矢つ張夏の物だものな。春先に売り出すとは些《ち》と気が早過ぎたよ。

（日本人の性格の事）

○思ひ切りの可《よ》い手合《てあい》もあるもんだね、此間《こないだ》も或処《あるところ》で、日本人はおつちよこちよいだ、浅薄《あさはか》だ、軽快だ、深い問題や大きい思想は従頭《てんで》(12)解りつこはないと、ちやんと独《ひとり》極《ぎ》めに極めてる奴に会つたよ、何処から割出たか知らないが、随分悟《さとり》が早過ぎるぢやないか。

○過去は過去だよ、彼《あ》の人も人づきあひしないうちは彼んな気質《きだて》ぢやなかつたがといふことも有るぢやないか、それに、明治の文明はもうそんな締《しめ》括《くく》りをつけても可《い》い程に進んだと思つてるのか知ら？

○平民(13)といふものが日本の歴史に顔出しをしたのは御一新この方だよ、可《い》いかね？　それも初めのうちは、広く皆で欲しがりもしないに参政権だの、信仰や言論の自由だのを与へられて、それで格別嬉しいとも思はない様な有様だつたが、今は兎《と》も角《かく》これからはさうは行かんよ。世の中では高等学校が少いと言つて騒いでるが、うまく行つてるもんだと我輩は思ふね、彼《ああ》して平民といふ階級が段々内部から改造されて行くんだ。
○これからだよ、此子ならといつて金をかけた子供が年をとると親父を隠居さして、剰《おま》けに身代《しんだい》を売りつぶす様な例も有るぢやないか、まだ〳〵何うなるか解るもんぢやない。
○何も彼《か》もこれからだよ。

（なまけ者世にはだかる事）

○露西亜《ロシア》の小説(14)に、俺は生れてから何度自分の手で靴下を穿《は》いたことが有るだらうと、寝床の上で考へる男を書いたのが有るといふ事だが、流石《さすが》に貧乏のお蔭で日本にはそんな思ひ切つた怠け者はゐないね。
○然し聞いてみるに、どんな真面目な問題に逢着《ぶつか》つても結末《しまい》には『何《ど》うでも可《い》い』にして了《しま》ふ様な精神上の怠け者が、日本でも日増に殖《ふ》えて来るといふぢやないか。少し智識の有る者が世の中に出て一二年も経つと皆それになるといふ話だ。
○始末にいけないぢやないか。
○一体人間といふものは何か知ら各自に庫《くら》を持つてるものだ。昔の書生には『天下国家』といふ庫があつた。何の話でもそれに打込《ぶちこ》んだものさ。クリスチヤンは『神様』といふ庫を持つてる。何でも自分の量見《りょうけん》に了へない事があると直《す》ぐ其《その》庫の中へ持つて行くんだ。随分お手軽さね。
○近頃の怠け者もそれを持つてゐるよ。何ういふ庫かといふと『人間といふものは偉いものぢやない』といふ庫だ。面倒臭くなつて自分の理解力に堪へなくなるか、乃至《ないし》は又斯《こ》うすれば可いと解つても目の前に難儀の山が有ると、つい考へを其庫へ蔵《しま》ひ込んで了ふ。成る程何うでも可くなる筈《はず》だものね。
○何うでも可くはないよと言つた所で当人が何うでも可いと言へばそれまでだ。実に始末にいかんぢやないか。医者は人類の敵は黴菌《ばいきん》だといふが、我輩から見ると差当り此《これ》智識の食傷《しょくしょう》（15）だよ。胃の腑《ふ》の小くて弱い者は誠に困るね。

○飯を食《く》はさんと直ぐ癒《なお》るのだが、さうも行くまいて。

（1）浅草奥山　浅草公園（浅草寺境内）内、仲見世、奥山、六区など庶民的な歓楽地。
（2）木戸銭　入場料。
（3）梅毒掻き　梅毒という性病感染者に対する蔑称。
（4）吉原何人斬　吉原の遊郭で床をともにした遊女の数。
（5）オワイ屋　便所の汲み取りを生業とする者。
（6）大尽　資産家、遊里で金を多くつかう客。
（7）図無し　とてつもない、並外れた。
（8）花魁　吉原の遊郭で上位クラスの遊女に対する呼称。
（9）自由劇場　自然主義的演劇運動。明治四二年一一月に小山内薫・市川左団次による第一回公演（イプセン、森鷗外訳「ジョン・ガブリエル・ボルクマン」）が上演された。
（10）ネオロマンチシズム　新ロマン主義。
（11）パナマ　パナマ帽の略。パナマ草で編んだ夏帽子。
（12）従頭　まるきり、まったく。
（13）平民　太政官布告（明5・1・29）により、「皇族・華族、士族、平民」の制を敷く。
（14）露西亜の小説　ゴンチャロフ「オブローモフ」（二葉亭四迷訳「おひたち」）の主人公。
（15）食傷　食い飽きる。

吉井　勇

＊吉井　勇（よしい　いさむ）

明治一九（一八八六）年一〇月八日～昭和三五（一九六〇）年一一月一九日。歌人、劇作家。早稲田大学中退。明治三八年新詩社に入社、「明星」に短歌を発表。四一年新詩社を脱退、北原白秋・木下杢太郎らとパンの会を結成。翌四二年には石川啄木・平野万里らと「スバル」を創刊し編集に当たった。遊蕩の日々を耽美的な中にも哀調を帯びた作風で歌い上げた歌集「酒ほがひ」で一世を風靡した。ほかに戯曲集「午後三時」、歌集「祇園歌集」「人間経」など。

渋民村を訪ふ(1)

▒初出　「石川啄木全集」（改造社、昭4・2）付録「啄木研究」第四号「渋民村訪問記」
所収　「歌境心境」（弘文社、昭18・1）

　十二時頃の列車で盛岡を発つと、四十分ばかりで好摩《こうま》の駅に着いた。「好摩」と云ふ地名は、啄木の歌(2)で記憶してゐた名前なので、懐しく感じながら汽車を降りたが、呼んであつた自動車が来てゐないので、私達は停車場の前の宿屋兼蕎麦《そば》屋に入つて、うで玉子を肴《さかな》(3)に麦酒《ビール》を飲みながら、それの来るのを待つことになつた。が、自動車が来るまでには、かなり長い時間があつたので、みんなかなり酔つた中でも、岩手日報(4)の後藤君はすつかり酔つ払つて、自動車が来てからもここの女中の、女学生染《じ》みた可憐味のある少女を、一緒に伴《つ》れて往《ゆ》くと云つて肯《き》かなかつた。で、到頭その自動車は私達一行の外に、その女中と数本の麦酒とを乗せて駛《はし》り出した。赤い林檎のやうな頬をした陸奥少女《みちのくおとめ》を乗せて、啄木の郷里を訪れると云ふことに、私は旅らしい情味(5)を感じないではゐられなかつた。

　自動車は鉄道線路に沿うた道を二町(6)ばかり往くと、材木工場のところを左へ曲つて、低い窪地の方へ降りて往つたが、そこはもう北上川の河岸になつてゐて、そこに架《か》けられてゐる橋が、啄木の詩にもうたはれてゐる鶴飼橋だつた。啄木はその詩のはじめに「橋はわがふる里渋民村、北上の流に架したる吊橋《つりばし》なり。岩手山の眺望を以て郷人《きょうじん》賞し措《お》かず。春暁《しゅんぎょう》夏暮《かぼ》いつをいつとも別《わか》ち難き趣あれど、われは殊更《ことさら》に月ある夜を好み、友を訪うてかへるさなど、幾度かここに低回微吟《ていかいびぎん》の興を擅《ほしいまま》にしけむ」(7)と書いてゐる。

鶴飼橋を渡つてから自動車は、昔の街道のやうな松並木のある道を駛つて往つたが、間もなく左手に姫神山のスロープが現はれ、白樺の林も見え出して来た。

「もう直《じ》きです。[8]あすこに見えるのが啄木の教へてゐた小学校ですよ」

さう云はれて見ると、向ふの道の左手のところに、二階建の粗末なそれらしい建物が見え、間もなく私達の乗つた自動車は、かなり貧しくみじめな生活を送つてゐるらしい、荒涼《こうりょう》[9]たる感じのする一部落に入つた。自動車の響に驚いたやうに駈け寄つて来る子供達や、あわてて店先へ出て来た人達の顔には、傷ましいまでに生色《せいしょく》[10]がなかつた。啄木の郷里の渋民村は、まつたく文字通りの寒村[11]だつた。私は自動車などに乗つて訪れたことが、心ない業《わざ》[12]のやうな気がして恥かしくなつた。自動車の周りに集つて来た人達の顔を見てゐると、私の胸には「田も畑も売りて酒のみほろびゆくふるさと人に心寄する日」と云ふ啄木の歌が、或る哀愁とともに浮んで来た。

自動車を降りてから私達は、[13]先づ啄木が小学校の教員時代に住んでゐたと云ふ寺を訪れることになつた。それは街道から左手に二町ばかり入つたところにある宝徳寺[14]と云ふ曹洞宗の古刹《こさつ》[15]であつて、門を入つて本堂の正面の玄関のところに来ると、さつき停車場前の家で飲んだ麦酒でもう大分酔つてゐる後藤君は、まるで自分の家に帰つて来たやうな顔付で靴を脱いで、

「さあ、どうぞお上んなさい」

と云つて、本堂の奥の十畳ばかりの座敷に私達を案内してから、連れて来た女中に吩咐《いいつ》けて、持つてきた麦酒を抜かせた。

「さあ、今日は啄木のために大に飲みませう」

後藤君はさう云つて麦酒のコップを立てつづけに二三杯呷《あお》つた。縁側からは姫神山の山腹にある白樺の木立が見渡された。

私達の話し声や笑ひ声を聴きつけたものと見えて、間もなく五十恰好《かっこう》[16]の僧形《そうぎょう》の人が出て来たが、

それはこの寺の住職遊座芳裔師だつた。遊座師は啄木のゐた時代のことは知らないらしかつたが、それでも啄木の住んでゐた部屋や何かを案内して見せて呉《く》れた。その部屋は今遊座師が居間にしてゐる六畳ばかりの座敷で、床の間には擬宝珠《ぎぼうじゅ》の絵を描いた軸が掛けてある外に、庭にも擬宝珠が植ゑてあつた。不図《ふと》見るとそこらには、野生のままの杜若《かきつばた》の花が、紫の色鮮やかに咲いてゐた。

私達はそこらを見てから、また本堂の奥座敷へ戻つて、暫く遊座師と話をした。啄木の遺品がひとつもないのは、何だかもの足らなくつて遺憾《いかん》(17)だつたが、それでも亡き友が昔住んでゐたところだと思ふと、深い懐しみを覚えないではゐられなかつた。

寺を辞して帰りがけに私達は、本堂の前に立つてゐる三界万霊塔《ばんれいとう》の傍《かたわら》で、記念のために写真を撮して、それから今度は北上河畔に建てられた歌碑の方へ足を向けた。

歌碑のあるところは、そこからあまり遠くはなかつた。街道に出てから一町ばかり引き返して来ると、左へ折れる細い道があつて、そこを一町ばかり往くと右側に、一丈(18)あまりの高さの自然石が立つてゐる。これは啄木の教へ子である内藤いつ子氏の寄付にかかるものださうで、道の方に向つた石の面には「やはらかに柳青める北上の岸辺目に見ゆ泣けとごとくに」と云ふ歌が、活字体の字で三行に大きく刻まれてあつた。

「ああ、ここはいい、ここはいい。おい、麦酒を持つて来い」

後藤君は何よりも先きにまた麦酒を呼んで、碑の傍の丘の草を藉《し》いて坐つた。台の石に腰を懸けて向ふを見ると、岩手山の半腹のあたりのところから、山焼の煙の仄白《ほのじろ》く立ち昇つてゐるのが見えて、何処からか閑古鳥の鳴き声でも聴こえて来さうな静けさだつた。

で、私は不図思ひ出したやうに、

「啄木の歌に閑古鳥をうたつたのがある(19)が、一体あの鳥はどんな声で鳴くんです」

と云つて訊くと、佐伯君か誰かが私の方を向いて、
「カツコウと云つて鳴くんですよ」
と云つて返事をした。

後藤君が女中を捉へて、何か冗談を云つてゐる傍で、私は佐伯、加藤の両君と啄木の歌やその寂しい一生に就《つ》いて話し合つた。私の目には始めて千駄ケ谷の新詩社[20]で会つた、聡明らしい顔付をした才人的風貌が浮んで来ると同時に、人生に対する無常感が胸一杯に溢れて来るのを覚えた。よく酒を飲み合つたり議論をし合つたりした「スバル」[21]時代のことも、久しく忘れてゐた友情とともに思ひ出された。

この啄木の歌碑が立つてゐる丘は、北上川の直ぐ近くにあつて、碑のところから数歩往くと、もうそこは川に臨んだ崖になつてゐる。丘の端にたつて俯瞰《ふかん》[22]すると、夏空を映してゐる水の面が見え、青く柔かに茂つてゐる柳の木も啄木の歌そのままに見渡された。じつと眺めてゐると直ぐこの丘の下あたりで、何か工事でもやつてゐるらしく、労働者らしいものの俗謡の唄声が聴こえて来るのも、啄木の郷里の村らしいわびしさがあつて面白かつた。が、間もなく唄の声が止んで、何か冗談を云ふやうな声がしたかと思ふと、丘の下の方から顔を真つ赤にして、小学校の先生らしい海老茶《えびちゃ》の袴《はかま》を穿《は》いて包《つつみ》を擁《かか》へた若い女が、急ぎ足に私達の傍を通つて往つた。

後藤君は酔つて草の上に寝てしまつたし、佐伯君も顔を赤くして何かもの思ひに沈んでゐるし、加藤君も黙つて感慨深げな顔付をしてゐるので、私はひとり丘の上に佇《たたず》んで岩手山の方を眺めながら亡友のことを思ひ出してゐた。みんな無言でじつとしてゐると、聴かうと思つた閑古鳥の声は聴こえなかつたが、哀調を帯びた蜩《ひぐらし》の声が、静けさを破つてひびいて来た。

そのうち私の胸には、不図啄木の歌の中でも滑稽味のある「宗次郎におかねが泣きて口説《くど》き居り大根の花白きゆふぐれ」と云ふ歌が浮んで来ると同時に、二三日前に盛岡で聴いた或る話を思ひ出

した。それはその話をした友人が、或る日人を送りに停車場に往くと、しきりにプラットホームを「石川啄木石川啄木」とお題目のやうに唱へながら歩き廻つてゐる百姓男がゐるので、不思議に思つて名前を訊《き》くと、それが自分で啄木の歌にある宗次郎だと名告《なの》つたと云ふのである。事実その男が宗次郎だか如何《どう》だか分らないが、私はこの話を聴いた時に、啄木が死後十数年の間に、もう既に伝説化されてゐると云ふことを感じないではゐられなかつた。

　こんなことを思ひ出してゐるうちに、日は何時の間にか傾きはじめて、岩手山の頂《いただき》のあたりに漂つてゐた一抹の雲は、だんだん黄に染まつて来た。で、後藤君がむつくり起き上つて、

「もう帰らう」

と云ひ出したのを機会に、私達は街道のところに待たせてあつた自動車の方へ歩いて往つた。

　自動車の中で加藤君から、これまで渋民村を訪れたものには、私達一行のやうに寺や歌碑の前で乱暴に酒を飲んだものはないと聴いて、私はひとり心の中で、生前よく彼と酒を飲んだことを思ひ出して、寂しい苦笑を頬にうかべた。

（1）渋民村を訪ふ　吉井勇が渋民村を訪ねたのは、昭和三年七月二三日のことである。

（2）啄木の歌「一握の砂」中「煙」（二）の「霧ふかき好摩の原の／停車場の／朝の虫こそすずろなりけれ」をさす。

（3）肴　酒を飲む時に添えて食べる物。

（4）岩手日報　岩手県盛岡市の岩手日報社が発行する日刊紙。明治九年創刊。啄木は多くの詩歌や評論を寄稿した。

（5）情味　味わい。おもむき。

（6）二町　「町」は距離の単位。一町は約一〇九メートル。

（7）「橋は……しけむ」　詩集「あこがれ」に載る「鶴飼橋に立ちて」と題する詩の題詞である。数箇所細かい写し間違いがある。この中で、「賞し措かず」は「ほめたたえないではいない」。「かへるさ」は「帰る時」。「低回微吟」は「小

声で詩歌を歌いながら、行ったり来たりすること」。「擅にする」は「自分の思うように振舞う」。

（8）啄木の教へてゐた小学校　渋民小学校。啄木は明治三九年から一年間、代用教員として、母校でもあるこの学校（当時渋民尋常高等小学校）に勤務した。

（9）荒涼　荒れ果てて寂しい様子。

（10）生色　生き生きとした顔色・様子。

（11）寒村　貧しくさびれた村。

（12）心ない業　思いやりのない行為。

（13）小学校の教員時代に住んでゐたと云ふ寺　啄木が代用教員時代に間借りしていたのは、斎藤という家であった。ここは吉井らの記憶違いであろう。

（14）宝徳寺　啄木が二歳から二〇歳まで家族が住んでいた寺である。

（15）古刹　古く由緒のある寺。

（16）恰好　ちょうどその年頃。

（17）遺憾　残念。

（18）一丈　丈は長さの単位。一丈は約三メートル。

（19）啄木の歌に閑古鳥をうたったのがある　啄木において閑古鳥は故郷への追憶とともに歌われる。「ふるさとの寺の畔（ほとり）の／ひばの木の／いただきに来て啼きし閑古鳥！」など。

（20）新詩社　明治三二年に創設した、与謝野鉄幹主宰の詩歌人の結社。雑誌「明星」を出し、与謝野晶子・石川啄木・高村光太郎ら多くの詩歌人を輩出した。

（21）「スバル」時代　「スバル」は「明星」廃刊後の明治四二年創刊の、森鷗外を指導者とした文芸誌である。啄木と吉井はほかの同人とともに交互に編集を受け持った。

（22）俯瞰　高い所から見下ろすこと。

中村　吉蔵

＊中村吉蔵（なかむら　きちぞう）

明治一〇（一八七七）年五月一五日～昭和一六（一九四一）年一二月二四日。劇作家、演劇学者。別号春雨。明治三〇年浪華《なにわ》青年文学会を結成し、「よしあし草」を創刊。早稲田大学在学中に「大阪毎日新聞」の懸賞小説に「無花果」が一等入選する。卒業後、欧米に留学。この時イプセンの舞台を見て、社会劇作家になる決心をする。大正二年、島村抱月の芸術座に参加。舞台監督の傍ら、「嘲笑」「剃刀《かみそり》」などを提供する。解散後は「演劇研究」「新演劇」などを主催。歴史物から現代劇まで幅広く創作、社会の不正や矛盾を追及した作品が多い。「日本戯曲技巧論」により、博士号を取得した。

近代劇に現れたる婦人問題の種々相*

▒所収「現代演劇論」（豊国社、昭17・1）

○

近代文芸のいろんな特徴の中でも、其《その》最も大きな基調は何んであるか？　それを一口に言へば境遇の発見、若《も》しくは「社会」の発見だと云つて大過は無いと思ふ。嘗《かつ》ては運命が人間の行為を支配するといふ観念が古典文芸の基調であつた。又性格が行為を決定し、個人がすべての責任の主体だといふ倫理観が文芸の大体の傾向を導いてゐた。しかし近代の科学上の種々の大発見(1)と、社会の経済組織の大変革(2)とが、従来の世界観、人生観を顚覆《てんぷく》させて、新しい知識の目ざめが来り、新らしい感情の動きが起り、それが近代文芸の中に、萌芽し、見る／＼目も鮮かな花を開いて燦爛《さんらん》(3)たる光を放つて来た。イヤ燦爛たる光といふよりも、何処《どこ》か暗さと明るさとの交錯された或る暈《ぼかし》のかかつた光とでも云つた方がもつと適切でもあらう。今まで「運命」といふ秘密の呪符《じゅふ》(4)で片附けられてゐた或る威嚇《いかく》力も、その実、境遇の惰性《だせい》に過ぎない事が分明になつたり、又は性格が決定した自業自得だとしてあきらめられてゐた或る責任感も、その実「社会」の組織力の歪《ゆが》みから浸《し》み出た余毒だと診断され直したりして行詰まつたと思ふ眼先に、更に一つの地平線が現れ、絶望し切つたドン底から、又新しい希望が湧《わ》き上る。それが近代生活の恐れと喜びとして近代文芸はそうした種々相を反射する一大鏡面である。中でもかうしたいろんな問題を立体的に取扱うて、最も冴えた印象を我々に与へるのは近代劇であるが、こゝではその中から婦人問題に直接関係したものを撰《よ》り出して、解説乃《ない》至《し》暗示を与へる事にしたいと思ふ。「人形の家」(5)や「故郷」(6)などは、勿論《もちろん》、この問題の先声(7)をなしたものではあるが、今日ではあまり有名になり過ぎて、大抵の読者が先刻御承知のやうな有様であるから、もつと知れ渡つてゐないものから手を着けて行つて見たい。尤《もつと》も比較的な標準から云つてゐるからだが……。

○

今度はやはり、婦人と職業との問題に関係した英国の劇作家の戯曲の二三を挙げて行かう。所謂《いわゆる》恋愛の自由とか、結婚の自由とか——すべて婦人の自主独立に関する問題は、単に空想的な唯心論(8)——旧式な理想主義から解決されるものではなく、そこに現実的な唯物主義(9)の堅い基礎が据ゑられてゐなければならない。即《すなわ》ち婦人の経済的独立を先決問題とする。さうした経済的に独立し得る婦人であつてこそ、恋愛の自由や結婚の自由の叫び声が始めて意義あり力あるものとなつて響いて来るのである。そこにのみ、真に自覚せる婦人が立つて居《お》り真に旧時代に反逆せる新時代の雄々しい健気な婦人の姿を発見するのである。

そこで、さうした真に自覚せる婦人の一模型として、ハンキン(10)の「最後のド・ムラン家」の女主人公ジヤネツトを挙げる。ジヤネツトは英国の、地方の古い門閥《もんばつ》の地主の家に生れた娘である。この地主の家は今こそ時勢の波に浚《さら》はれて所有した土地なども大分人手に渡り、家運が衰へて来てはゐるが、屋内の壁には累代《るいだい》(11)の当家の人々の肖像画が長々と連続して掛けられてあるといふ古風ぶりである。ド・ムランは「粉磨所《こなひき》の」(12)の意味で封建時代には荘園の領主か、修道院でなければ有《も》つ事の出来なかつた一つの特権で、農夫たちはめい〳〵穀物を其処《そこ》まで持つて来て、いくらかの報酬を取られて、さげて貰《もら》つてゐたといふ歴史附《つき》のものである。

このド・ムラン家の当主ヒユーゴーが急な病気で明日をも知れないと、気遣《づか》はれてゐる間際、もう九年も前に家出してロンドンにゐる娘のジヤネツトが呼び戻される事になる。ジヤネツトは、この古風な門閥家に生れたのに不似合な、謂《い》はゞまア「跳《は》ねッ返《かえ》り」で、幼い時分から強情で、常住《いつも》何か知ら変な事を思ひ込んでゐて、思ひ込むというと何うしてもそれを為《し》なくつちや承知しない。「女の子も男と同じに、自分で世の中へ出て、自分で生活を立てるのが当然だ」といつも口にしてゐた。そしてその頃流行し始めた「自転車」へ乗つて、フランス語を教へに行つたりしてゐる中に、誰れとも知れぬ男の胤《たね》を宿して、懐胎したので、父母は驚いたり、怒つたりその相手の男の名を云へと監禁同様にして責め付ける中に、或る夜ジヤネツトは脱走してロンドン行の汽車に乗込んだきり、再び姿を見せない。唯、母との間には短い音信を交はしてゐた丈《だけ》であるが、父の突然の重病が、彼女をこの家へ帰らせる機会になつた。彼女は私生児ジヨンニーの手を曳《ひ》いて帰つて来た。父ヒユーゴーは思つたよりも早く快復して、娘に逢ふのを喜び、初孫の顔を見るのを喜んだが、無邪気なジヨンニーは列《なら》んでゐる累代の肖像画を眺めて好奇心でいろんな事を聞く。

ジヨンニー「何んだつたの、あの人は？」

主人（困つて）「何だつたと？　サア、別に斯《こ》うといふ事もなかつたやうだが、とにかく身分のある人だつた」

ジヨンニー（失望して）「それつきり？」

主人「坊や、間違へちやいかんぞ。身分のある人の血統に生れるといふ事は、エラいことなんだ、自慢して善いことだ、有難《ありがた》いことなのだ。」

ジヨンニー「母さんはね、誰れでも何か知ら世界の役に立つやうな事をするのがエラいんだと云つてゝよ、身分のある人てのは、他の人よりか世界の役に立つ人、え、お祖父さん？」

この家の伝統——空虚な身分を迷信し切つてゐる祖父と、そんな渣《おり》見たいなものを一切抛《な》げ捨てゝ、唯《ただ》、自分一身の実力と実行で活きて行かうとする娘の生んで育てた私生児との、問答の間に、やがてこの劇の思想的基調があり、又、文明批判と人生批判と更に新旧道徳の対照があるのを見遁《の》がしてはならない。

ジヤネットはロンドンで何をしてるかと問はれると、今、「帽子屋」をやつてると云ふ。苟《いやしく》もド・ムラン家の者が、「帽子屋」などといふ卑しい、少くとも上品でない商売をやつてると聞いて身内のものどもは侮辱を感じてゐる。併《しか》しジヤネツトは「若《も》し学校教員だとか、家庭教師だとか、そんな風の上品ぶつた職業をしてゐたなら、貧民のやうな服装しか出来なかつたでせう。店を出してゐるお蔭で、奥さんらしい服装が出来ます」と、平気である。彼女は徒《いたず》らに上品ぶるといふ虚栄的境涯は卒業して了《しま》つた。下品でも、下等でも実力主義、実験本位に徹底してゐる。

斯《こ》うしたジヤネツトは、私生児ジヨンニーの父親の誰であるかを明かさなかつたが三日後に、その遊園地で、モンチといふ男に出逢つて、そのモンチが私生児の父親である事が自然に分つて来る。このモンチは、陸軍尉官《いかん》であつたが、自転車に乗つて走つてゐた、ジヤネツトと出逢つて、衝突しそれがつい機会になつて、恋し合ひ、ジヤネツトは懐胎する事になつた。モンチはそうとも知らず、母の病気で急に帰国し、それから更に印度《インド》の方へ行つたりなどして音信不通になり、二人の間は切れて了《しま》つたのである。そのモンチは今、ジヤネツトの友達バーザと結婚する為に此所に来てゐる。私生児ジヨンニーの父親が、モンチだと感附いたジヤネツトの母は、ジヤネツトにモンチとの結婚を勧める。しかしジヤネツトは受附けない。「成る程モンチは好いたらしい人で大好きではあつた、けれどもあの人と一生一緒に暮さうとは思はない。あの人を愛してゐたのは昔の事で、ジヨンニーが生れない前です。あれが生れてからは、もう彼児《あのこ》より外に可愛い者はなくなつたんです」とは、ジヤネツトのサバ〳〵した云ひ分である。父のヒユーゴーは何処までも相手の男子と娘とを結婚させずには置くまいとする。「何うして女に独立が出来ます、帽子を売らなければ収入がないといふやうな境界で？　女に出来もし、又望ましくもある唯《た》つた一つの独立の境界は、夫に頼るといふことだ。でなくば結婚しないなら、最も近しい親類に頼るといふことだ」彼はジヤネットが何《ど》うしても結婚せぬと云へばド・ムラン家に引留めやうといふのである。ジヤネットは「面目」のための結婚など意に介せず、又父親への馬鹿げた服従を拒み、自分が私生児を生んだといふ事は別に恥ぢとしてゐない。「女は結婚といふ制度が発明された幾千年も前から子どもは生んでゐました。大丈夫、結婚制度が廃《すた》れてしまつた幾千年の後までも子供は生みませうよ」斯ういふ言葉を残して、彼女はジヨンニーを連れて、ド・ムラン家を立去り再びロンドンの生活戦の巷《ちまた》の中へ帰つて行く。

このジヤネットは、門閥の古い鎖に一身を縛られる事を厭《きら》つて、自分の思ふまゝに、正直に、素直に活きた「目ざめた女」である。恋ひしたいから恋もしたが、相手の男が一生を共にする丈の、非凡な処もない人間だと看破してからは、「面目上の結婚」などはしやうとも思はない。唯、母性として、子供のために喜んだり、苦《くるし》んだりする事に無上の意義を感じてゐる。そして誰にも頼らないで、自分の手でパンを稼いで、独立独行の婦人として世に立つ事に誇りを持つてゐる。

「恋をし、子供を生み、そして独立生活をする」、それで「女」としての完《また》き一生を生きたと云へるではないか？　これがジヤネットの人生観であり、又婦人観である。坪内博士(13)が嘗《かつ》て「醒めた女」と題して編訳されたのはこの戯曲である。

○

このジヤネットと稍《やや》似てゐる一種の「醒めた女」のタイプを同じ英国の近代劇作家ボートン(14)は「ヒンドル例祭」の中で描いてゐる。ヒンドル村の或る大きな機織工場の工女フアンニーといふのが村の祭の休みの日に、近所の海浜へ遊びに行く。そこで偶然にも出逢つた工場主の息子のアランと一緒にさる宿屋で二夜を明かした。そして何喰はぬ顔をして翌朝帰宅する。しかしその出来事を感附いたファンニーの貧しい親達は、「怪しからん事だ、立派に始末を附けて貰はう」と工場主の処へ行つて談判する。工場主ゼエフコートは元はファンニーの父たちと同じ仲間の織工で苦しい労働の体験をして来た者であるが、意志の強い、しつかり者なので多年の奮闘の後漸《ようや》くそこを切抜けて、今は斯うした大きな工場を持つ身分に成上れたのである。そして、土地で羽ぶりの利くテイモゼー権男爵の令嬢ビアトリスと、息子のアランとを婚約させてその幸運をホク〳〵喜んでゐる矢先であつたが、アランとファンニーとのさうした不しだらな始末を聞くと、英国風のピューリタン[15]式肌合ひの道徳家であるから、そのまゝに打《うち》やつて置けない。これはアランの約婚[16]を取消させて、ファンニーと結婚させるより他に方法は無いと改めてする。アランは事もなげに「何アに、自分はファンニーに惚れてゐたのでも何んでもない、空の雲雀《ひばり》の如《ごと》く、快活に、自由に、唯その場の楽みを楽んだ丈《だ》けだ、あの女工風情と結婚などとは持つての外だ」と云つて、受け附けやうともしない。しかしアランの約婚した令嬢ビアトリスはやはりピューリタン式の肌合の淑女である。アランが一度、ファンニーと関係した上は結婚するのが至当《しとう》であると、自分の愛を犠牲にして、その女工との結婚を勧める。否だと云つたら親から勘当を受けさうなのでアランも不承不承に承諾せなければならない羽目に陥つた。そこで双方の親たちが寄合つて、結婚の事に就いて相談が始まる。その席へ招ばれて出たファンニーには意外にもアランとの結婚は大の不承知で、「真の愛情も何もないのに金持ちの意気地無しの息子の嫁になんかして貰ひたくない。私がアランと関係したのは善い事でもないし、又悪い事でもない、私は夢のやうな恋を求めたのでもなく、アランに惚れてゐたのでもない、空の雲雀の如く快活に自由に唯その場の楽みを楽みとして味つた丈《だ》けだ、女と男は同等で、私は辱《はずかし》められたのでもない、弄《もてあそ》ばれたのでもない、それだのに何んでその償ひに結婚する必要があらうか、そんな事はこちらで御免蒙《ごめんこうむ》ります」と云つてのけて、父親の宥《なだ》めるのも、母親の怒るのも耳を貸さず、結婚をきつぱりと謝絶した。アランの父親は今時の女は不可解だと云つて匙《さじ》を投げる。アランは直ぐに、約婚を元通りにする為めにビアトリスの家へ駈け附ける。アランの母親は「これもつまりは神様の思召《おぼしめし》なのでせうよ」と穏かに決着するといふ筋である。

　この女主人公フアンニーの主張は新らしい、大胆な倫理観、貞操観で露骨に又正直な告白であると云へる。「面目」の為めの結婚を否定し去り、世間体を繕《つくろ》ふといふやうな偽善主義が微塵《みじん》も必要とせられない。古臭い感傷主義などは疾《と》く打ち捨られて了つてゐる。恋愛は性的欲求の一つの口実に過ぎないし、そうした欲求を満足させるのは人間の自由だといふ思想の一発現である。

　この工女フアンニーの行動、及びその行動を裏附ける思想や信念が果して正しいか、何《ど》うかといふ事は、可也《かなり》論議の題目になり得る。世間の所謂《いわゆる》道徳家は眉を顰《ひそ》めるでもあらう。所謂、教育家は「淫奔《いんぽん》」の一語でこれを葬り去るでもあらう。しかし問題は表面にではなく、その奥にある。フアンニー[17]は工女として労働して一週二十五シルリングも給金を取つてゐる独立的の婦人である。彼女がアランと二夜の宿を共にしたのは性的行動の要求に駈られたからであつて、所謂、売笑婦《ばいしょうふ》の行為とは全く異つてゐる。彼女にはアランが工場主の息子であるから、それに媚《こ》びを売ろうとか、乃至《ないし》その資産的背景に目がくれて、あわよくば工場主の息子の夫人といふ玉の輿に乗らうなどの野心は毫末《ごうまつ》も持つてゐない。イヤ、さういふ羽目に陥らせれるのは、甚《はなは》だ迷惑とする処で、男性のアランが「雲雀の如く、自由に快活に」楽みを楽まうとするのと全く同じ地位に立つて、女性のフアンニーも「空の雲雀の如く、自由に、快活に」楽みを楽まうとするので、一言にして盡《つく》せば、男女同権の思想である。男女共に、全く同じ地位の「人間」だといふ辛辣《しんらつ》な諷刺《ふうし》と皮肉との調子がそこに凜然《りんぜん》として響き渡つてゐるのを聴き洩らしてはならない。そしてこの男女同権、男女同等の思想の出発点はやはり女性の経済的独立といふ事にあるのは、最も深い留意を必要とするのである。

○

恋愛の自由、結婚の自由、乃至《ないし》離婚の自由を口にし、若くはそれを実行しやうとしても、経済的独立を得られないために全然失敗に了《おわ》つた悲劇の女主人公を英国の社会劇作家ゴルスワージー(18)は「逃走者」の中で取扱つて見せてゐる。この女主人公クレアーは牧師の娘で、教育のある立派な婦人であるが、誤って准男爵デトモンド将軍の息子ジョーヂと結婚した。夫は余りに平凡無趣味な男で、ウエストミンスター塔(19)を初めて見たとしても「あゝ、ウエストミンスターだ！　時計塔だ！　あれで何時か分るかい?」と云つた風の唯の穿鑿屋《せんさくや》で、美しい物なんかには少しも理解を持つてゐない。クレヤーは感受性の強い、情愛の細やかな、常に何物かに憧れてゐる女性だから、こんな男と同棲してゐるのはまるでジメ〳〵した地下室に埋《うも》つてゐるやうな気持で、その上にこの家庭は古臭い因習に縛られ、空虚な世間体や虚偽虚体にばかり囚《とら》はれてゐるのだから到底《とうてい》堪《た》へ切れない。そこで決心して実家へ帰ろうとしたが、父の牧師は病身の上に、七人の家族で生計もあまり豊かでないので、心弱い正直者の彼女は仕方なしに、味気ないその日、その日をごまかして暮して来たのだが、嘗《かつ》て伊太利《イタリー》へ旅行中、懇意《こんい》になつた男にマライズといふ文学者がある。この男の言葉に励まされてクレアーは愈々決心して夫の許《もと》を飛び出した。体面を気にする夫は百方手を盡して、彼女に帰宅を哀願するが、さうされゝばされる程クレアーは嫌気がさして堪らない。マライズの処に相談に出かけて「私は生活費を得なけりやなりません——一文無しです、ただ少し売る物があるだけ。昨日は一日歩き廻つて女の働きぶりを見てゐました……看護婦にでもと思ひましたが、練習も長くかゝり、その上私は人の苦《くるし》むのを見るのは大嫌ひです。実際、私はもう絶望です、美術品さへ作れません、舞台へ出たらと思つて御相談に上つたのです。」

マライズは、舞台へ、出るには練習が要《い》るから、突飛《とっぴ》な真似も出来まいが、何んとかして自活の途《みち》を見附けて上げやうといふ。すると、夫のジョージからは弁護士などをさし向けてうるさく後を附け廻らせる。そこでクレアーは誰にも知らさず、ある商店の売子に住み込んだが、そこでもやはりいろんな男の誘惑の手が働いて真面目には勤めてゐられない。再びマライズの処へ尋ねて来て彼女の保護に縋《すが》る外はなかつた。マライズは喜んで彼女の世話をした。二人は同棲して恋人の愛を続けてゐる。処《ところ》が夫のジョージは探偵してそれを嗅《か》ぎ附け離婚訴訟と名誉毀損とを裁判所に持出し二人を引離してマライズに復讐すると同時に、彼女を自分の許へ引戻さうと企てる。

事件は公《おもて》沙汰になつた。マライズの関係してゐる雑誌社は此の事件の為めに彼を社に置く事を好まない。そこには生存競争から起る痛ましい同輩の誹謗《ひぼう》も手伝つてゐた。彼は退社を余儀《よぎ》なくされる。クレヤーは驚いたり、怒つたり、悔んだりするが、マライズは元気が善い。「何《ど》うした何うした！　今は考え込んでゐる時ぢやない！　起き上つて戦ふのだ……負かされてなるものか！」と新らしい仕事を探しに出かけて行く。クレヤーは自分の恩人であり、愛人であるマライズを自分故《ゆえ》に社会から葬らせるやうな事をしては済まないと思ひ込んでそのまゝそこを飛び出して了《しま》つた。

かくて六ヶ月過ぎた。ダービーの競馬場に近い「ホテル・ガスコニー」の小さい一室に於ける夕食時である。黒い流行遅れの衣服を着て、開いて落ちかゝつた外套《がいとう》姿で、オヅ〳〵しながら、漸《ようや》くそこへ入つて来て片隅のテーブルに着く婦人がある。給仕がやつて来て「何かお上り？」と聞くが、「何か註文しなくちやいけませんか？」と心細い返事である。彼女はクレアーの成《な》れの果てゞある。最早《もはや》色を売つて生活する外に途《みち》がなくなつたので、今夜はその始めての瀬踏《せぶ》みである。若い男や、中年者のでれ〳〵した男等が、餌物《えもの》を見付けたやうに、取巻きにかゝる。クレヤーは身動きもせず、目も動かせぬ。突然、手をさし延べて、後にかけた上衣のかくしに突き入れ、六ヶ月前にマライズから取つた青い小瓶を取り出し、栓を抜き、シヤンペン酒の中へそつくり注ぎ込んで、前へ捧げ、恰《あたか》も「万歳」と云ふ如くに笑つて唇へ当てゝ飲む。どんよりした笑顔のまゝで、椅子へ反《そ》りかゝる。これがクレヤーの痛ましい最後であつた。

　このクレヤーの悲劇は素《もと》より「不幸な結婚」から来てゐる。その「不幸な結婚」の罠から逃げやうとして、彼女は全力を振つて奮闘したには違ひない。しかし彼女には独立の能力が欠けてゐた。精神的、若くは知識的には「醒《さ》めた女」であるに違ひないが、知識階級婦人で始終してゐたお蔭で、経済的独立の実力が欠けてゐた。又そうした根気や気魄もなかつた。言葉をかへて云へばブルジヨア[20]社会に於けるブルジヨア、インテリゲンチユア[21]婦人が「現実」に面して惨《いた》ましくも敗れた悲劇的運命を彼女に見る。

○

　両性問題の枢軸《すうじく》は何んと云つても「結婚」の問題である。「生れて婦人の身となる事勿《なか》れ、百年の苦楽他人に依《よ》る」といふ東洋的婦人観乃至《ないし》結婚観は今日でも東洋乃至日本の社会の一面の現実を反射してゐるものとも云へるが時勢の動きと共に、そうした現象が何時の間にか次第に破壊されて行きつゝあるのも亦《また》他面の事実である。欧羅巴《ヨーロッパ》でも「結婚」に関しての懐疑的な、乃至《ないし》否定的な見解は早くから行はれてゐるが、近代劇作家で、この問題を捉《とら》へて、「婦人の独立宣言」を高唱した第一人者は即《すなわ》ちイプセンである。彼は「人形の家」の中で「女は母たり、妻たる以前に、先づ人間でなければならない」事を主張した。そして「海の夫人」の結論として婦人の「自由意志」を以て真正の結婚の基調であるべきものだとした。爾来《じらい》[22]彼は女性主義者として、婦人問題の為めに希望の烽火《ほうか》を挙げた左党の大戦士のやうに遇されてゐる。ところがイプセンと対蹠《たいしょ》点(23)の地位に立つて「婦人の独立宣告」なんかは嘲笑《ちょうしょう》し去り、「結婚」の中に男女両性の凄惨な生死的争闘のクライマックスをのみ見つめてゐるのは、右党の大頭目とも云ふべきストリンドベルヒ(24)である。彼は女性を以て「吸血鬼」だとさへ極言してゐる。この二つの左右両極の女性観が近代劇の中にも流れ亘《わた》つて、或は合し、或は離れて今日に至つてゐる。一方はやゝ理想主義に偏し、他方はあまり現実に執着し過ぎた観方《みかた》だとも云へるであらうが、相照合《あいてらしあわ》してそれらの観察や思想を含味《がんみ》して行つたら啓発の資ともなり、又反省の料ともなるべきものであるのは勿論である。

「結婚」は直に一夫一婦制度の厳守の約束である。そして一生を通じて互に渝《かわ》らないといふ拘束《こうそく》をさへ附け加へられる。そこから問題が生(25)じて来るのである。有名な婦人論者エレン・ケイ女史の如きは恋愛結婚と同時に、自由離婚をも唱導してゐる。「事実上、夫婦関係をつゞけ得なくなつた夫婦は、その夫婦関係が過誤であつたからと云つて、その間に生れた子供をも共力して養育する義務から免れる事の出来ないのは当然だが、その為めに必ずしも一つ屋根の下で共同生活しなければならない訳はない」と云ふのである。要するに夫婦のそれ〴〵の人格と個性とを尊重する主義に立脚して、徹底した見解を立てたもので、イプセンと略々《ほぼ》同じ出発点に立つてゐる。

バーナード・ショウ(26)も亦《また》性的道徳の方面では、ケイ女史等と大体同じ立場であつて彼はその戯曲「結婚」の序文で、現代の結婚制度に反抗の叫びを上げ、殊《こと》に結婚の儀式などは無用だとして、「結婚に関して、儀式は二人の人間の相互関係の性質を一瞬間に変へさせる一の魔術の如く下らないものだといふ真理を人はよく見逃がし勝ちである。若《も》し或る男が、或る女と三週間、知り合つた後で結婚して、その翌日、二十年来、知合ひの女に出逢つたとしたら、自分の妻は他人であり、今一人の女は旧友である事を発見して、それが自分にも不合理な驚きとなり、妻にも同様に不合理な怒りとなつたりする事がある。又指輪やヴエールや、誓約や祝福を種にして、男女の愛情を二十年は愚か、二十分間も固定させ得るやうな手品があるわけのものではない。最も愛情の濃《こまや》かな夫婦でも、お互同士に好きな点よりも、お互同士の欠点の方に気が附く時があるに違ひない」と云つてゐる。

　更に、離婚を論じて「離婚は事実に於いて、結婚の破壊ではなく寧《むし》ろ結婚保有の第一条件である。千の結婚は千の結婚を意味する。唯、それつ切りであるが、千の離婚は二千の結婚を意味し得る。何んとなれば、その夫婦は皆再婚し得るから離婚は夫婦を二度取り替へさせるのである。若し相手が善くなかつた場合には非常に望ましい事である」と云つてゐるのは有名な警句でもあり、又真理の一面を大胆に喝破《かっぱ》して、世間幾多《いくた》の道学先生(27)を卒倒させるに足るものである。

(1) 近代の科学上の種々の大発見　一九二八年フレミングのペニシリン発見、一九三四年キュリー夫妻の人工放射線発見、一九三五年には英国でレーザーの実用化が始まるなど、科学上の発見と進歩が世界的規模で相次いだ時代であった。

(2) 社会の経済組織の大変革　一九一七年のロシア革命を経て一九二二年にはソ連邦が成立、社会主義国家が誕生した。

(3) 燦爛　きらきらと輝くこと。

(4) 呪符　災厄を避けるために身につけるもの。まじないふだ。

(5) 「人形の家」　ノルウェーの戯曲。一八七九年、イプセン作。三幕。人形のような妻だった主人公ノラが、一人の人間としての自覚に目覚めて家を出るまでの物語。新しい女性像の提示は最初の近代悲劇として世界的な反響を呼び、後の社会劇や文学、女性運動に多大な影響を与えた。

(6) 「故郷」　ドイツの戯曲。一八九三年、ヘルマン・ズーダーマン作。四幕。オペラ歌手として成功した主人公マグダがかつて自分と子供を捨てた男との結婚を拒否し、それが原因で彼女の父親が死ぬという物語。

（7）先声　先鞭をつける、の意か。

（8）唯心論　世界の本体を精神であるとする形而上学の一立場。著名な唯心論者ではプラトンやヘーゲルが挙げられる。

（9）唯物主義　物質だけが真の存在であり、霊魂や精神、意識を認めない考え方。唯心論の真逆の考え方で、マルクス主義の歴史観（唯物史観）としても知られる。

（10）ハンキン　セント・ジョン・ハンキン St. John Hankin〔一八六九～一九〇九〕イギリスの劇作家。バーナード・ショー、サマセット・モームらとともに、一九世紀後半から二〇世紀始めにかけての写実喜劇を成功させた人物。「二人のウェザビー氏」（一九〇三）、「蕩児帰る」（一九〇五）などの作品がある。四〇歳で自殺した。

（11）累代　何代にもわたって。

（12）粉磨所　粉引き所、製粉所のこと。

（13）坪内博士　坪内逍遙（つぼうち しょうよう）安政六（一八五九）年五月～昭和一〇（一九三五）年一月。劇作家、翻訳家、小説家、評論家。明治一〇年代からスコットやシェイクスピアの翻訳を手がける。明治二四年には「早稲田文学」で「マクベス」の評注を発表、森鷗外との没理想論争が繰り広げられるきっかけとなった。明治四二年には自宅の敷地に演劇研究所を設置、その卒業公演として「ハムレット」「人形の家」などを上演、女優松井須磨子を世に送り出す。晩年には「シェイクスピア全集」の完訳を成し遂げた。中村吉蔵には逍遙についての著作もあり、欧米の劇作家と並んで自らの研究対象としていたことが察せられる。

（14）ボートン　ウィリアム・スタンレー・ホートン　William Stanley Houghton〔一八八一～一九一三〕イギリスの劇作家。イプセンの影響を受け、古い習慣に囚われた結婚を拒否する女性の姿などを描いた。代表作に「ヒンドゥル・ウェイクス」（一九一二）など。

（15）ピユーリタン　清教徒。イングランド国教会のカトリシズムに飽きたらず、真摯な信仰と清廉潔白な生活を守ろうとした人々。一部は一七世紀にニューイングランド植民地へ移住。
（16）約婚　婚約のこと。
（17）シルリング　シリング。イギリスの貨幣単位。ポンドの二〇分の一。一九七一年に廃止された。
（18）ゴルスワージー　ジョン・ゴールズワージー　John Galsworthy〔一八六七～一九三三〕イギリスの劇作家、小説家。バーナード・ショーなどの影響を受けて一九〇六年頃から社会劇の創作を始める。代表作に「銀の箱」（一九〇九）、「争闘」（一九〇九）など。
（19）ウエストミンスター塔　ウェストミンスタ―寺院。ロンドンのウェストミンスターにある聖ペテロ修道教会のこと。イギリス国王の戴冠式を行う場所としても有名。
（20）ブルジョア　近代社会において資産家階級に属する人々。
（21）インテリゲンチユア　知識人。
（22）爾来　それ以来。
（23）対蹠点　あることに対して反対であること。
（24）ストリンドベルヒ　ヨハン・アウグスト・ストリンドベリ〔一八四九～一九一二〕スウェーデンの劇作家、画家。自然主義、表現主義の担い手でスウェーデンを代表する作家。戯曲の代表作に「ローマにて」（一八七〇）や「ウーロフ師」（一八七二）などがある。三度の離婚を経験し、晩年は孤独であったという。
（25）エレン・ケイ　Ellen Karolina sofia Key〔一八四九～一九二六〕スウェーデンの思想家、教育家。婦人と子供の生活について教育論、結婚論、婦人運動論を展開。中でも「恋愛と結婚」（一九〇三）は日本でも紹介され、平塚らいてう、与謝野晶子らに大きな影響を与えた。
（26）バーナード・シヨウ　ジョージ・バーナード・ショー　George Bernard Shaw〔一八五六～一九五〇〕英国の劇作家、評論家。筆名コルノ・ディ・バッセット。フェビアン協会の一員となり社会主義者として活動した後、一八九四年から「土曜評論」の劇作家として活躍した。社会問題の提起者として「イプセン主義真髄」（一八九一）などを書き、戯曲では「ウォーレン婦人の職業」（一八九三）などがある。一九一二年に「ピグマリオン」を発表。一九二五年ノーベル文学賞を受賞。

（27）道学先生　道学は儒学の意。道学先生とは道徳に偏って融通が利かず、世間のことを知らない学者をからかっていう言葉。

島崎　藤村

＊島崎藤村（しまざき　とうそん）

明治五（一八七二）年二月一七日～昭和一八（一九四三）年八月二二日。本名春樹。長野県生れ。詩人、小説家。明治二〇年明治学院に入学、キリスト教の洗礼を受ける。二五年明治女学校の教員となるが、教え子に恋情を覚え退職、教会も退会する。この頃北村透谷らと「文学界」を創刊。二九年東北学院の教師となって仙台へ赴任、この時代に書かれた詩が後に「若菜集」（明30）に収められる。三二年に小諸義塾の教師として信州に帰り結婚。その後自然主義小説に転じ、「破戒」（明39）、「春」（明41）などを発表するが、「新生」事件（姪との恋愛）から逃れるためフランスへ渡り、ここで第一次世界大戦と遭遇する。

笑

初出　「日の出」（昭8・4）
所収　「桃の雫」（岩波書店、昭11・6）

もし今の世に笑《わらい》を持ち来《きた》す人があつて、詩歌小説であれ、絵画彫刻であれ、演劇であれ、あるひは映画であれ、何等《なんら》かの形によくそれをあらはして見せて呉《く》れるなら、どんなにわたしなぞはそれを見ることを楽しみにするだらう。

誰でも人間の笑顔を見たいと思はないものはない。もし又、その笑が冷たいものでもなくて、直ぐにも親しめるやうなものであつて呉れるなら、どんなに楽しからう。そのことをすこしこゝに書きつけて見る。

○

笑で思ひ出す。昔から美しい人のたとへにもよく引合《ひきあい》に出される名高い支那《しな》の妃(1)が、めつたに笑はなかつた人であるといふことは、やがて深窓(2)に運命の激しさをかこつ(3)東洋の婦人の多かつたことを語るものであらうか。後の世までその名を謳《うた》はるゝほど、みめかたち麗《うるわ》しく生れついた人達が、さうめつたに笑はなかつたといふことは面白い。さういふ人達(4)が一度笑つたら、国を傾けるほど美しかつたといふことも面白い。

古い東洋文学の一面といふものは、さうした多情多恨の文字で満たされてゐる。そこには、香魂《こうこん》とか、香骨《こうこつ》(5)とかの言葉が拾つても拾つても尽きないほどある。そして、どうかして得たいと思ふさういふ笑のためには、千金をなげうつことも惜しまなかつたやうな人や、高い地位勢力を利用したやうな人や、才智腕力の衆にすぐれた人や、又は情人なぞのかず〳〵の数奇な生涯が語つてある。

閨《ねや》、衾《ふすま》から、枕の類にまで事寄せ、あるひは恋とし、あるひは哀傷として、詩にも作られ、歌にも詠まれ、文章にも綴られて来たのは、さういふ婦人達がこの世に持ち来《きた》した笑の美しさに就《つ》いてである。

○

しかし、あはれの深さは薄命な婦人達の姿にのみかぎらない。よく見れば、どんな人の姿でもあはれの深くないものはない。わたしたちの眼の前を通り過ぎる人でも、わたしたちの直ぐ隣にゐる人でも。

○

どうしてこんなことを書きつけて見るかといふに、昭和も八年(6)の春を迎へた今日、これを明治の初から数へて見るなら、すでに六十六年目にもなるが、だん〴〵わたしなぞは笑へなくなつたやうな気がするからだ。周囲を見るに、どうやらわたしばかりでもなささうだ。これは明治生れのわたしなぞが追々と年老いて行くためばかりとも思はれない。この世の嬉しいや悲しいを一通り通り越して、わたしたちの笑が冷たくなつたためかといふに、さうばかりとも思はれない。

○

些細《ささい》なことがわたしたちを慰める。何故《なぜ》かなら些細なことがわたしたちを傷《いた》ませるから、とやら。さういふわたしなぞも、些細なことに笑へたものだ。浅草新片町(7)に暮した頃、二三の旧友と共に伊豆の修善寺から天城山を越して、伊東温泉の湯気の中に互の旅の顔を見合せた時。信州の山の上に七年の月日を送つた頃(8)、長野でのクリスマスの晩に招かれて、燈火《あかり》の泄《も》れる教会堂へと案内される途中に、年若な牧師夫人が、二度も三度も雪に滑つて転ぶ音を聞いた時。ずつと以前に仙台(9)への旅をして荒浜の方で鳴る海の音を下宿の窓に聞きつけた頃、その下宿の田舎娘から自分の足の太いことを言はれて見ると、それが自分の長い放浪の結果(10)であつたと初めて気がついた時。ちよつと思ひ出して見たばかりでも、実に些細なことに笑ふことの出来た過去の自分が胸に浮んで来る。そして周囲にあつた友人等と同じやうに、自分等の性情を伸ばして行くことが出来たやうな気がする。

○

西洋の人に言はせると、一体に東洋人は笑はない、だから気心が知りにくいといふ話を聞いたこともある。併《しか》しわたしたちの先祖からして、決して笑を解さない人達ではない。顴骨の高く鼻の低い『おかめ』の面の福々しいものから農業時代の豊饒《ほうじょう》を祝福するかのやうな『翁《おきな》』の面の気高く老いさびたものにまで、古人の笑が残つてゐるばかりでなく、おそらく外国には類の少なからうと思はれる笑をあらはした神像までわたしたちの国にはある。あの大国主《おおくにぬし》(11)、事代主《ことしろぬし》(12)の二神が国譲りの難局に処せられた遠い昔を想ひ見ると、今日の所謂《いわゆる》非常時で、なか〳〵笑へる場合でもないのだ。それでも退いて民に稼穡《かしょく》の道を教へ、父は農業の祖神となり、子は商業と漁業との祖神となつたと言はれる神達が、どんな笑をこの世に持ち来《きた》したかは、夷大黒《えびすだいこく》として辺鄙《へんぴ》な片田舎の神棚にも祀つてある一対《いっつい》の彫刻にもそれがあらはれてゐる。あの神達の笑はあまりに古くて、よく分らないが、後世の欲の深い人間が訳もなしに祭り上げるやうなものではなくて、思ひの外な深い笑であつたかも知れない。

○

そんな遠い昔のことはしばらく置くとして、もつと近いところはどうだらう。どうして、わたしたちの先祖が笑を解さないどころか、猿楽から狂言となり、狂言から芝居となり、近代へと降つて来れば来るほど、古人の戯《たわむ》れた姿は殆んどわたしたちの応接にいとまがないくらゐだ。

一例を言へば『暫《しばらく》』(13)だ。舞台の上の関白は対抗する力のために、見事にその荒膽《あらげい》を取りひしがれる。そこには江戸人の高い笑がある。又、一例を言へば三千歳《みちとせ》(14)の芝居だ。舞台の上の武士はその情婦から嫌はれ、損な役廻りを勤めた上で、すご〳〵とその場を引きさがらなければならない。そこにも作者の笑が隠れてゐる。

○

ある。ある。徳川時代の草双紙《くさぞうし》、黄表紙《きびょうし》、それから洒落本《しゃれほん》の類をあけて見たものは、当時の戯作《げさく》者《しゃ》が度《ど》はづれた笑に一驚《いっきょう》[15]するであらうと思はれるほど多くある。故北村透谷なぞはあの通りの人だから、それを徳川時代の平民的虚無思想といふことに結びつけて考へたくらゐだ。八笑人[16]といふやうな、まるで笑の団隊のやうな人達もあれば、弥次郎兵衛、喜多八[17]のやうに行く先に笑を振り撒《ま》く二人組の旅行者もある。

○

しかし、最早わたしたちは、あの東海道や木曾街道の膝栗毛《ひざくりげ》なぞをあけて見ても、昔の人のやうには笑へなくなつた。その滑稽がそれほど滑稽とも感じられなくなつた。本馬《ほんま》何文、軽尻《かるじり》何文、人《にん》足《そく》何文[18]と言つた昔に、道中記をふところにしながら宿場《しゅくば》から宿場へとかゝつた頃の人と、今日のわたしたちとは違ふからだ。これは止むを得ないことだとしても、さういふわたしなぞが亡くなつた友人達のまだ達者でゐた頃のやうにすら笑へなくなつたには驚く。世界の地図を変へ、民族の興廃を変へたばかりでなく、二十世紀の舞台はあれからまさしく一転したやうな、大正三年より数年にも亙《わた》る世界大戦[19]の影響といふものは、こんなにわたしたちを変へたであらうか。この節、朝に晩に吾家《わがや》へ配達して来る新聞紙を開いて見ても、殆んどわたしはその中に笑といふものを見出さない。たまに見つけるものはあつても、それは刺すやうに痛い時事の漫画か、さもなければこの世界の苦の中に、震へながら立ち尽《つ》してゐるやうな人人のカリカチユウル（戯画）[20]だ。こんなことで、どうしてわたしたちは自分等を延ばして行かれよう。

○

好い笑は、暖かい冬の陽ざしのやうなものだ。誰でも親しめる。広いこの世の中には、どうして見ても駄目だといふこともある。しかしそれを駄目だとしてしまはないで、どうかして温めて見たいと思ふのが、わたしたちの自然な願ひではないだらうか。

○

ことしの正月は、親戚の年寄の御相伴で、市川団十郎(21)追善興行の二度目の催しを舞台の上に眺めて来た。噂のあつた古い歌舞伎の『鳴神《なるかみ》』(22)をも初めて見物して来た。ちやうど幕合の廊下で、石井柏亭(23)君や有島生馬(24)君に逢つて、わたしたちはあの『鳴神』の面白さに就いて語り合つた。あれは謡曲の『一角《いっかく》仙人』(25)から来たものと聞くが、行ひすました行者が美しい婦人の誘惑に神通力を失ひ、戒壇《かいだん》(26)の上から転がり落ちる場面などがある。婦人の名が雲の絶間姫《たえまひめ》(27)といふことからしてをかしくもあるし、曲の主要な部分が仮白《かはく》から成つていて、音曲はただそれを導き出すやうに作られてあるのも、歌舞伎としてはめづらしい。不思議にも、わたしは楽しく燃える蠟燭《ろうそく》の火でも望むやうに、あの血の気の通つた舞台を静かに眺めることが出来た。そこに人間性に触れることの深いユウモアの力があると思つた。自分はまだ笑へる。さう考へて帰つて来た時はうれしかつた。

○

過去に於いて、この国に深い笑を持ち来《きた》したものは、何と言つても徳川時代の俳諧《はいかい》の作者であらう。わたしが芭蕉(28)を愛し、丈草《じょうそう》、去来《きょらい》、凡兆《ぼんちょう》等の蕉門《しょうもん》の作者を思ふのは、古人等《ら》が浅い滑稽から出発してそれを好いユウモアにまで深めて行つたところにある。古人等には風狂の説があつて、この世のさびしさの中にも笑ふことを教へて呉れる。わたしは又その意味に於いて西鶴(29)の機智に感じ、徳川の世もさかりを過ぎた頃に一茶(30)のやうな作者の生きてゐたといふことにも心をひかれる。

（1）昔から美しい人のたとへにもよく引合に出される名高い支那の妃　唐の玄宗の妃楊貴妃のこと。

（2）やがて　すなわち。

（3）かこつ　嘆く。

（4）国を傾けるほど美しい　傾国の美女。

（5）香魂とか、香骨とか　香魂は美人の魂、香骨は美人の骨。

（6）昭和も八年の春　一月、山海関事件勃発。二月には小林多喜二が拷問の末虐殺される。三月末に日本は国際連盟を脱退し、国際的に孤立の道を歩み始めた。また、米国の金融恐慌のため日本の為替市場は休場、国内ではインフレが続いた。三原山での女学生連続投身自殺（一月～）、三陸地方で死者三千人を数える地震と大津波（三月）、養育費を目当てに貰い子二五人を殺害した男が逮捕される（三月）など、暗い事件が相次いだ。

（7）浅草新片町　藤村は明治三九年一〇月より浅草新片町に住んでいる。文中の箱根旅行は翌年の六月のこと。この頃「春」（明41）の構想を始めている。

（8）信州の山の上に七年の月日を送つた頃　明治三二年四月、藤村は小諸義塾の教師として信州小諸町に赴任、それと同時に秦フユと結婚している。明治三八年四月に舅や友人から「破戒」を自費出版するための費用を借り、上京するまで、小諸での生活は続いた。この間、「千曲川のスケッチ」「落梅集」「藤村詩集」などを刊行している。

「私は今、小諸の城跡に近いところの学校で、君と同年位な学生を教えて居る。君は斯ういふ山の上への春が奈何に待たれて、そして奈何に短いものであると思ふ。四月の二十日頃に成らなければ、花が咲かない。梅も桜も李も殆ど同時に咲く。城跡の懐古園には二十五日に祭りがあるが、その頃が花の盛りだ。すると、毎年きまりのやうに風雨がやつて来て、一時にすべての花を浚つて行つて了ふ。」（「千曲川のスケッチ」）

（9）仙台への旅　明治二九年九月、東北学院の作文教師として仙台に単身赴任した時のことか。翌年七月、東北学院を辞職、八月に「若菜集」を刊行している。

（10）自分の長い放浪の結果　明治二六年の明治女学院辞職、教会退会をきっかけに、藤村は関西漂泊の旅に出ている。また、明治二七年に北村透谷が自殺、翌年には郷里の旧宅が火事で消失するなど、仙台へ至るまでの数年は藤村にとってつらい出来事の多い時期でもあった。
（11）大国主　おおくにぬしのみこと。日本神話の神様。少彦名神と協力して国づくりをした後、杵築に引退。出雲大社に祭られている。
（12）事代主　ことしろぬしのかみ。大国主の子。父を助けて国づくりに励んだが、やがて国譲りの神に対して国土を譲り、引退した。
（13）『暫』　歌舞伎狂言（時代物）。初演は元禄五（一六九二）年だが、現在は明治二八年九世団十郎が上演したものを踏襲している。鶴ヶ岡八幡に悪公卿が現れ、自分に従わない善男善女を家来に命じて切り殺させようとした時、「しばらく」と声をかけて主人公が登場、悪人たちを追い払って見栄を切る、というもの。
（14）三千歳　歌舞伎狂言（世話物）「天衣紛上野初花（くもいにまごううえののはつはな）」の登場人物。三千歳は吉原の遊女で、直侍（直次郎）と恋仲である。三千歳は直侍のために百両の金を貢ぐが、その金は実は金子市之丞が出したものであった。金が返せなければ身請けをすると迫る市之丞は、日本堤で直侍を待ち伏せするが、そこには直侍の兄貴分宗俊が待っており、目的を果たせずに終わる。
（15）北村透谷　明治元（一八六八）年一一月～明治二七（一八九四）年五月。詩人、評論家。藤村とともに「文学界」を代表する文人であった。日本最初の自由律長詩である「楚囚之詩」や劇詩「蓬莱曲」、評論「厭世詩家と女性」などを発表したが、二五歳の若さで自殺、藤村らに大きな衝撃を与えた。
（16）八笑人　滝亭鯉丈ほか作の滑稽本「花暦八笑人」の略称。文政三（一八二〇）年から嘉永二（一八四九）年にかけて五編一六冊で刊行。若隠居左次郎と七人の能楽仲間の演ずる滑稽を描く。
（17）弥次郎兵衛、喜多八　十返舎一九の滑稽本、「東海道中膝栗毛」の登場人物。弥次さんこと弥次郎兵衛と喜多さんこと喜多八の二人が、珍事件を巻き起こしながら江戸から京へと東海道を旅する物語。
（18）本馬何文、軽尻何文、人足何文　本馬は宿場の荷物を運ぶ馬のうち、三六貫を一駄として運ぶもののこと。その半分の量を運ぶ馬を軽尻と呼んだ。人足は力仕事を引き受ける人間。何文とはそれぞれの賃金がいくらなのかということ。
(19) 世界大戦　一九一四年七月、オーストリアがセルビアに宣戦布告し、勃発。一九一八年ドイツの降伏、ヴェルサイユ条約によって講和成立。ちょうどこの時期藤村はフランスにいて、大戦による混乱を目のあたりにしている。この間の事情は「仏蘭西だより」(後に「平和の巴里」「戦争の巴里」として刊行される)「エトランゼエ」などに詳しい。
(20) 時事の漫画～カリカチユウル(戯画) 藤村の指摘通り、昭和八年の、とくに一月の新聞紙上には漫画や戯画が目立つ。それも世相を反映してか、寒々しく、暗い内容のものが多かった。
(21) 市川団十郎　九世市川団十郎のことか。天保九(一八三八)年一〇月～明治三六(一九〇三)年九月。「劇聖」と謳われた名優であった。史実を忠実に写そうとする「活歴」の創始者である。演劇の改良運動に取り組み、近代的な演技術を編み出した。
(22) 『鳴神』 歌舞伎狂言(時代物)。謡曲の「一角仙人」を基にしている。七世市川団十郎により、歌舞伎十八番の一に制定された。朝廷へのいやがらせのため、龍神を北山の滝壷に封じ、旱魃を引き起こした鳴神上人に、雲の絶間姫が色仕掛けでせまり、龍神を封印したしめ縄を切る、という物語。
(23) 石井柏亭(いしい　はくてい)明治一五(一八八二)年三月～昭和三三(一九五八)年一二月。洋画家。「明星」に挿絵を描くなど、文学者との交流も厚かった。
(24) 有島生馬　明治一五(一八八二)年一一月～昭和四九(一九七四)年九月。小説家、画家。有島武郎の実弟。「白樺」の同人としても活躍。「千曲川のスケッチ」の装丁とカットを手がけるなど、藤村とは非常に親しい間柄にあった。
(25) 『一角仙人』 注(22)参照。
(26) 戒壇　僧に戒を授ける式場。
(27) 雲の絶間姫　注(22)参照。
(28) 芭蕉　松尾芭蕉。
「芭蕉の生涯は旅人の生涯であつたばかりでなく、漂泊者の生涯であつた。『漂泊の思ひやまず』と道の記の中に力強く書いてあつたと思ふ。

芭蕉に行かうとするものは、あの言葉の光を捉へることを忘れてはなるまい。」（「春を待ちつつ」）

（29）　西鶴　井原西鶴。寛永一九（一六四二）年～元禄六（一六九三）年八月。若年の頃は俳諧師として、のち浮世草子作者に転じた。「好色一代男」「日本永代蔵」などがある。

（30）　一茶　小林一茶。宝暦一三（一七六三）年～文政一〇（一八二七）年一一月。江戸末期の俳人。庶民的で親しみやすい句風で知られる。句文集に「おらが春」がある。

北原　白秋

＊北原白秋（きたはら　はくしゅう）

明治一八（一八八五）年一月二五日〜昭和一七（一九四二）年一一月二日。福岡県山門郡沖端村（現柳川市）生れ。旧家で造り酒屋の長男、本名隆吉。明治末期・大正・昭和の詩人、歌人、童謡・歌謡・民謡作家。明治三七年中学を中退し上京。雑誌「文庫」「明星」「スバル」に詩や短歌を発表し文壇に認められる。官能的・耽美的作風で名を成し、象徴詩運動に影響を与えるが、中年、晩年は短歌に傾き現実生活を重視した作風を展開する。晩年に雑誌「多磨」を創刊し「新幽玄体」を主張する。

わが生ひたち*

初出「時事新報」（明44・5〜9）
所収「白秋小品」（阿蘭陀書房、大5・10）

○

私の郷里柳河《やながわ》[1]は水郷である。さうして静かな廃市《はいし》[2]の一つである。自然の風物は如何《いか》にも南国的であるが、既に柳河の街を貫通する数知れぬ溝渠《ほりわり》[3]のにほひには日に日に廃《すた》れてゆく旧《ふる》い封建時代の白壁が今なほ懐かしい影を映す。肥後路[4]より、或《あるい》は久留米路より、或は佐賀より筑後川の流を超えて、わが街に入り来《きた》る旅びとはその周囲の大平野に分岐して、遠く近く瓏銀《ろうぎん》[5]の光を放つてゐる幾多の人工的河水を眼にするであらう。さうして歩むにつれて、その水面の随所に、菱[6]の葉、蓮《はす》、真菰《まこも》[7]、河骨《こうほね》[8]、或は赤褐黄緑《せっかつおうりょく》その他様々の浮藻《うきも》の強烈な更紗《さらさ》模様[9]のなかに微《かす》かに淡紫のウオタアヒヤシンス[10]の花を見出すであらう。水は清らかに流れて廃市に入り、廃れはてたNoskai屋[11]（遊女屋）の人もなき厨《くりや》の下を流れ、洗濯女の白い洒布《さらし》に注ぎ、水門に堰《せ》かれては、三味線の音《ね》の緩《ゆる》む昼すぎを小料理の黒いダアリヤの花に歎き、酒造る水となり[12]、汲水場《くみず》[13]に立つ湯上りの素肌しなやかな肺病娘の唇を嗽《そそ》ぎ、気の弱い鶩《あひる》の毛に擾《みだ》され、さうして夜は観音講のなつかしい提燈の灯をちらつかせながら、樋《いび》[14]を隔てゝ海近き沖《おき》ノ端《はた》[15]の鹹《しお》川《かわ》[16]に落ちてゆく、静かな幾多の溝渠はかうして昔のまゝの白壁に寂しく光り、たまたま芝居見の水路となり、蛇を奔《はし》らせ、変化多き少年の秘密を育む。水郷柳河はさながら水に浮いた灰色の柩《ひつぎ》である。

○

折々の季節につれて四辺の風物も改まる。短い冬の間にも見る影もなく汚ごれ果てた田や畑に、刈株《かりかぶ》のみが鋤《す》きかへされたま丶色もなく乾き尽くし、羽に白い斑紋を持つた怪しげな高麗烏《こうげがらす》(17)（この地方特殊の鳥）のみが廃れた寺院の屋根に鳴き叫ぶ、さうして青い股引《ももひき》をつけた櫨《はじ》(18)の実採りの男が静かに暮れてゆく卵いろの梢《こずえ》を眺めては無言に手を動かしてゐる外には、展望の曠《ひろ》い平野丈《だけ》に何らの見るべき変化もなく、凡《すべ》てが陰欝な光に被《おお》はれる。柳河の街の子供はかういふ時幽《かす》かなシユブタ（方言鮠《はえ》の一種）の腹の閃《ひら》めきにも話にきく生胆取《いきぎもとり》(19)の青い眼つきを思ひ出し、海辺の黒猫はほ丶け果てた白い穂の限りもなく戦いでゐる枯葦原の中に、ぢつと蹲《うずくま》つたま丶、過ぎゆく冬の囁《ささや》きに昼もなほ耳かたむけて死ぬるであらう。

○

いづれにもまして春の季節の長いといふ事はまた此地方を限りなく悲しいものに思はせる、麦がのび、見わたす限りの平野に黄ろい菜の花の毛氈《もうせん》が柔かな軟風に薫《かお》り初めるころ、まだ見ぬ幸を求むるためにうらわかい町の娘の一群は笈《おいずる》(20)に身を窶《やつ》し、哀れな巡礼の姿となつて、初めて西国《さいこく》三十三(21)番の札所を旅して歩るく。（巡礼に出る習慣は別に宗教上の深い信仰からでもなく、単にお嫁《よ》め入りの資格としてどんな良家の娘にも必要であつた。）その留守の間にも水車は長閑《のど》かに廻り、町端れの飾屋(22)の爺は大きな鼈甲縁《べっこうぶち》の眼鏡をかけて、怪しい金象眼《ぞうがん》の愁《うれい》にチンカチと鎚《つち》を鳴らし、片《かた》思《おい》の薄葉鉄《ぶりっき》職人はぢり〲と赤い封蝋《ふうろう》を溶かし、黄色い支那服の商人は生温い挨拶の言葉をかけて戸毎《ごと》を覗き初める。春も半《なか》ばとなつて菜の花もちりか丶るころには街道のところどころに木蝋(23)を平《な》準《ら》して干す畑が蒼白く光り、さうして狐憑《きつねつき》の女が他愛もなく狂ひ出し、野の隅には粗末な蓆《むしろ》張りの円《まる》天井が作られる。その芝居小屋のかげをゆく馬車の喇叭《らっぱ》(24)のなつかしさよ。

さはいへ大麦の花が咲き、からしの花(25)も実となる晩春の名残惜しさは青くさい芥子《けし》(26)の萼《うてな》や新らしい蚕豆《そらまめ》の香ひにいつしかとまたまぎれてゆく。

　まだ夏には早い五月の水路に杉の葉の飾りを取りつけ初めた大きな三神丸《さんじんまる》(27)の一部をふと学校がへりに発見した沖ノ端の子供の喜びは何に譬《たと》へやう。艫《とも》の方の化粧部屋は蓆で張られ、昔ながらの廃れかけた舟舞台には桜の造花を隈なくかざし、欄干《らんかん》の三方に垂らした御簾《みす》は彩色《さいしき》も褪《あ》せはてたものではあるが、水天宮《すいてんぐう》(28)の祭日となれば粋《いき》な町内の若い衆が紺の半被《はっぴ》に棹《さお》さゝれて、幕あひには笛や太鼓や三味線の囃子《はやし》面白く、町を替ゆるたびに幕を替え、日を替ゆるたびに歌舞伎の芸題《げだい》もとり替えて、同じ水路を上下すること三日三夜、見物は皆あちらこちらの溝渠から小舟に棹さして集まり、華やかに水郷の歓を尽くして別れるものゝ、何処かに頽廃の趣が見えて祭の済んだあとから夏の哀れは日に日に深くなる。

　この騒ぎが静まれば柳河にはまたゆかしい蛍の時季が来る。

あの眼の光るは
星か、蛍か、鵜の鳥か、
蛍ならばお手にとろ、
お星様なら拝みませう……

　稚《おさな》い時私はよくかういふ子守唄をきかされた、さうして恐ろしい夜の闇にをびえながら、乳母の背中から手を出して例の首の赤い蛍を握りしめた時私はどんなに好奇の心に顫《ふる》へたであらう。実際蛍は地方の名物である。馬鈴薯の花(29)さくころ、街の小舟はまた幾つとなく矢部川(30)の流を溯り初める。さうして甘酸《あまず》ゆい燐光《りんこう》の息するたびに、あをあをと眼に沁《し》みる蛍籠に美しい仮寝《かりね》の夢を時たまに閃《ひら》めかしながら水のまにまに夜をこめて流れ下るのを習慣とするのである。

〇

　長い霖雨《りんう》の間に果実《くだもの》の樹は孕《はら》み女のやうに重くしなだれ、ものゝ卵はねば〴〵と瀦水《たまりみず》のむじな藻《も》(31)にからみつき、蛇は木にのぼり、真菰は繁りに繁る。柳河の夏はかうして凡ての心を重く暗く腐らしたあと、池の辺《ほとり》に鬼百合(32)の赤い閃めきを先だてゝ、烘《や》くが如き暑熱を注ぎかける。

日光の直射を恐れて羽蟻は飛びめぐり、溝渠には水涸れて悪臭を放ち、病犬は朝鮮薊《あざみ》(33)の紫の刺《とげ》に後退《あとしざ》りつゝ咆《ほ》え廻り、蛙は蒼白い腹を仰向けて死に、泥臭い鮒のあたまは苦しさうに泡を立てはじめる。七八月の炎熱はかうして平原の到るところの街々に激しい流行病《はやりやまい》(34)を仲介し、日ごとに夕焼の赤い反照を浴びせかけるのである。

この時、海に最も近い沖ノ端の漁師原《りょうしばら》(35)には男も女も半裸体のまゝ紅い西瓜《すいか》をむさぼり、石炭酸(36)の強い異臭の中に昼は寝《い》ね、夜は病魔退散のまじなひとして廃れた街の中、或は堀《ほり》の柳のかげにBANKO(37)（椽台）を持ち出しては盛んに花火を揚《あ》げる。さうして朽《く》ちかゝつた家々のランプのかげから、死に瀕《ひん》した虎剌拉《コレラ》(38)患者は恐ろしさうに蒲団を匍《は》ひいだし、ただぢつと薄あかりの中《うち》に色変えてゆく五色《ごしき》花火のしたゝりに疲れた瞳を集める。

焼酎の不摂生《ふせっせい》に人々の胃を犯すもこの時である。犬殺しが歩《あ》るき、巫女《みこ》が酒倉に見えるのもこの時である。さうして雨乞の思ひ思ひに白粉《おしろい》をつけ、紅《あか》い隈どりを凝らした仮装行列の日に日に幾隊となく続いてゆくのもこの時である。さはいへまた久留米絣《くるめがすり》をつけ新らしい手籠《てかご》を擁《かか》えた菱の実売りの娘の、なつかしい「菱シヤンヲウ(39)」の呼声をきくのもこの時である。

〇

九月に入つて登記所(40)の庭に黄色い鶏頭《けいとう》の花が咲くやうになつてもまだ虎剌拉は止む気色もない。若い町の弁護士が忙しさうに粗末な硝子戸を出入《ではい》りし、蒼白い薬種屋の娘の乱行の漸《ようや》く人の噂に上るやうになれば秋はもう青い渋柿を搗《つ》く酒屋の杵《きね》の音にも新らしい匂の爽かさを忍ばせる。

祇園会《ぎおんえ》(41)が了り秋もふけて、線香を乾かす家、からし油を搾《しぼ》る店、パラピン(42)蠟燭を造る娘、堤燈の絵を描く義太夫の師匠、ひとり飴形屋《あめがた》(43)（飴形は飴の一種である、柳河特殊のもの）の二階に取り残された旅役者の女房、すべてがしんみりとした気分に物の哀れを思ひ知る十月の末には、先づ秋祭の準備として柳河のあらゆる溝渠はあらゆる市民の手に依て、一旦水門の扉を閉され、水は干され、魚は掬《すく》はれ、腥《なま》くさい水草は取り除かれ、溝《どぶ》どろは奇麗に浚《さら》ひ尽くされる。この「水落ち」の楽しさは町の子供の何にも代へ難い季節の華である。さうしてこの一騒《さわ》ぎのあとから、また久潤《ひさし》ぶりに清らかな水は廃市に注ぎ入り、楽しい祭の前触《まえぶれ》が、異様な道化《どうけ》の服装をして、喇叭を鳴らし拍子木を打ちつゝ、明日の芝居の芸題《げだい》を面白ろをかしく披露しながら町から町へと巡り歩るく。

祭は町から町へ日を異にして準備される、さうして彼我《かれら》の家庭を挙げて往来しては一夕の愉快なる団欒《だんらん》に美くしい懇親の情を交《かわ》すのである。加之《しかのみならず》、識《し》る人も識らぬ人も酔うては無礼講の風俗をかしく、朱欒《ざぼん》(44)の実のかげに幼児と独楽《こま》を回はし、戸ごとに酒をたづねては浮かれ歩るく。祭のあとの寂しさはまた格別である、野は火のやうな櫨紅葉に百舌《もず》がただ啼きしきるばかり、何処からともなく漂浪《さすら》ふて来た傀儡師《くぐつまわし》(45)の肩の上に、生白い華魁《おいらん》の首が、カツクカツクと眉を振る物凄さも、何時の間にか人々の記憶から掻き消されるやうに消え失せて、寂しい寂しい冬が来る。

○

要するに柳河は廃市である。とある街の辻に古くから立つてゐる円筒状の黒い広告塔に、折々《おりおり》、西洋奇術の貼札《はりふだ》が紅《あか》いへらへら踊の怪しい景気をつけるほかにはよし今のやうに、アセチリン瓦斯《ガス》を点《つ》け、新たに電気燈《でんき》をひいて見たところで、格別、これはといふ変化も凡ての沈滞《ちんたい》から美くしい手品を見せるやうに容易《たやす》く蘇《よみがえ》らせる事は不可能であらう。ただ偶々《たまたま》に東京がへりの若い歯科医がその窓の障子に気まぐれな赤い硝子を入れただけのことで、何時しか屋根に薊《あざみ》の咲いた古い旅籠屋《はたごや》にはほんの商用向の旅人が殆ど泊つたけはひも見せないで立つて了ふ。ただ何時通つても白痴の久たんは青い手《て》拭《ぬぐい》を被つたまゝ同じ風に同じ電信柱をかき抱き、ボンボン時計を修繕《なお》す禿頭《はげ》は硝子戸の中に俯向《うつむ》いたぎりチックタックと音をつまみ、本屋の主人《あるじ》は蒼白い顔をして空をたゞ凝《み》視《つ》めてゐる。かういふ何の物音もなく眠つた街に、住む人は因循《いんじゅん》で、ただ柔順《おとな》しく、僅《わずか》に Gon-shan（良家の娘、方言）のあの情の深さうな、そして流暢な、軟かみのある語韻の九州には珍らしいほど京都風なのに阿蘭陀《オランダ》訛の浴《とろ》け込んだ夕暮のささやきばかりがなつかしい。風俗の淫《みだ》らなのにひきかへて遊女屋のひとつも残らず廃れたのは哀れぶかい趣のひとつであるが、それも小さな平和な街の小さな世間体を恐るゝ――利発《りはつ》な心が卑怯《ひきょう》にも人の目につき易い遊びから自然と身を退くに至つたのであらう。いまもなほ黒いダアリヤのかげから、かくれ遊びの三味線は昼もきこえて水はむかしのやうに流れてゆく。

（1）柳河　現在の福岡県柳川市。
（2）廃市　柳川は立花藩の一一万高の城下町であったが、廃藩置県後、産業もあまりなく鉄道も入ってこなかったので街が急に廃れた。
（3）数知れぬ溝渠　城の防衛のために掘ったもの。
（4）肥後路　鉄道ができるまでの北九州の重要な通路の一つ。
（5）瓏銀の光　鮮やかな銀色。
（6）菱の葉　池や沼に生える水面に浮く一年草。葉は広い菱形で表面に艶がある。花は白色の四弁花で、花期は七～一〇月。
（7）真菰　池や沼、川のふちなどに自生する多年草。高さは一～二メートル。葉は線形。八～一〇月に四〇～六〇センチの円錐花序を出し、上部に雌花、下部に雄花をつける。
（8）河骨　スイレン科の多年生水草。池沼や小川に自生する。夏、黄色の花を上向きに開く。
（9）更紗模様　江戸時代、インド、ジャワ、ペルシャなどから日本に入ってきた綿布に染められていた異国情調のある模様。多くの色が使われ、鮮やかである。
（10）ウオタアヒヤシンス　英語の名称（water hyacinth）を仮名になおし、そのまま使った。

（11）Noskai屋　柳川方言。
（12）酒造る水　白秋は造り酒屋の旧家の長男として生れた。
（13）汲水場　溝渠に石段のついた所。
（14）樋　水をせき止めた所。
（15）沖ノ端　白秋は当時の福岡県山門（やまと）郡沖端（おきのはた）村で生れた。柳川の西で有明海に面している。
（16）鹹川　海水の流れてくる川。
（17）高麗烏　かささぎに同じか。
（18）櫨　ウルシ属の黄櫨に同じ。高さは約一〇メートルの落葉高木。
（19）生胆取　白秋が子供時代に恐れた幻影の一つ。挿し絵は白秋自身のもの。

（20）笈　修験者、行脚僧などが旅行中荷物を入れて背負って歩く容器。
（21）西国三十三番　第一番札所（青岸渡寺・和歌山）から第三三番札所（華厳寺・岐阜）に至る観音巡礼。
（22）飾屋　金属で、かんざし、金具などの細かい装飾品を作る職人。
（23）木蠟　黄櫨の実。
（24）馬車の喇叭　乗合馬車の喇叭。
（25）からしの花　芥子菜の花。茎は高さ一～一・五メートルで越年草である。四月頃、濃黄色の十字花が咲く。種子は粉末にして香味料とする。
（26）芥子　初夏、白、紫、紅などの四弁花を開く。
（27）杉の葉の飾りを取りつけ初めた大きな三神丸　祭礼のために飾った三神丸という船。
（28）水天宮　海神を祀った社。
（29）馬鈴薯の花　ナス科の多年草。夏、白または淡紫色の小さな花をつける。
（30）矢部川　有明海に注ぐ柳川市の東を南流す

る川。
（31）むじな藻　モウセンゴケ科の食虫性の多年生水草。
（32）鬼百合　ユリ科の多年草。七〜八月に濃黄赤色の花が茎の頂に二〜十数個つき、うつむきに咲く。
（33）朝鮮薊　アーティチョークの和名。きく科の高さ一・五メートルぐらいの多年生草本。蕾は食用。
（34）流行病　おそらくチフス。白秋も幼時チフスにかかり、妹チカ子はチフスで死んだ。
（35）漁師原　漁師の家が集中的に並んでいる所。
（36）石炭酸　消毒のために撒かれた。
（37）BANKO　縁台というスペイン語からきた九州の西北に用いられている方言。
（38）虎刺拉　虎列刺が正しい。
（39）菱シヤンヲウ　この地方では「ちゃん」がよく「しゃん」になる。
（40）登記所　登記に関する事務を行う出張所・官署。
（41）祇園会　祇園の祭。秋の祭礼。
（42）パラピン　パラフィン。
（43）飴形　米から作られる粘っこい飴。
（44）朱欒　九州特産の柑橘類の実を有する常緑灌木。名前はポルトガル語に由来する。
（45）傀儡師　操人形を操る遊芸人。

尾崎　行雄

*尾崎行雄（おざき　ゆきお）

安政五（一八五八）年一二月二四日～昭和二九（一九五四）年一〇月六日。神奈川県津久井郡中野町生れ。政治家。号は咢堂（がくどう）。明治二三年の第一回総選挙で当選して政界入り。以後、二五回当選、六三年間の国会議員活動という前人未踏の記録をもつ。民主政治を擁護し反軍国主義の立場を貫いて「憲政の神様」「議会政治の父」と称された。その一方、与謝野寛・晶子夫妻との交流から作歌に励み多くの詠草を残した。「咢堂自伝」など。

愛娘への手紙*

▒所収　「尾崎咢堂全集第十二巻」（尾崎行雄記念財団、昭31・4）

大正十四年六月十二日
軽井沢(1)より下落合へ

清　香(2)殿　六月十二日　行　雄

復啓　いつ来ますか、歌ハ出来たが来なければ見せません。次に来る時上等の鶏《にわとり》の新らしき卵があるなら五つばかり持参して下さい。カヘサセテ（暖めさせる事）見やうと思ひます。

タラ(3)は益々美味になりました。

九條様(4)にもタラの味を御話し下さい。

ツツヂが立派に咲きました。一つだけ

火の如くもゆる杜鵑花《とけんか》(5)に見入りつゝ人の心の色を憐む

（清香、註）「下落合」の新居には裏に畑も作り、農学校に通つている書生に、養鶏もさせて、よい鶏を飼つていましたから、その卵の所望です。

○

大正十四年十月八日
軽井沢より下落合へ

啓、栗ハ御身帰京の翌日よりバラバラ落始め候。
　都人帰れば落る栗の実の心知りきや赤き心を
木の葉も沢山落ち候
山荘の道は落葉に埋れともせゝらぎのみは清く掃ひて
之を自分の仕事に致居候。ヲンドル(6)の工合ハ益々宜しき故今日益田老へ（註、益田孝氏(7)）重ねて
謝状を送り候
　温かき人の情けは寒き夜のヲンドルにこそ知るべかりけれ
与謝野氏夫婦(8)ハ紅葉時節に来宿する由、御身ハ手伝ひに参れぬにや。
武子夫人ハ尚在京か
　十月八日夜　　　　　　　　　　　行雄

○

大正十五年六月二十六日
軽井沢より下落合へ

啓、肥の歌に対し
わすれな草ことしハわきて色のよし忘れて来さる人のあれしか
登りゆく苔の細道くらけれど青葉がくれに灯籠《とうろう》の見ゆ
少し品がよすきるでしよう。それだから後ハ見せません。千代子ハ昨日帰村しました。
六月廿六夕　　雄
清香殿
前の方は九條様のお目懸けて下さい。

（清香、註）大根やコヤシの歌について
父の若い時の楽しみは、子供達をつれて銃猟に行く事でした。私も十歳頃からつれて行かれましたが、父や兄達と同様に歩く事は出来ませんでしたから、いつも畑のまん中などで、三角の袋に入つた落花生（ナンキンマメと云いました）をあてがわれて、「暫くこゝに待つておいで、私達はアッチの方を廻つて又こゝに帰つて来るから」と云われて、おとなしく待つて居たものでした。銃猟の時のほか、父には子供達と共に遊ぶヒマはありませんでしたから、父との楽しい思出と云えば、銃猟のお供の事でした。

モヅが鳴き初める頃銃猟は解禁となり、父の猟は主に鴫《しぎ》と鶉《うずら》でしたから肥料の匂いはつきものでした。それ故私は佐々木家に嫁してからも、モヅの声を聞き、コヤシの匂いをかぐと、一層父が恋しくなるのでした。

下落合に移るまでは市中の、庭もない借家住居でしたが、下落合では、地所も広く求め裏には畑も作り、久しぶりでコヤシの匂いに親しむ身となりました。

その頃は、父と盛に歌のやりとりをして居ましたから、毎朝畑に行つては芋の葉におく露や、真白き大根、紅のかぶなどの美しさを歌い、はてはコヤシのニオイに父恋ふる歌を作つて送りました。

○

大正十五年六月二十七日
軽井沢より下落合へ電報

シモオチアイ一一四六
ササキキヨカ
ツカヌトウデンシンヲミテヲドロキヌ
シカシソノハヅマダオクラネバ」ユキヲ

（清香、註）二十三日の手紙に九輪草《くりんそう》[9]を「送り可申」とかいてあつたのを「送つた」とよみちがえて「マダツカヌ」と電報を打つたものと見えます。作歌熱の盛な頃でしたから電報も「三十一文字」です。

九輪草というのは、桜草のような花が、上へ上へと咲くかわいらしい草花です。軽井沢によく咲いていますから、試しに少し下落合の庭にも植えて見ましたら、美事に咲きました。父は草花が大好きですから、度々送つてくれまして、娘の家の庭をも美しくいたしました。

○

大正十五年六月三十日
軽井沢より下落合へ

啓、九輪草ハ他に栽培致居る者有之、其方が大にして善き種類ある故、之に命し候、尚入用ならハ送るべし（昨日ハ六十本）
通[10]の手をふるより駅から直接配達の方が早いと聞き左様致候

肥の香と大根の中に神を見てくさしと云ふやくししといふや
芋の葉の露は珠とも見すれども汝は欺かず貴とからすや

六月卅日　　行雄

清香殿

〇

大正十五年七月四日
軽井沢より下落合へ

復啓、鶴彦翁のお弟子も（註、鶴彦翁とは大倉喜八郎[11]氏の事にて、お弟子とは佐々木[12]の事です。翁にならつて狂歌を作つて父に送つたものと見えます）中々上達致候

昨日九輪草五十本更に御送申候

「我ならなくに」の使方は私にもよく分らず、自分ハお前さんのような使方を致居候

くさき香とはなして父を思ひ得ぬはしき吾が子のくしくもあるかな（くさくの誤りか）

芋の葉にみだるゝ露を珠と見し人やおぞまし露や賢こき

夏のみな眺め玉ひそ露ゆゑに秋の草木は萎れこそすれ

神仏只うき時の友となす人の心のつらくもあるか

七月四日　行雄

清香殿

○

大正十五年十月一日

軽井沢より下落合へ

啓、与謝野寛氏よりの来書中に左の一節ありたり「今一と息」の所、折角御勉強可被成候　又山田温泉[13]の主人なるものハ非常に私を招待したがり居候間　私も可参乎と存候　同行ハ如何、期日は当方の極め次第と存候（英子[14]に話さぬ方可然）只軽井沢行と御話しあるへし（来る時ハ）

与謝野の令嬢[15]ハ十月中に山本直亮氏長男と結婚の由祝物御贈りありたし

ヨサノ出版古典全集[16]をば再び予約する由　若し未だ購入し居らすバ購入可然候　萬葉の注解其他有益なもの有之候

十月一日　　行雄

清香殿

雑誌受領致候

英子ハ明二日帰京可致候

（清香、註）山田温泉よりの招待に応じて父は、私共夫婦や服部さんなどをつれて、紅葉狩に行き、帰途は長野の善光寺にも立寄りました。

山田温泉の紅葉はまことに美事にて、まぶしいほどでした。到底父や私の腕前では歌い得ぬ所でしたが、数だけは沢山出来ました。

○

昭和二十年二月二十七日
楽山荘(17)より満洲牡丹江省西地明街陸軍官舎(18)へ

ミルク・キャラメル五箇、昨日到着、甘味物の得がたき事にハ大に困却してゐたる際なれば特にウレシク存候。満洲でも露人製造の甘い物ハ既に得がたく成りしことと思ハる。

内地ハ毎日の空襲と物資の不足にて諸人皆困却致居候。当地ハ雪攻めにて火攻めハなく待避壕の設備もなけれど先以て安心の方なり。

新年所感封入の前便ハ本月初旬に投函したれど二重製の状袋を用ひしため逓信省より返送しきたれり、依て単葉状袋に改封して差出せり無事に到着したことと思ハる。

アナタの用ゆる状袋ハ余り粗末にて常に破損し居れり、私にはアレデモ好いが他人に対しては、モ少シ上等品を用ゆる方が宜しからん。

今回恵贈のキャラメルの包紙もソマツにて痛く破損しゐたり、然し中味ハ紛失せずに到着せり、僥倖《ぎょうこう》(19)と申すべし。コレハ小言でハなく親切心から出た注意ですから其積りで受入れられたし。不取敢御礼まで、草々不尽。

二月廿七日　　　　　　　　　　　　　　　　　　　　行　雄

雪香[20]さん

○

昭和二十年五月三十日

楽山荘より福島県相馬郡中村町（現相馬市）の引揚先へ

廿四日付の書状昨日到着、来月五日頃カルイザワに来るツモリの由嬉しく存候。イタリヤの借家人[21]にハ既に立退を請求致候。そのため生ずる責任などの事ハ一切心配するに及ばず候。軽沢に於ける食料の事ハ出来るだけソチラで準備して来るべし、小児らの栄養を欠くような事があつてハ困ります。

コチラの庭にはタラ、イタドリ[22]、フキノトウ[23]などが沢山あり、毎日採取してゐます。イタドリはミソシルに入れても又甘く煮てルーバーブ[24]の代用品としても頗《すこぶ》る美味です。ルーバーブと味ひハ少しも違ハないようです。汽車が非常に困難するやうだから来沢後も余を訪問することハ見合せるが好いと思ふ。ツゴウが付けばコチラから遇ひに行きます。

御祖母様ハお元気ですか、宜しく。

五月三十日　　行雄

雪香さん

○

昭和二十年十二月三十一日

楽山荘より福島県相馬郡中村町（現相馬市）の引揚先へ

啓、去る廿九日突然陛下より拝謁《はいえつ》(25)、賜茶、御下賜金の恩命あり、予に取てハ意外の幸栄につき子女弟妹らと此栄悦を分たんと欲し少々づゝ分配す、両人に均分し他年の紀念となるへき使用法を研究されたし。

十二月三十一日　　行雄

シナエ(26)殿

ユキカ殿

（1）軽井沢　尾崎行雄は大正二年軽井沢に別荘を購入。「莫哀山荘（ばくあいさんそう）」と名付け、毎年夏はそこで過ごした。「邸内の土地約二万坪、自然の起伏を利用して池を作り、水を流し、軽井沢の一名所たるに恥じない立派な別荘」（伊佐秀雄「尾崎行雄伝」）であったという。

（2）清香　佐々木清香（ささき きよか）尾崎行雄の長女、明治二三年生れ。明治四二年に佐々木久二氏と結婚。結婚後は東京下落合に暮らした。

（3）タラ　ウコギ科の落葉樹で山野に自生し若芽は食用にされる。

（4）九條様　九條武子（くじょう たけこ）明治二〇（一八八七）年一〇月～昭和三（一九二八）年二月。浄土真宗西本願寺第二一代法主大谷光尊の次女として生れる。「仏教婦人会」を設立し、社会福祉事業に携わる一方、幼い時から歌を学び、大正五年尾崎行雄の紹介で、「心の花」の佐佐木信綱の門に入って歌作。歌集に「金鈴」（大9・6）、「薫染」（昭3・11）、「白孔雀」（昭5・1）がある。

（5）杜鵑花　さつき。ツツジ科の常緑低木。陰暦五月頃に花が咲く。観賞用園芸品種として多くの種類がある。

（6）ヲンドル　朝鮮半島で発達した暖房法で、床下に煙道を設けかまどで火を焚いて煙を送り込んで部屋を温める。

（7）益田孝（ますだ たかし）嘉永元（一八四八）年一〇月～昭和一三（一九三八）年一二月。実業家、政商。三井物産会社を設立し三井財閥として発展させた一方、茶人、美術品収集家としても知られた。

（8）与謝野氏夫婦　与謝野寛・晶子夫婦。佐佐木信綱との交遊から歌作を続けていた尾崎であったが、その反軍的な主張に共鳴した与謝野夫妻との交流が始まり、大正一一年に復刊した「明星」とその後継誌である「冬柏」に多数の詠草を掲げ、また夫妻らとの歌会にも参加するなど交際は生涯続いた。

（9）九輪草　サクラ草科の多年草。五～六月頃に紅紫色の花が咲き、観賞用として広く栽培されている。

（10）㋐　現在の日本通運㈱。その当時は内国通運といい、自動車・鉄道輸送に携わり、㋐（マルツウ）のマークで親しまれていた。

（11）大倉喜八郎（おおくら きはちろう）天保八（一八三七）年九月～昭和三（一九二八）年四月。実業家。軍需品の御用商人として巨利を博し、貿易、土木、鉱山・ホテル経営など多方面に事業を展開し、日本の大陸進出で大倉財閥をなした。

(12) 佐々木　清香の夫。注(2)参照。

(13) 山田温泉　長野県高山村高山温泉郷の一つ。若山牧水や与謝野晶子なども湯治している。

(14) 英子　尾崎行雄夫人。明治三（一八七〇）年五月～昭和七（一九三二）年一二月。「保安条例」を草起した尾崎三良男爵と英国人キャサリン・モリソンとの間に生まれた。英国名テオドラ O'yei Evelyn Theodra Kate

(15) 与謝野の令嬢　次女七瀬。大正一五年一〇月に有島武郎の甥、山本直正と結婚した。

(16) ヨサノ出版古典全集　与謝野寛・晶子夫妻と国文学者正宗敦夫の三人で校訂編集に当たった「日本古典全集」で、大正一四年一〇月より刊行が始まっている。

(17) 楽山荘　佐々木久二が昭和一〇年から新潟県妙高高平町池の平で始めた旅館。清香の要望でその頃から行雄は楽山荘の「思慕の家」と名付けた一室で過ごしていた。

(18) 満洲牡丹江省西地明街陸軍官舎　雪香の夫、恵胤（やすたね）は昭和一六年満州に召集され、妻の雪香も二年後に満州の軍の宿舎に移った。

(19) 僥倖　思いがけない幸運。

(20) 雪香　相馬雪香（そうま ゆきか）明治四五年生れ。尾崎行雄の三女。昭和一二年相馬恵胤と結婚。相馬家は旧相馬藩藩主の家で維新後は子爵となり東京の目白に暮らしていた。

(21) イタリヤの借家人　これについて雪香氏はその著で「恵胤がいない相馬には、尾崎の娘だという圧迫もあり、こども四人を連れて姉のいる軽井沢に移ることになりました。」「軽井沢には、尾崎家の別荘がありましたが、その母屋は、父の生活費のために、イタリー大使に貸してあったので、姉（品江）の住んでいる小さい家に入れてもらいました。」（相馬雪香「心に懸ける橋」）と述べている。

(22) イタドリ　タデ科の多年草。若芽・茎は食用、地下茎は薬用にされている。

(23) フキノトウ　春先に蕗（ふき）の根茎から伸びる花茎。

(24) ルーバーブ　Rhubarb　タデ科の多年草。和名、マルバダイオウ。一～二メートルの高さになり頂部に白色の花をつける。五〇～六〇センチになる葉柄の部分が食用にされる。

(25) 陛下より拝謁　これについて「四十分ばかりお目にかかったが、格別のお話しはしなかった」が、帰りがけに昭和という年号をやめて新年号を制定したらどうかと話したら、「陛下は何ともいはれなかったが、側近者が『西暦を用いたらどうか』といったのでビックリし」元来元号などないほうがいいと思っていた行雄は「自分を恥じた。」(「咢堂清談」)と語っている。

(26) シナエ　品枝。尾崎行雄の二女。明治四〇年生れ。

新居 格

***新居　格**（にい　いたる）

明治二一（一八八八）年三月九日〜昭和二六（一九五一）年一一月一五日。徳島県鳴門市生れ。大正から昭和期の評論家。東大法学部政治学科卒。読売新聞、東洋経済新報社などの記者を経て文筆生活に入る。文化学院講師として与謝野寛、晶子と知友。「明星」に小説、戯曲などを発表。「アナキズム文学論」「街の哲学」、パールバック著「大地」の翻訳など。戦後、公選による杉並区長。

人生老い莫《な》し

▒所収　「野雀は語る」（青年書房、昭16・7）

新しいことゝは何であるかそれを考へてみたい。

新しいといふことだけで良いものが沢山ある。新しい魚、新鮮な野菜といつたものがそれである。しかし、牛肉になると血の滴たるやうなものより若干時間を置いたもの、方が良いと云はれてゐる。書物になると、新しいもの必ずしも古いものにまさらない。

若いだけの理由で、青春の特徴を主張したがる青年がある。わたしが問題にしたいのはその点で、青年だから誰もが常に新しいのではない。青年の癖に随分古い考へ方をしたり、蒼古(1)の趣味をもつ人達だつて少くはなく、それと反対に肉体的には老いても、思想と感情とが決して衰へないばかりか、益々新しくありうる人達がある。

大凡老を喞《かこ》つほど無益なことはない。徒らに老を歎ずるより王義之(2)の如く「老の将に至るを知らず」とけろりとしてゐる方が感じがいゝ。それに「礼記(3)」といふ本には「七十を老といふ」とある。七十歳以上でなければ年寄りとは云へないらしい。

わたしは人生老ひ莫しと考へてゐる。人間の一生は新しさの連続であつて、丁度見知らぬ国に旅を進めてゆくやうなものである。旅の進行するにつれて、風光の新しい展開があるやうに、人間一生の進行にも絶えず新しいものに触面してゆけるからである。

哲人セネカ(4)はその書翰のなかで次ぎのやうに書いてゐる。

「一番嬉しい年齢は、老境になりかゝつて、未だ耄老《もうろう》に陥らない時である。競走場の末端に立つてゐる人でも、楽みがあると思ふ。そんな楽みなんざあしなくともよいといふこと、それ自らが楽みの代りとなる」(前田越嶺訳「哲人セネカの書翰」より)

これを現代に例をとつて云へば外野のスタンドに立つて野球試合を見ながらあんなに球なんか投げなくてもよささうなものだと考へて楽しんでゐる形である。

街上で私を捉へる友人が「どうだね、面白いことはないかい」と訊く。わたしは面白いこととは何ぞやと反問し、続いていふ。「君の面白いこと必ずしも僕にとつて面白いことではないからね」

「そんなことをいつてるんぢや、面白いことはなさゝうだな」

「うん、面白いことがないことそれ自体が面白いんだよ」

同じ書物でも若いときに面白いと思つた箇所と、後になつて面白いと感ずるところとが違つて来る。以前には分らなかつたことが分つて来るのは、まさに一箇の新しい発見なのである。

頭の禿げてゆくのは、誰もいやがるものらしいが、光頭会なぞを組織してゐる連中になると、逆に禿頭そのものを愉快がつてゐる。さうして愉快がる彼等の心理の方が青年的で、頭髪の薄れゆくのを気に病む青年の方が老人的心理である。これを原理的にいへば、万事を肯定してかゝるのが青年的で、消極的に考へるのが老人的だといふことになるのだ。肯定的見地に立てば、頭の禿げることも、歯が抜け落ちて義歯になることも、老眼になることも一として愉快でないものはないのである。わたしは老眼鏡をかけ出して、老眼鏡をかけることそれ自体が何となく一種の人生的落付が伴ふのでひどく快心になつた。義歯になつてからは取外づして綺麗に掃除の出来るのを気持よく思ひ出した。歯には随分汚ないものが附着するものだと分ると、外づして清潔に掃除の出来ない青年の本来の歯の不便さを気の毒に思つたりするのだ。

わたしは年齢のことは余り気にならない。昨日あたり大学を出て来たやうに思つてゐる。幸か不幸か一生ずつと青年であるより仕方がないのか、むしろ、老い得ざる悲哀をもつてゐるやうだ。

フランス語に「緑の老人」といふ言葉がある。いつまでも元気な老人のことだが、老人は皆「緑の老人」でなければならぬ、と私は思つてゐる。これは老人ではなく人生の新しい展開を長距離で続けて来た人に外ならないのだ。

今し方、巴里から着いたばかりの薄卵色の最新刊の小説を無雑作に手にして日本の「緑の老人」が銀座辺の茶房の一隅に珈琲を啜りながらよんでゐる。その傍に、フランス文学をやつてゐる大学生達が入つて来たとする。彼等はまだ「緑の老人」のよんでゐる本を知らないのだ。その場面の対照を考へてみる。形の上では老人はあきらかに老人ではあるが、しかし知識の上では、青年たちよりも新しいことになつてゐるのだ。

西園寺公(5)は八十を過ぎてもフランスの新刊書は小説に至るまでよんでゐた。彼の如きはまさに典型的な「緑の老人」であつた。だから常に新しいのである。

西園寺さんは元老だから銀座の茶房にも行けなからうが、わたしなら幸ひ一介の市井人だからいくら年をとつても喫茶店へでも、どこへでも出かけられると思ふ。

わたしは世の所謂老人らしい趣味は、いくら老人になつても楽しまないだらうと確信してゐる。いつまでも新刊書をよみ、シネマを見るに違ひないと考へられて仕方がない。肉体的の老衰は免れ得ぬとしても、知識的にはもちろん、感情的にも新しくあり得ない法はないと信じてゐる。

物事にたいする新しい解釈なり、新しい見方なりは、肉体の衰頽とは関係なく出来るのである。人生に老いはない。何故なら人生とは新しい展開の継続であると考へられるからである。

（1）蒼古　古びてさびて趣がある様。
（2）王羲之（おうぎし）〔三〇七～三六五〕中国晉代の書家。楷書、行書、草書の三体を芸術に高め、「書聖」といわれる。
（3）「礼記」　古代中国の経書。周末から漢にかけての諸儒の古礼に関する諸説を集めたもの。
（4）セネカ〔紀元前五（四）～後六五〕ローマの詩人、哲学者。皇帝ネロの教師。後、自殺を命ぜられる。ストア哲学の英知に満ちた人生訓はながく愛読されている。
（5）西園寺公　西園寺公望（さいおんじきんもち）嘉永二（一八四九）年一〇月～昭和一五（一九四〇）年一一月。公爵。明治から昭和期の政治家。京都生れ。号は陶庵。フランス留学中、中江兆民と交友。明治末、第一・二次西園寺内閣を組閣。最後の元老。

石橋 湛山

＊石橋湛山（いしばし　たんざん）

明治一七（一八八四）年九月二五日〜昭和四八（一九七三）年四月二五日。東京生れ。経済ジャーナリスト、政治家。父杉田湛誓、母きんの長男。母方の姓を継ぐ。早稲田大学文学部卒。明治四四年東洋経済新報社に入社、後、社長。戦後最初の総選挙に自由党から出馬、落選するが第一次吉田内閣蔵相に就任。昭和二二年衆議院に当選したが公職追放。二七年立正大学学長。二九年第一次鳩山内閣通産相に就任。三一年自民党総裁に選ばれ、内閣総理大臣に任ぜられるが、肺炎のため二カ月で辞任。「人生と経済」（昭17）、「湛山回想」（昭26）など著作多数。

空想も現実も共に現実也

▒初出　「文章世界」（明42・11）

「昴《スバル》」(1)に出た鷗外博士の(2)「金比羅《こんぴら》」(3)といふ作は、事柄が拵《こしら》へ過ぎてあるとも言へよう。だが、私は世間に満更《まんざ》らない事実ではあるまいと思ふ。作中の主人公の某博士(4)が琴平《ことひら》(5)へ行つて金比羅(6)に参詣しなかつた祟《たた》りは、船中に何事も起らなかつたけれど、細君の夢に見た通りにその二人の娘(7)が病ひに罹《かか》つて、夢の風呂に陥落《おっこ》つて末の方の娘(8)が亡《なく》なるといふのと、同じやうな出来事が生ずる。細君が金比羅を信じて赤い切《きれ》を授かつたり、風呂で死ぬるのが溺死《できし》に当つたりして博士の思ひ当つた事には事実でないとは言はれぬ点があると思ふ。

　アナトール、フランス(9)の書いた「ピユートア」(10)といふ作の主人公ピユートアは、実際には実在せぬ人物である。梗概《こうがい》を簡単に言へば、縁付いて別居してゐる娘をその母親が頻《しき》りに呼《よび》たがる。が、娘は何《ど》うした者か避けて行かない事にしてゐる。明日は是非といふ事になつた時に、「明日は庭師が来る筈だから」と体《てい》よく断つて了《しま》ふ。すると母親が「何て名の庭師？」と訊《き》くので、不知《つい》口に出た好《い》い加減な人の名を出駄目《でたらめ》に云ふ。その名がピユートアであつた。その後母親の家でも「家にも庭師が傭《やと》ひたいからピユートアに吩咐《いいつ》けてくれ」と頼まれて、「渡り職人だから来たら行かせませう」と詮方《しょうこと》なしに一日〳〵と延さねばならなかつた。幾日の後に、母親の家の畠が大変荒されてあつたので、「大方ピユートアの仕業だらう」と不図《ふと》そんな考へがしてゐたが、下女が相手の解らぬ子供を孕《はら》んだ時にもその相手をピユートアの仕業に決めて了ふ。母親自身でもその根拠のない一種の感じが次第に固く信ぜられるやうになつて、世間にも拡《ひろが》つてくる。終《しま》ひにはピユートアを見たといふやうな人も出るし、警察でもその儘《まま》には置けない、防がなくてはならないと捜索に着手する騒ぎになつた。そしてピユートアは実在せる人物として取扱かはれる事になつた。

恁《こ》うしたユーモラスな物語である。可笑《おか》しいやうだが、私は凡《すべ》ての実在といふものは此《この》ピユートア式であるやうに考へられる。吾々が認めて事実也と実在也と決める事は或る自分の経験の説明であつて、例へば今此席に居るKといふ人が実在してゐると思ふのは、今其処《そこ》に在るといふ自分の経験なのである。それと同時に此間来た人も同じKで、縦《よ》し自分が直接に見てゐない時でも、矢張《やはり》Kは何処《どこ》かに実在してゐると言ふ事が出来る。それは私がAと言ひBと言ふ色々の経験を纏《まと》めて、幾つものその経験を説明してゐるのである。「ピユートア」の場合でも、畠を荒したり、女を唆《そその》かしたりしたといふ事実が起つて、それは何者の所《しよ》為《い》かと説明して、社会の治安といふやうな事の為に防がねばならぬ必要が起つた。その説明としてピユートアといふ人物が実在して来た。凡て然《しか》思はれ信ぜざるを得ないといふ心が実在となるので。それを別にして思ひ、信ずるといふ世界はなく、又事実も実在もないのだ。然るに自個の主観の要素——即ち思ひ、信ずるといふ事を除いたものを真の実在であると考へたり、主観はあつても無くても、丁《ちやん》と向ふに存在してゐると思つたりする人がある。

昔流の解釈に拠れば、本体世界と現象世界とに別けて見てゐた。前者は人間の浅薄《せんぱく》な頭脳に映る何物かの外に、真に識別し得られぬところのものであつて、後者は唯人間が見て勝手に決めたそれ丈のものといふのであつた。此頃ではその通りに区別こそしてゐないけれど、考え方は同《おな》じい。主観の要素を除いて真の現実の存在してゐるといふ点に違ひがない。此頃の、現実に道徳だとか空想だとかいふ理想の色を冠《かぶ》せてゐるが現実は更に〳〵獣的のもので、道徳といふやうなものは空想である。と見てゐるので、新文芸がその現実を暴露しやうとする所に、その任務なり努力なりが認められる。その意味は昔流に解した本体が今の道徳などを離れた現実といふ事で、現象とは即ち今空想だとする道徳に当るのである。唯容易に看究《みきわ》める事の出来ないものとして現実の正体を立派なやうに見るのと、実際は穢《きた》ない獣的なものだとする違ひがあるのみで、その一定不変にして位置の形体も変らないものだといふ見方は同一である。が、私の思ふのでは、そんな風に二つの世界を拵へて区別されるものであろうか。その人達のいふ本体とか、一定不変の現実とかいふ事は抑抑《そもそも》誰が然《そ》うあるべきだと決めたのだらう。矢張吾々人間の眼から見て言つてゐるのだ。

　それは畢竟《つまり》個々の主観から来てゐるではないか。自分の経験の中の、或る一部分を見てそれを真の現実だと言つてゐるので、その以外には何物もない。つまり是《これ》を本当のものだ信ぜざるを得ないから信ずるといふ事で、現実だの本体だのは始終変るものである。今迄或る物の真相は是だと信じてゐても、他に新しい事実が生ずれば今迄のは間違ひであつたといふ事になる。

　以前に天動説を信じてゐた人に取つては、それが真の現実であつた。その後天は動《うごか》ないといふ新しい経験が起つて、地動説が現実になつたが併《しか》し、それが未来永劫に続くものかは解らない。それを打破する丈の事実が起るまでは変らないといふに過ぎぬ。前のピユートアの例で言へば、ピユートアの実在を信じた人に取つては、慥《たしか》に在ると信ぜざるを得ないから信じたけれど、畠を荒し、女を嚇かした本当の犯人が縛《ばく》されたらピユートアでは無かつたといふ事になるのだ。仮《か》りに全然《まるで》ない人の名を浮《うつ》かり口にした事を、その娘が自白すれば、ピユートアが在ると信じた人々に取つては新しい事実で、是程慥な事はない。

　神に対する信仰、それは凡て空想で現実ではないといふ事を屢々《しばしば》耳にするが、併し神の存在を信ずる人々には、空想や迷想では決してない。現に実在してゐるといふのは全体神とは如何《いか》なるものかと考へれば解る信仰せる人々は何処を見、何を見てゐるかといふに、自個の色々の経験の中にそれを以て神の恩恵であり利益であると思はれる点を以て、直《ただち》に神は実在すと思ふのである。神は自個の経験を土台としてその説明に造られたものである。恰《あたか》も物が落ちるといふ経験を吾々が有する故に、その説明に引力を立てるのと違ひはない。つまり信ぜざるを得ないから神を信じ、引力を信ずるのだ。その事は今迄の過去の経験が最も都合よく証明される、さう説明しなくては他に説明の仕方がないといふ心持である。前の「金比羅」の例で言ふと、細君が金比羅を信ずるに至つたのは、その力が自身の生活に入つて来た、夢の事実や、又夢の通りの出来事に対する説明として、金比羅を持て来た訳だ。普通迷信《あたりまえめいしん》と言はれるのは、余り当にならないといふ事で、凡ての経験を過去、及び将来に渡つて果して是で十分な説明と言へようか、といふ時の疑問である。引力といふ科学上の法則は「金比羅」に比較すると、更に色々な経験に当て嵌《は》まる。是で説明のつかぬはないといふ信仰があるから迷信とは言へない。が若《も》し、何うかして満足なる説明が得られない場合は迷信となるのだ。併しその金比羅では、細君に取つては立派に確実性を有するものと信ぜられた。それは例へば白い粉は凡て甘い砂糖だといふ経験しかない子供は、味はふまでは塩も砂糖だと思つてゐる。成人《おとな》になつて経験を重ねて来ると、白い粉には灰もある事が解つて来て、迷信であつたと思ふ。

が、その成人でも何か重大な問題が起つた時、話を金比羅に戻して言へば、二人の娘が病ひに犯されて遂に一人に死なれた時の細君の心象の凡ては、殆んどその出来事を悲《かなし》む経験が漲《みなぎ》つてゐるばかりで、他のは隠れて了ふ。何うしても金比羅でなくては説明が出来ない。これが何日かは細君から子供の死といふ印象が薄らいでくると、他の日常の出来事か何かで、金比羅では説明の出来ぬ経験が漸次《ぜんじ》に生じて来るだらう。

　だから、或る種の経験を取つて真の実在であると信じ、他を空想として了ふ事は甚しい間違ひだ。現実は常に変つて行くもので、極端に言へばその人、その場合の現実だといふに過ぎない。故に他の信ずる実在を頭から否定する事は出来ない。唯何物を実在と認める事が、最も此生活に適してゐるかといふ点で、道徳だの宗教だのが銘々の生活に不便ならば、新しいところに現実を求めて行くが可い。だから、過去のものは空想で役に立たないとは言へない。その時代にあつては立派に現実であり、実在であつたのだ。丁度現今は思想の変遷期で、今まで有してゐた信仰が、今の世には不都合を生じたところからそれは間違ひで、真の現実を見よといふやうな思想があるかも知らぬが、現実は前言つたやうに思想を進めて行かないと、余計な混乱を来す憂ひがあると思ふ。

（1）「昴」　総合的な文芸雑誌。明治四二年一月創刊、大正二年一二月終刊。「スバル」の表記は表紙のみで、目次、内題、奥付（発行所名）には「昴」の漢字を使用。「明星」の後継雑誌として創刊。編集監督森鷗外・上田敏、与謝野寛顧問。

（2）鷗外博士　森鷗外。2頁参照。

（3）「金比羅」「スバル」（明42・10）初出。初出時の表記は「金毘羅」。

（4）某博士「金毘羅」では、文学博士小野翼（たすく）となっている。

（5）琴平　香川県西部、仲多度郡にある金刀比羅宮の門前町。

（6）金比羅　金刀比羅宮。琴平町の象頭山（琴平山）中腹に鎮座。金毘羅さまの通称で親しまれる。金毘羅は梵語 Kumbhira の音写で、インドの鰐神をいい、これが仏教に入って夜叉神王と呼ばれ、薬師一二神将の一つ、あるいは般若守護一六善神の一つとされる。

（7）二人の娘　本文に「二人の娘」とあるが間違いで、実際には「金毘羅」では、姉弟として描かれている。

（8）末の方の娘　間違いで、実際「金毘羅」では「娘」ではなく「弟」（息子）ということになる。

（9）アナトール、フランス　アナトール・フランス　Anatole France〔一八四四〜一九二四〕本名アナトール・フランソワ・チボー。フランスの小説家、批評家。初期の代表作「シルベストル・ボナールの罪」（一八八一）で一躍脚光を浴びる。人間愛や社会批判など自らの哲学を込めた数々の作品を発表し、一八九六年にアカデミー・フランセーズ会員になる。一九二一年ノーベル文学賞受賞。象徴主義や自然主義のような極端を嫌悪する端正な古典趣味は、木下杢太郎や芥川龍之介をはじめ日本の諸作家に大きな影響を与えた。

（10）「ピユートア」　アナトール・フランス、草野柴二訳「太陽」（明42・9）。

クラーク先生を思ふ[1]

初出「中外商業新報」（昭12・11・15）

一

文学博士大嶋正健[2]先生の『クラーク先生とその弟子達[3]』が出版されたと聞き、早速書店から取寄せて読んだ。

大嶋正健先生（正徳氏に非《あら》ず、大嶋正徳[4]氏はたしか正健先生の甥《おい》である）及びクラーク先生と云ふても世の中には知らない人が多からう。大嶋正健先生は北海道帝大の前身札幌農学校[5]の第一期卒業生[6]（明治十三年）で一般には余り識られてをらないが、支那《しな》古韻《こいん》[7]の研究者として我国随一《ずいいち》の学者であり、文学博士の学位もそれに依《よ》つて得られた人である。又クラーク先生はその札幌農学校を創設する為め、明治九年我政府の招聘《しょうへい》[8]を受けて来《らい》朝《ちょう》した米国の教育家（マサチューセッツ州立農学校長）で、滞在僅《わず》か一年に充《み》たなかつたに関らず、偉大な感化を学生に残し、延いて我国の文化に少なからざる影響を与へた人である。

大嶋正健先生は、私が甲府中学在学時代[9]に校長として来任され、私はその薫陶《くんとう》[10]を二個年余受けた。然るに大嶋先生はクラーク先生の直弟子《じきでし》としてその感化を最も深く蒙《こうむ》つた人であつたので、私は謂《い》はゞクラーク先生の孫弟子とも称すべく、大嶋先生を通じてクラーク先生の事を知り、子供心にも強く印象づけられたのである。私が若《も》し聊《いささ》かでも社会の教師たる者の心構へに通ずる所ありとすれば、それは主として此大嶋先生に依つて伝へられたクラーク先生の感化に由るのである。『クラーク先生とその弟子達』が大嶋先生に依りて著《あらわ》されたと聞き、直《ただ》ちに求めて之を読んだ所以《ゆえん》だ。

二

ウィリアム・エス・クラーク先生は、大嶋先生の語る所に依ると、一八二六年北米マサチューセッツ州アッシュフィールド(11)に生れ、一八四八年アマスト大学(12)を卒業し、次で独逸《ドイツ》ゲッチンゲン大学(13)に学んで、専《もっぱ》ら鉱物学及び化学を修《おさ》め、一八五二年『隕石《いんせき》の化学的成分』と云ふ論文を提出して、同大学からドクトル・デル・フィロゾフィー(14)の学位を得た。帰米後アマスト大学に化学の教授として十五個年も教鞭《きょうべん》を執《と》つてゐたが、其間《そのあいだ》に南北戦争(15)に従軍し、各地に転戦して抜群《ばつぐん》(16)の功を現し、大佐にまで昇進した。

一八六七年アマストに州立農学校(17)を創立するに当つて、先生は尽力し、推《お》されて初代校長に選ばれ、爾来《じらい》十一年校務に尽瘁《じんすい》(18)した。一八七六年（明治九年）我国に聘《へい》せられたのは、その校長在職中(19)であつて、一年間の賜暇《しか》(20)を得て来任したのであつた。クラーク先生が何故《なぜ》あんなに短期間しか我国に留《とど》まらなかつたか、実は今まで私にはその理由が判らなかつたが、大嶋先生の今度の著に依り初めて事情を諒解《りょうかい》した。

而《しか》もクラーク先生は、この短き間にも十分業績を挙げ得《え》る自信を持つて、我国に来たのであつた。或人《あるひと》が、日本に新たな学校を設立するため行くのなら、少くも二年の日子《にっし》は要するだらうと云ふたのに対し、いや人が二年でやることは必ず一年で仕遂《しと》げて見せると豪語《ごうご》して、米国を出発したのだと云ふことだ。

三

クラーク先生が如何《いか》なる教育家であつたかは、その残した有名な二つの言《げん》に躍如《やくじょ》として示される。その一つは札幌農学校創設の初め、普通に学校に行はれる「べからず」主義の校則(21)を一切掲《あ》げず、「予が此学校に臨《のぞ》む規則は唯 Be Gentleman!(22)（士君子たれ）」の二語で足りると云ふたそれで、他は先生が明治十年四月北海道を去るに当り、途中まで送つて来た学生に馬上から残したといふ「Boys be ambitious!(23)(青年よ志を大にせよ)」の訓言《くんげん》である。ゼントルマンたる第一の資格は、言ふまでもなく自己の良心に常に忠実な者であることである。志の大なる者が、目前の小慾《しようよく》に心を奪はれて悪事を行ひ、或は怠惰《たいだ》粗暴等であり得るわけがない。

クラーク先生の教育は実に斯《かく》の如《ごと》く、外から何をせよ、何をなしてはならぬと強《し》ふるのでなく、青年の心の中から自発的にその規矩《きく》(24)を発明せしめることに眼目を置いた。実際に先生が学生の薫陶に従事した期間は八個月そこ〳〵に過ぎなかつたに関らず、その感化は啻《ただ》に先生に親炙《しんしゃ》(25)した第一期生だけに止らず、その流風《りゅうふう》(26)の永く札幌農学校を支配した所以《ゆえん》である。(今日尚《なお》多くの人の記憶する故内村鑑三(27)、新渡戸稲造(28)氏等は札幌農学校の第二期卒業生(29)であつた。又クラーク先生は一八八六年アマストに於て永眠せられた。)

四

以上はクラーク先生の事蹟《じせき》の甚《はなは》だ不完全の紹介に過ぎないが、茲に私が一言附加《ひとことつけくわ》へて述べたいと思ふのは、右に記した先生の——かの二つの言に善く現された——教育方針は、如何なる思想に基いたものかと云ふことだ。それは詳しく説明するまでもなく、個人主義の思想である。世間では往々にして個人主義をば利己主義の異名に過ぎぬと速断して、一概《いちがい》に之を排斥する。如何にもこの両者は、時に同義に解釈されたこともある。併《しか》し少くも近代に於て醇化《じゅんか》(30)された個人主義は決してそんなものではない。一切の行為の規準を自覚に求める。之が個人主義の精髄《せいずい》だ。クラーク先生の教育思想は、即ちそれに外ならない。私は敢《あえ》て何々主義など云ふ名に拘泥《こうでい》(31)するのではないが、若しクラーク先生の教育に何等か学ぶべき点ありとすれば、それが正しく個人主義に根ざしたものであることを看過《かんか》してはならない。

歴史に依るに個人主義の思想は常に社会の改造

を要する時代に現れてゐる。因習《いんしゅう》を打破し社会に新局面を開くのには、一切の行為の規準を自覚に求める態度を必要とするからだ。この意味において今日の世界は、また個人主義思想に一顧《いっこ》を与へて善い時代にあるかに見える。正しく解釈された全体主義(32)はまた正しく解釈された個人主義と異るものではない。

（1）　クラーク先生　ウィリアム・スミス・クラーク　William Smith Clark（一八二六～一八八六）アメリカ合衆国マサチューセッツ州生れ。アマスト大学を卒業。南北戦争では州義勇軍に参加、戦後州議会議員も務める。マサチューセッツ農科大学の学長となり、園芸学・植物学教授も兼務。一八七六年三月現職のまま一年間新設の札幌農学校の教頭に就任。彼の教育の基本は実学的学問の尊重とキリスト教精神に貫かれている。

（2）　大嶋正健　（おおしま　まさたけ）安政六（一八五九）年七月～昭和一三（一九三八）年三月。漢字音研究者。札幌農学校在学中、クラーク先生が起草した「イエスを信ずる者の誓約」に署名。明治一三年卒業後、母校教授をしながら札幌独立キリスト教会を設立。教授時代、生徒に正確な英語の発音を教えるために始めた日本語の科学的探求から音韻学の研究者となる。著書に「支那古韻史」（冨山房、昭4・10）。

（3）　『クラーク先生とその弟子達』（帝国教育会出版部刊、昭12）昭和一二年一月病床にあった大嶋正健が口述し、その息子正満が書きとめたもの。第一期卒業生が札幌農学校に集いクラーク先生の薫陶を受け、それを第二期卒業生に伝え、卒業後、それぞれの道を歩みながら社会に活かしていく姿が描かれている。

（4）　大嶋正徳　（おおしま　まさのり）明治一三（一八八〇）年一一月～昭和二二（一九四七）年四月。大正・昭和期の教育家。東京市教育局長、帝国教育界理事、「内外教育評論」主幹などを歴任。昭和一二年世界教育者会議の事務総長を務めた。

（5）　札幌農学校　北海道開拓使顧問であったケプロン将軍　Horace Capron（一八〇四～一八

八五）の進言により、明治五年四月一五日東京で開拓使仮学校を開校。明治八年九月七日札幌学校と改称し札幌で開校する。

（6）第一期卒業生　明治一三年七月一〇日卒業の大嶋正健ら一三名。この第一期卒業生のみが、クラーク先生の直接の指導を受けた。

（7）支那古韻　中国語の言語音に関する学問。周代から漢・魏の頃まで用いられていたものを古韻という。

（8）招聘　礼をつくして人を招き呼ぶこと。

（9）甲府中学在学時代　湛山は、明治二八年甲府市の山梨県立尋常中学校（のち山梨県立第一中学校）に入学。二度落第し、明治三五年卒業。大嶋正健は、明治三四年三月二六日同校校長に就任。

（10）薫陶　自己の徳で他人を感化すること。

（11）マサチューセッツ州アッシュフィールド Ashfield　マサチュセッツ州西北部にある小村。

（12）アマスト大学　Amherst College　一八二一年に創立された男子校。

（13）ゲッチンゲン大学　正式名称はゲオルグ・アウグスト大学　Georg August Universitat 一七三七年に開設。

（14）ドクトル・デル・フィロゾフィー　Doktor der philosophie　文字通りに訳すと「哲学博士」となるが、この場合のphilosophieは「高等な学問」という意味で日本の「博士号」に相当する。

（15）南北戦争　一八六一〜六五年の間に、アメリカ合衆国の南北両地域の間で行われた戦争。

（16）抜群の功　南北戦争に際し、当時アマスト大学で化学の教授だったクラーク先生は、志願士官として北軍の義勇軍第二一連隊に所属した。

（17）州立農学校　マサチュセッツ農科大学 Massachusetts Agricultural College　クラーク先生は三代目学長であるが、大学開校時の学長だった点からみると実質的な初代学長。現在はマサチュセッツ大学（University of Massachusetts）。

（18）尽瘁　力を尽くし、倒れるほどに苦労すること。

（19）校長在職中　一八六七年一〇月二日にアマスト州立農学校が開校すると同時に校長に就任。以降一八七九年まで在職。

（20）賜暇　官吏が特旨により休暇をとることを許されること。また、その休暇。

（21）普通に学校に行はれる「べからず」主義の校則　明治六年六月、文部省制定。「生徒タル者ハ教師之意ヲ奉戴シ一々指揮ヲ受クベシ　教師ノ定ムル所ノ法ハ一切論ズ可カラズ我意我慢ヲバ出ス可カラズ」など「小学生徒心得」（全一七条）からなる。

（22）Be Gentleman！　明治九年八月、札幌農学校の開校直後にクラーク先生が一期生一六名を集めて「士君子たれ！　ゼントルマンというものは定められた規則を厳重に守るものであるが、それは規則に縛られてやるのではなくて、自己の良心にしたがって行動するのである。」と訓辞。

（23）Boys be ambitious！　明治一〇年四月一六日、日本政府との契約が満ちてアメリカへの帰途に就くクラーク先生を札幌農学校教職員生徒が島松（現北海道北広島市島松）まで見送り、その別れに際して、クラーク先生が馬上から言ったとされる。大嶋正健によると“Boys, be ambitious like this old man.”（青年よこの老人の如く大志を抱け）であったという。

（24）規矩　規準とするもの。規則、手本など。

（25）親炙　親しく接してその感化を受けること。

（26）流風　先人の残した美風。教化の遺風。

（27）内村鑑三（うちむら かんぞう）文久元（一八六一）年三月～昭和五（一九三〇）年三月。キリスト教思想家。東京外国語学校を経て明治一〇年札幌農学校第二期生。「イエスを信じる者の誓約」に署名。以降キリスト教の唯一神観は内村の思想と行動の原点となる。明治一四年同校卒業後、日本人による日本人のためのキリスト教を目指し、大嶋正健らと札幌独立教会を設立。明治一七～二一年まで渡米。帰国後、第一高等学校教員時代の明治二四年「不敬事件」により辞職。万朝報招聘、「東京独立雑誌」発刊を経て、明治三三年九月「聖書之研究」発刊。

（28）新渡戸稲造（にとべ いなぞう）文久二（一八六二）年九月～昭和八（一九三三）年一〇月。キリスト教徒、農政学者、教育者。札幌農学校卒業後、アメリカ、ドイツに留学、農政学、農業経済学を専攻。明治三九年から一高校長となり、人格的主体としての人間教育をもって多くの英才を育てた。青年時代より「太平洋の橋」となることを使命と考え、「武士道」などを著作。大正八年から一五年まで国際連盟事務局次長。

（29）第二期卒業生　明治一四年七月九日卒業。内村鑑三、宮部金吾、新渡戸稲造などの一〇名。

（30）醇化　雑駁（ざっぱく）なものを取捨選択して整理し、不純なものを除去すること。

（31）拘泥　こだわること。

（32）全体主義　個人は全体（国家、民族、階級など）の構成部分として初めて存在意義があると考えること。そこから全体の優位を徹底的に追求しようとすると、国家権力が個人の私生活にまで干渉したり統制を加えたりする状況が生まれる。

高田 保馬

＊高田保馬（たかた　やすま）
明治一六（一八八三）年一二月二七日〜昭和四七（一九七二）年二月二日。佐賀県小城郡三日月村生れ。社会学者、経済学者。京都帝国大学哲学科卒。師の米田庄太郎とともに日本の社会学の基礎を築く。経済学においても一般均衡理論を中心とした近代経済学を日本に確立した先駆者。多元的国家観、国家部分社会説に基づく社会学を体系化させた。また、東京新詩社に参加し、「ふるさと」（昭6）など三冊の歌集を残す歌人でもある。著書に「社会学原理」（大8）、「社会と国家」（大12）、「経済学新講」（昭4）。

追憶の上海＊

私は欧羅巴《ヨーロッパ》を知らず亜米利加《アメリカ》を知らぬ。伯林《ベルリン》や倫敦《ロンドン》の話が出るごとに、話の相槌を打つのに誠にこまる。外国を見ないこともさう悪いこととは考へてゐないけれども、学問をしてゐるから、おきまりの洋行をしてきたものと思つて話しかけらるるときの応対には、いつも困りきつてしまふのである。いつか行つてみる気がないでもないが、近来忙しくなるばかりであるから、まづ実現の機会はなからう。それに政府は対外収支の事情上外国行を一層制限しようといふから、なほさらのことである。

欧米を知らぬ私にも日本を離れて海をこえたことが二回ある。日本を離れるといへば如何にも大業にきこえるけれども、大正の十一年満州国が日本の弟分でなかつたときに、いはゞ張政権(1)の下にあつたときに、大連にわたつた。その次には上海《しゃんはい》事変(2)の直前、支那海をこえて上海までいつた。

初出「財政」（昭12・11）
所収「回想記」（改造社、昭13・12）

長崎の女だちは一寸散歩に出る気持で往来する上海にいつた事を、日本を離れるといふ云ひ表はしをしたのでは、笑はれるかも知れぬが、さういつても間違つてはゐない。

○

丁度満州事変(3)の起る前後のことであつた。東亜同文書院(4)の大谷教授(5)から、来年一月に特別講義に来るやうにとの交渉があつた。健康の都合もあり大分に考へたが、未見の土地へのあこがれもあり、参りませうといふ返信をしたが、そのうち満州事変の進行につれて上海の空気が大分悪化して来た。一体物事を気楽に考へる私はさまで心配もしなかつたが、大谷教授の方からは時々の空気の変化について屢々報告をよせられた。そこで十二月の幾日かには、和服で行つてもよろしいかといふ旨をたづねたが、差支はないといふことであつたから、寒さの用心の為に、シヤツヅボン下各二枚をきて、足袋だけは一つ、冬のまんとを着るといふことにして、出かけた。往航は割合になぎであつたが、速力の早い割合に大きくない上海丸であるから、海になれぬ私は、食卓に出ないこともあつた。上海にいつて落ちついたところは、大内院長邸(6)。大内院長旅行中不在の為、其留守邸を占領して、支那人コツクと女中をも占用するといふことになつた。大谷教授はすぐ近くであるから、万事はその配慮にまかせたこと、いふまでもない。

私の室は院長が平素使用されるといふ二室、南と東の窓から日光が溢れるほどに入つて来る。一月のはじめの上海は九州よりも京都よりも寒い。朝起きて窓をあけると、風はないが氷つたやうな空気が室の中に流れこむ。附近の田圃には霜が真白である。その向ふの方を徐家滙(7)を出た杭州行の一番列車が五か六つの客車をつらねて徐行する。朝の食事をすますと講義である。講義はマルクス経済理論の批判(8)といふことで多分一週間位もつゞいたかと思ふ。学生の熱心であつたことは私にとつて仕合せであつたとともに、今にもその様子を記憶してゐる。

大谷教授から、洋服を着ずに此物騒の上海を歩くことは危険だといふことで、単独行動を一切禁止されたが、その代り貴重なる時間を割いて、どこもこゝも案内された。数多い見物先も大抵忘れたが、新公園と、静安寺の印象は深かつた。

それよりも、社会に関心をもつ私にとつて記憶に鮮かなのは、身辺に迫つてゐる排日の水先である。

○

下から和服をきてゐたが、冬のマントをかけてゐるから、外からはそれがみえない。それに帽子をかぶり眼鏡をかけてゐる。これでは一寸みても分るまい。かうのんきな事を考へて買物に出かけた。大谷教授の支那語にたよつて何軒かの店に立よつたが、たまには売つてくれる店もあり、又始めから断る店もある。どうもおかしいと思つて考へると大谷教授の支那語がいくらうまくても、私のマントが大体日本式である、それに足の先に目印がある。足袋に草履をはいてゐる、足先が牛蹄の如く二つに分れてゐる。そこで店に入ると、店の人は肩のあたりからじろりと足先を見る。外に支那人の客がゐると決して売らぬ、それがゐないと、安心して売る。

売らぬといふのは、他の客のゐることが一の監視となつてゐるからである。大きなデパアトだけは経営者に強みがあるのであらう、何でも楽々うつてくれた。その中の一番大きい何とか公司といふのが爆弾でやられたとラヂオがいつてゐた。

○

考へてみると、私の考はあまりにおめでたかつた。つい数日前大阪外国語学校の葉山校長からきいた話であるが、日清戦争の折、滞支幾十年支那語を母国語程に話すといふ某氏、軍事上の任務を負ふて北支の奥地にゐたのがたうとう二の事で発覚した。一は余りに金をきれいに使ふこと、これは支那人らしくないことで、自然に眼をつけられた。しかしそれよりも強く発覚の端緒となつたのは、歩き方と朝の顔を洗ふときの手振であるといふ。朝顔を洗ふ、歩くといふのは全く自然に基く行動であり、そこには各国民に何の差異もなささうであるが、さうではない。いかに苦心して言語習慣に同化しても、われらの全く注意の到らぬところに本来の性格風俗といふものが残存してゐる。そこで思ひ出すのは、三十年前の学生々活に於て受けた印象である。明治三十六年熊本の第五高等学校にいつたとき、歩き方に特色のある二人を見出した。今の櫻井学士院長の令息櫻井時雄氏、当時の箕作東大教授の令息箕作新六氏。此二人は東京高師附属中学の出身、共に足をのびのびと伸ばして大股に歩く。今から考へると、これは全く英国紳士の歩き方で、日本民族の座居になれた、曲つた膝をもつものの歩き得ない仕方である。

此両氏は早くから英国文明を吸収した家庭の中で、幼少から行住座臥の訓練を受け、かういふ姿態を作り上げられたのであらうと思ふ。けれども、それは幼少からのしつけによつて学び得らるることで、田舎に育ち田舎の学校を出たものは、どれだけそれをまねようと思つたとしても、とても叶はぬ話である。

○

異なつた風俗をもち、蹄をもつた私は、別して洋服をきない私は排日の対象であつた。五六日もたつた頃、地図をひろげながら、これならば歩けぬこともあるまいと思つて、大谷教授の厳命に背き、半日単独行動を開始してしまつた。電車にいつて北四川路あたり日本人町近いところを歩いて、それから右に競馬場の方面に折れた。腹がすいたので立よつたのは一軒の支那料亭である。その一両日前、同文書院の諸教授から晩餐の馳走を受けて、生れてはじめて純粋の支那料理を味つたときの味覚が忘れられず、手近の店にとびこんだのである。表の方にドンジヤンと音がする。白い着物をきた人たち、重に学生らしいものの行列である。先頭に刑死した某思想運動家の棺をかつぎ、排日の旗を沢山たてて、何百といふ人たちが示威行列をやつてゐる。なるほどこれは凄いと思つてその通過をみてゐた。その後何十分たつても、給仕が茶一つもつて来ない。手真似で催促すると、何かベラボラいつて、表の入口を指さす。これは出て行けと云ふのかと、やつと気づいて表通りに出た。も一軒西洋料亭に入つたが同様の目にあつた。あきらめようかと思つたが、腹が減つて仕方がない。丁度競馬場を前にひかへた片側町の小さい西洋料理の店に入つてみた。

こゝは店が小さい為か他に客がない、そのせゐかやつと一食にありついた。そこを出て自動車屋によつてみたが、車の運転手も沢山ひまで居りながら出してくれぬ。やはり蹄の為であらう。仕方なく同文書院の方角めざして盲目滅法に歩いてやつと電車のところに出た。かへつてから大谷教授に話すと、「あぶないことをしましたね、競馬場の横が一番あぶないところで警察の力がとゞかず、排日の空気がなくても、よく人がさらはれるところです。これから単独で出るなら、さらはれても知りませんよ」と、散々に叱られてしまつた。

　上海にいつたときの最大の損失は作家魯迅[9]に会はなかつたことである。損失といつても、もつてゐたものを失つたのではない、得べかりしものを失つたのである。大谷教授から内山書店の主人[10]に話があり、同主人の好意により、魯迅と夕飯を共にする機会を与へられたのであつた。遺憾にも他の用事の為に、此機会を失はねばならなかつた。今から思ひかへしても、あきらめ難い損失である。帰国の途次穂積文雄教授から阿Q伝[11]一部を恵まれて船中に読んだ時の印象は深かつた。その後内山書店主人を訪ねたとき、意外にも、往航のとき穂積教授や私と共に食卓に出てゐられた和田富子女史が感冒にかゝつて、其二階に病臥してゐられた。旅中而も上陸直後の難儀の見舞の言葉を述べた。

　書院の近くの田圃道を案内されて散歩したことがあつた。刈田の中を横ぎつてまづ何とかいふ加持力の寺院[12]に参つた。それから道は場末の町に入る。クリイクの片側には並木があり敷石をへだてて低い家並がならんでゐる。小供の数が夥しく多い。宅地がないからであらう、砂塵まひ上る街路のはしへ、家から家へと蒲団をもち出して干してゐる。そのまはりにうろついてゐる小供はいつ洗濯したかもしれぬ黄い筒袖を鼻汁でびらうどのやうに光らせてゐる。人口四億不滅生々の民族といはれるのも、尤ものことと思つた。生活の程度は人間として忍ばれるだけ低く、子を生むことだけはどこまでも多い。そこで国家は衰へても亡びても、血族団体だけは亡びず、民族は永遠に其血を伝へる。弱きものの勝利といふのは此種のことであるかと、しみじみ考へさせられる。案内つきの散歩は時に繁華の巷にも及んだ。

○

通りを見て驚いたのは人力車――多分黄包車(13)といふのであらう――の多いことである。くもの子をまき散したやうに走せ違つてゐる。何よりも其速力が目につく。電車賃そこそこ位の銅貨で、一たび客をのせるや否や、よくもそれだけ根気がつゞくと思ふほど、一目散に走りつゞける。十町二十町三十町、全速力でとぶ。どうしてその根気がつゞくかと思ふと、裏面には悲惨の話がある。彼等は大抵農村から流れこんだものである。ところが際限なく流れこんだのでは上海にもさう仕事はない。そこで一番手近の仕事として車夫になる。しかし競争がはげしいので、全力を出さぬと食つてゆけない。つまり雇主の方で承知をしないのであらう。身体のつゞくとつゞかぬとを顧みるひまがない。無我夢中に走りつゞけて、二三年たつ中には弱いものからだんだんに、次から次に死んでゆくのだといふ。かういふ話をきいてからみると、上海の町の車夫たちが、死の目標に直進して疾走するやうに見える。

中心地区にいつて目につく事は、洋服をきたものの多く、支那服をきたものの少いことであつた。けれどもこれは日本の東京でも、大阪でも、汽車の中でも、さうだと考へられよう。しかし、当時から婦人の断髪は既に一般的であつた。老若を通じて断髪をしないのは、断髪の手入の費用にことかくといふ女中以下の階級のみである、といつてもよかつた。尤も、深窓にかくれて戸外の日光にてらされぬといふ階級の人々については知る由もないが。断髪は普及してゐるばかりではない。その頃すでにパアマネント・ウエエヴ(14)といふのか、赤く染めてしゆろ(15)の毛のやうにくしやくしやしたのも多かつた。大谷教授にあれは何ですかときくと、あれはアメリカ映画から見習つた最新の洋髪で一回の手入二十円もかゝるらしい、といふ答であつた。私は京都といふ山紫水明ではあるが結局一の田舎町にすぎぬところから出ていつて、国際都市上海に世界の尖端をみたわけである。あれから六年の後、この田舎町にも時々はそのしゆろの毛の洋髪を見得るやうになつた。支那の青年、別して女学生の尖端を好む性質を、かねがねきゝ知つてはゐたが、その時はまざまざと見せつけられた。たゞこれと連関して考へらるることは、祖国主義又は民族運動と国粋主義の連関である。

最近の支那は最も勇敢に、国粋的なものを投げすてた。最も誇りとしてい丶ところの儒教をすらすてて、孔子の像を拝むことを忘れてしまつた。而もそれにも拘はらず民族主義は強化せられ、而もそれが民衆の血管の中にまでしみこみ、国家的団結が作り上げられようとしてゐる。支那の統一国家形成の傾向は、何人も争ひがたきところである。此点、日本のゆき方とは全くちがふ。日本の識者は、国粋的なるものの中にのみ、民族興隆の精神的要素があると考へてゐるのではないか。日本近時の思想政策が学生の多数に対して、影響をもち難い理由の大半はこ丶にあると思ふ。

（1）　張政権　当時、中国東北部（旧満州）を実質的に支配していた張作霖。一九二二年第一次直奉戦争の敗戦により東北保安司令を自任、東北の独立を宣言、六月、中央政府から督軍兼省長の職を剝奪される。

（2）　上海事変　第一次上海事変。一九三二年一月末に発生した第一次上海事変は、共同租界地の守備についた海軍陸戦隊（約二千人）が中国軍と衝突したことに始まり、海軍は陸海空の三方から上海を攻撃し、国民政府の主力で最強の兵力（第一九路師団・約三万三千人）との本格的な戦闘へと突入した。

（3）　満州事変　一九三一年九月一八日、関東軍は奉天郊外の柳条湖で満鉄線路をみずから爆破し（柳条湖事件）、これを中国軍のしわざとして奉天の中国軍を攻撃し、満鉄沿線の主要都市を一斉に占領した。そして第二次若槻内閣の不拡大方針を無視して軍事行動を拡大し、日本の権益がない北満州までも侵攻して満州全土を占領した。

（4）東亜同文書院　同文書院は、根津一氏を院長として、明治三四（一九〇一）年に中国の上海に開設。同文書院を経営したのは近衛篤麿氏が結成した東亜同文会である。当時陸軍士官学校・海軍兵学校など軍関係を除けば、官費で学べる文科系の上級学校は同文書院のみであり、エリート学生が日本全土から集まり閉校まで五千人の人材を送り出した。

（5）大谷教授　東亜同文書院の商学士大谷孝太郎氏か。

（6）大内院長　大内暢三。明治七（一八七四）年～昭和一九（一九四四）年。東亜同文書院第六代院長・初代学長。福岡県出身。一九〇八年三五歳の若さで衆議院議員に当選し、以来五期議員を務めた。一九三一年から一九四〇年まで院長を歴任。また、一九三九年一二月、東亜同文書院の大学昇格とともに初代学長にも就任。

（7）徐家滙　（じょかわい）滙は匯が正式な字。上海の商業地区。徐家匯とは、華山路・衡山路・肇嘉浜路・漕渓北路が交差する地点の名称。上海の方言で、二つの川が交差する場所を「匯」という。

（8）マルクス経済理論の批判　この時期、高田保馬は「マルクス主義批判の講演旅行」を全国的に行っている。ちなみに高田保馬の「資本家的集積説の研究」（京都法学会雑誌、大1）はマルクス学説研究のわが国最初の学術論文とされている。

（9）魯迅　本名・周樹人。一八八一年九月、中国南部・浙江省紹興市生れ。仙台医学専門学校（東北大学医学部の前身）で学び「中国の民族性の改造には文学が必要」と決意して帰国、文学活動に専念した。小説「狂人日記」は口語体による儒教批判で当時の文学界に衝撃を与えた。「阿Q正伝」（一九二一）は作家魯迅の地位を確立するものになった。仙台時代の指導教官とのふれあいを描いた短編「藤野先生」は、日中両国で今も読まれている。帰国後、上海で書店を経営していた内山完造の支援を受け、日本人との親交も多かった。三六年に結核の悪化で死去。革命後の中国では「偉大な革命家、思想家」と評価されている。

（10）内山書店の主人　内山完造。明治一八（一八八五）年一月～昭和三四（一九五九）年九月。岡山県出身。内山は目薬会社の外交員として中国へ渡り、各地を歩きまわって中国民衆の姿に触れた。その後、上海の旧日本人租界地の四川路の一角に内山書店を開き日本語書籍を販売。書店は変革を求める若き中国知識人たちの語らう場所にもなった。その中に作家の魯迅がいた。魯迅は内山書店を度々訪れている。第一次上海事変の時には内山が魯迅を匿っている。内山は宋慶齢や毛沢東とともに魯迅の葬儀委員を務めた。

（11）阿Q伝　魯迅の短編小説「阿Q正伝」（一九二一）。「阿Q」という日雇いの農民を主人公にして封建的な中国社会が生み出した民族的「負」の側面を風刺し典型化した作品。虐げられても、つねに勝利者と考えて自己満足し、そのため死刑に処せられてしまう阿Qの精神（精神勝利法）を当時の中国人の一つの典型として描いた。

（12）クリイク　creek　小川、水路。とくに長江河口や上海周辺の水郷地帯の水路。

（13）黄包車　ワンポゥツォ〔中〕　一八七三年、フランス人メナードがこの人力車を数台上海に持ち込んだ。簡単な構造と安いコスト、走りやすく速度も速いこの新しい交通道具は「東洋車」と呼ばれた。上海工部局は東洋車をすべて人目を引く黄色に塗ることを規定。それにより東洋車は「黄包車」と呼ばれる。一九四〇年以降に足漕ぎ式の三輪車にその業務を託してからは、次第にその姿を見せなくなった。

（14）パアマネント・ウエエブ　パーマネントウェーブ。毛髪を電熱や薬液で波形に整える頭髪。

（15）しゅろの毛　棕櫚の毛。棕櫚はヤシ科の常緑喬木。棕櫚毛はシュロの葉柄の基部にある褐色の繊維。

美濃部　達吉

＊美濃部達吉（みのべ　たつきち）

明治六（一八七三）年五月七日～昭和二三（一九四八）年五月二三日。兵庫県加古郡高砂材木町生れ。憲法・行政法学者。明治三〇年帝国大学法科大学政治学科卒業。三三年東京帝国大学法科大学助教授、三五年教授。「憲法講話」（明45）の「天皇機関説」で上杉慎吉と論争。昭和一〇年軍国主義勢力が「国体」の名のもとに「天皇機関説」を攻撃、「不敬罪」で告訴され主著三冊発禁。戦時中は「帝室制度史」編纂。法学の専門書多数。妻の民子（多美）は芸術を愛好し、与謝野晶子とも文雅の交流があった。長男の亮吉は元東京都知事。

退官雑筆

▒初出「改造」（昭9・4）
所収「議会政治の検討」（日本評論社、昭9・5）

一

私は昨年五月に満六十歳に達したので、同僚の間の兼《か》ねての申合せに従ひ、小野塚総長（1）の手許まで辞表を提出した。世間では普通に之《これ》を大学教授の定年制と謂《い》つて居るけれども、判事や検事のやうに法律で定まつて居る制度ではなく、単に同僚諸教授の間に、満六十歳に達すればお互に辞表を出すことにしようではないかといふ徳義上の申合せが有つて、慣習として一同それを実行して来て居るといふに過ぎないのであるから、判事検事とは異つて、定年に達すると同時に当然退官するのではなく、東京帝大（2）での慣習としては、学年の中途で講義が中断することを避ける為に、辞表を提出しても、其の学年の終りまでは、引続き在任せしむることに先例が定まつて居り、随《したが》つて私も辞表を提出したのは昨年五月の事であるが、依願免官の御沙汰《さた》を拝するのは、今学年の終り、即ち三月三十一日の事であらうと予期して居る。

免官の御沙汰の有るまでは、依然現職に在つて全力を職務に尽さねばならぬ身であり、殊《こと》に三月は一年中の最も繁忙な時期で、現に三千通に余る試験の答案を眼前に積み重ねて、毎日毎日朝から晩まで、答案の審査に忙殺せられて居るのであるから、とてもまだ退官についての感想を書き綴るやうな気分にはなり得ないのであるが、本誌（3）の編輯者から頻《しき》りに教授在職中の思ひ出の記を書くやうにといふ依頼を受けて、遂に辞することが出来なかつたので、已《や》むを得ず、忙中寸時の閑を偸《ぬす》んで、此の稿を草することとなった。

思ひ出の記と謂つても、われ〳〵学究は、政治家や外交官や実業家や其の他実社会に立つて活躍して居る人々の生活とは異つて、年々同じやうな講義を繰り返して居る外には、唯自分の書斎か大学の研究室に閉ぢ籠つて居るのみで、何の波瀾も無い単調な生活を送つて来たに過ぎないのであるから、これと謂つて人に語るべき程の興味ある閲《えつ》歴《れき》も無く、まして雑誌の読み物としては、何を書いてよいか、殆《ほとん》ど見当に苦しむわけであるが、唯明治三十五年に始めて大学教授の恩命を拝してから、今年まで約三十二年間、同じ大学に教職を汚してゐたのが、今将《まさ》に其の教壇を去らんとしてゐるのであるから、おのづから多少の感慨も有り、又思ひ出づるよしなし事も無いではないので、それ等の感ずる所や思ひ出づる所のはし〴〵をとりとめもなく書き綴つて、僅《わずか》に約束の責を塞《ふさ》ぐこととする。

二

私が東京帝大の法科を卒業したのは、明治三十年で、学者では、筧克彦、加藤正治、立作太郎(4)、政治家では、不幸にして余りに早く亡くなつた江木翼を初め、川村竹治、井上孝哉、熊谷直太(5)、外交官では小幡酉吉、故水野幸吉(6)、実業家では、小倉正恒、梶原仲治、故南新吾(7)、などが私の同窓だ。私は在学中から成るべくは一生学究生活を送りたいと希望し、出来るならば卒業後も大学院に止《とど》まつて研究を続けたいものと思つたのであつたが、一方には、学者としての天分の乏しいことを自覚したのと、一方には、在学中こそ其の頃農商務省(8)の役人であつた舎兄《しやけい》(9)の貧しい俸給の中から其の一部を割《さ》いての補助と、大学から受けた貸費(10)とに因つて、苦学生の生活をも送らずに、勉強することが出来たけれども、卒業後は直《すぐ》に自活の途《みち》を講ぜねばならぬ必要が有り、しかも大学には当時はまだ有給助手(11)の制度も、大学院の給費学生の制度も無く、金を貰つて勉強するといふことは、全く不可能であつたのと、両方の理由から、遂に学究生活を断念して、内務省(12)に志願し、幸《さいわい》に採用せられて、卒業後直《すぐ》に内務属(13)に任ぜられ、今の地方局(14)、其の頃はたしか県治局(15)と謂つたやうに思ふが、そこに奉職することになつた。

是《これ》が私の社会に出た第一歩で、若《も》しそのまま其の職務を続けて居たとすれば、その内には鰻上りに出世して、しまひには何処か辺鄙《へんぴ》の県知事になり、さうして其の内に首をきられて浪人になつてゐたことであらうと思はれる。

ところが、幸か不幸か、私には内務属といふ生活が、どうしても好《すき》になれなかつた。毎日朝の九時から夕方の四時過《すぎ》までは、用が有つても無くても、必ず役所に出勤してゐなければならぬが、其の間に自分の懸命の力を出して働くやうな機会は殆ど与へられず、唯茫然と机に座つて居る時間の多いのに、我が儘《まま》な私は、殆ど堪へ難い感じがしてゐた。役人生活が嫌になるにつれて、再び学究生活に対するあこがれに悶えてゐたが、其の内に、偶々在学中の恩師であり当時内務省の勅任参事官(16)であつた一木喜徳郎(17)先生に逢つた際に、先生から、大学で比較法制史(18)の講座を担当すべき教授の候補者が必要であるが、若し大学院に入つて比較法制史を研究する気が有らば、其の候補者に推薦してもよいといふ話が有つた。比較法制史の講座は其の頃故宮崎道三郎(19)先生が日本法制史(20)の講座と共に兼担《けんたん》せられてゐたのであるが、先生は兼ねてより日本法制史の専任になられたい希望が有り、比較法制史を担任すべき適当な候補者を探して居られたのであつた。私は学者としての天分に多く自信を有《も》たない上に、殊に歴史の研究は最も不得意とする所であつたので、お受けするには頗《すこぶ》る躊躇《ちゅうちょ》したのであつたが、大学に残つて学究生活を送ることは自分の兼ねてより最も希望してゐた所であり、且《か》つ法律学をやるには是非とも歴史に溯《さかのぼ》る必要が有るから、専心に法律の歴史的研究に従事することも、法律学徒として興味ある仕事であると信じたので、遂に決心して推薦をお願《ねがい》することになり、因《よ》つて一木先生から宮崎先生に話が有り、両先生から教授会に推薦せられて、其の同意が有つたといふことで、茲《ここ》に私は約一年間在勤した内務属を辞任し、更に大学院に入学して、宮崎先生の指導の下に専心比較法制史の研究に従ふことになつた。

　これが私の生涯の運命を定める端緒《たんしょ》となつたもので、而《しか》してそれは主として一木、宮崎両先生の配慮に依つたものであり、私は両先生から単に学問の師として学恩を受けたばかりではなく、又学究生活を送るべき途を開いてもらつた殊恩《しゅおん》を蒙《こうむ》つてゐるものである。

　内務属は辞したけれども、当時内務省で私の直接の上官であつた府県課長[21]故井上友一[22]君の好意に因《よ》り、追つて大学から海外留学を命ぜらるるまでは、引続き内務省に在勤するやうにといふことで、内務省試補[23]といふ名義で、大学院の学生たる傍《かたわら》、約一年間ほどは、内務省から多少の手当を貰ひ、時々内務省に出勤してゐた。併《しか》し別段事務を執るわけでもなく、時々出勤すると、チヨツト無駄話をするくらゐで、スグ退庁してしまふので、其の頃勅任参事官を普通に「勅参」と呼んで居たのに倣《なら》つて、同僚から「チヨコ参」と綽号《しゃくごう》[24]されて居た。内務省試補として私のした仕事は、時々法律問題について意見を聞かれる外には、「アルバート・シヨー」の「ミユーニシパル・アドミニストレーシヨン・イン・コンチネンタル・ユーロープ」[25]を翻訳したくらゐの事で、それは、「内務省地方局訳」といふ名義で、「欧州大陸市政論」[26]といふ表題を以《もっ》て、有斐閣から明治三十二年に出版せられた。是《これ》が私の処女出版で、翻訳ものではあるが、思ひ出が深い。

　かういふわけで、卒業後約二年間は内務省の厄《やっ》介《かい》になつてゐたが、明治三十二年に、大学から比較法制史研究の為三年間独仏英三国に留学を命ぜられたので、同八月には内務省試補を免ぜられて、欧州留学に赴《おもむ》くことになつた。

　三年間の在欧中は、可なり一所懸命になつて、ドイツ、フランス及《およ》びイギリスの法律歴史を勉強した。歴史の素養が甚《はなは》だ乏しいので、直接古文書に就いて資料の研究をするなどは、到府力の及ばない所であつたが、兎《と》も角《かく》も、知名の先進学者の著述に就いて、一通りの知識を取得することに努めた。

留学の期限が満ちて帰朝したのは、明治三十五年の十月であつたが、帰朝と共に、直に教授に任ぜられて、比較法制史の講座担任を命ぜられ、もはや学年の始まつた後であつたので、東京に著《つ》くと同時に、数日の余裕をも置かず、直に講義を始めねばならぬのであつた。今から思ふと如何に不完全な講義であつたかと、慙愧《ざんき》に堪へない。(27)

比較法制史の講義は、其の後七八年継続して居たが、明治四十一年に一木先生(28)が行政法講座の兼担を辞されたので、其の後を承《う》けて、四十一年九月からは、行政法第一講座を兼担することになり、続いて四十四年には専門に法制史を研究せられた天稟の歴史家である中田薫君(29)が、欧州留学から帰朝せられたので、私は行政法講座の専任となり、比較法制史の講座は、同君の担任に譲ることとなつた。最初は法制史の研究に端緒を開いた私の学究生活は、茲に一転して、公法を専門とすることとなり、歴史の研究からは自然に遠ざかるに至つた。憲法の講座は、穂積八束先生(30)の引退後、上杉慎吉(31)教授が担任して居たが、従来憲法は一講座に止まつて居たのが、大正九年頃更に一講座を加へられることとなつた(32)ので、爾来《じらい》時々断絶は有つたが、上杉君と並んで、其の第二講座を兼担し、上杉君の逝去後は、常任的に行政法講座と共に憲法講座を兼担することとなり、以て今日に至つたのである。

三

大学教授としての私の生活は、斯《か》く比較法制史の担任に始まつたのであつたが、併し私が学問的に主として興味を有つて居たのは、大学学生としての在学中から、寧《むし》ろ憲法行政法など公法に在つたので、比較法制史の研究においても、主としては公法の歴史に興味を感じて居た。後に憲法及行政法を専門とするに至つたのも、斯《こ》ういふ当初からの傾向が、主たる原因を為《な》したものであることは、言ふまでもない。

何故《なにゆえ》に憲法行政法に主として興味を感ずるに至つたかを、自ら回顧して見ると、それは一つには自分の天性が論理的の思索を好む傾向を有つて居ることに基づいて居ると共に、一つには大学に入学して一年生として最初に聞いた一木先生の国法学(33)の講義が、私の幼稚な頭に深い印象を与へたことが、大なる原因を為して居るらしい。

私の大学に入学したのは、明治二十七年であつたが、其の前同じ年に従来国法学の講座を担当して居られた末岡精一(34)教授が亡くなられたので、其の後を承けて、当時まだ僅《わずか》に二十八歳の青年で、最近ドイツから帰朝せられたばかりの一木先生が、新《あらた》に大学教授に任ぜられ、国法学の講義を受持《うけも》たるることとなり、私等のクラスは其の第一回の学生であつた。其の講義は、始めて教授となられて最初の講義であるから、勿論十分に練熟したものではなく、瑕瑾《かきん》(35)も少くなかつたことと思ふが、しかし其の該博《がいはく》な引照と精緻《せいち》な論理とは、われわれ学生の心を魅するに十分であつた。之《これ》より先き先生はドイツ在留中に既に「日本法令予算論」(36)の著を公《おおやけ》にせられて居り、それが学界に知られて、先生の大学教授に任命せらるる機縁を作つたのであるが、私はそれを幾度か熟読し、其の鋭い筆鋒に深い敬意を捧げて居たので、一層先生の講義に感激を覚ゆることが深かつた。恐らくは三年間の大学在学中に、私の聞いた多くの講義の中で、最も大なる影響を私に与へたものは、此の新進の青年学者の講義であつたと思ふ。私が後に公法を専門とするに至つたのも、恐らくは此の時既に運命づけられてゐたのであらう。

憲法の講義は、やはり一年生の時に、故穂積八束先生から受けた。穂積先生は当時既に憲法学者として名声天下に聞えて居り、其の講義は、音吐《おんと》朗々、口をついて出る語が、おのづから玲瓏《れいろう》たる文章を為して居り、其の荘重《そうちょう》な態度と共に、一世の名講義を以て知られてゐたが、殆ど総ての点において、一木先生の講義とは、恰《あたか》も対蹠《たいしょ》的であつて、論理などには一向拘《かかわ》らず、力強い独断的の断定を以て終始せらるるのであつた。一例を謂ふと、国家の本質を説明しては、国家は主権を保有する団体であると曰《い》はれながら、一方では、主権は天皇に属す、天皇即ち国家なりと曰ひ、国家機関といふやうな概念[37]を以て、天皇の御地位を説明するのは、以《もっ》ての外の曲事《きょくじ》であると喝破《かっぱ》せられる。国家が団体であることを認めながら、天皇即ち国家であるとするならば、其の論理的な必然の結果は、天皇は団体なりと謂はねばならぬことになりさうであるが、そんな論理は、先生の頓《とん》著《ちゃく》せられる所ではなかつた。是はホンの一例であるが、先生の講義の中には、斯ういふ非論理的な独断が少《すくな》くなかつたので、まだ幼稚な一年生でありながら、先生の講義には、不幸にして遂に心服することが出来ないで終つた。

併し、国法学といひ、憲法といひ、講座の名称は異つて居たが、内容は等しく憲法についての講義で、唯、一は西洋諸国殊に英独仏三国の憲法の比較に重きを置き、一は日本の憲法に重きを置くことの差が有るばかりであり、しかも同じ憲法の学問について、同時に斯く多くの点において全く相反対する二種の講義を聞き得たことは、われわれの幸福とした所で、それが為に公法の研究に対する私の興味の一層強く刺激せられたことは言ふまでもない。

私が大学の在学中から、殊に憲法行政法の研究に興味を有つに至つたのは、主として斯ういふ因縁に基づいて居ることと思ふ。而してそれが原因となつて、遂には公法専門の学徒たることを、一生の仕事とするに至つたのである。

四

憲法についての私の処女作とも謂ふべきものは、明治三十九年に発行した「日本国法学」第一巻[38]である。是は第一巻を出しただけで、其の後間もなく新《あらた》に行政法の講座を兼担することになつた為に、其の方に逐《お》はれて、続稿を書く暇が無く、遂にそのまま中絶してしまつた。大正十年になつて、それを改訂増補して、改めて「日本憲法」第一巻(39)として発行したけれども、それも一巻だけで、其の後稿を続けることが出来ずに、今日に至つて居るのは、遺憾である。

それとは別に、明治四十五年に、私は「憲法講話」(40)と題する一書を公にした。これは、其の前年明治四十四年に文部省の嘱託を受けて、中等教員講習会において、日本憲法の大体についての十回講義を為した其の講演速記を基とし、之に多少の修正増補を加へたものであつたが、此の書物が図《はか》らずも、同僚の上杉教授から、激しい攻撃を受くることとなつた。其の攻撃の要点は、私が国家機関といふ概念を以て、天皇の憲法上の御地位を説明して居るのを目《もく》して、私が日本の国体を否認し、(41)日本を以て民主国なりとするものであるとすることに在つた。私は今に至つても、上杉君が如何にして此の如き攻撃を為すに至つたかを理解し得ない。これが全く法律学の知識の無い市井《しせい》無頼の徒(42)から出た攻撃ならば、まだしも諒解することが出来るけれども、上杉君は自身大学に教職を奉ずる程の法律学者であつて、国家機関といふ概念が、法律学上何《ど》ういふ意味に用ゐらるるかは、十分熟知せられて居ることは勿論であるばかりではなく、其の時にこそ同君は国家機関といふ観念を排斥して居られたけれども、それは最近の転向であつて、其の少し前までは国家法人説(43)を是認し、随つて君主は国家の機関であると自ら主張せられて居り、殊に明治三十八年に出版せられた旧著「帝国憲法」(44)には「天皇ヲ国家ノ機関ト見ルノ学理ハ理論上実験上疑《うたがい》ナキ所ニシテ予ガ常ニ主張スル所ナリ」とまで断言して居られるのであるから、それが我が国体を否認する思想でないことは、無論承認せられて居た所でなければならぬ。私にしても、それは其の時に始めて公表した説ではなく、三十九年に出版した「日本国法学」の中にも、既に詳述して居る所であるのに、其の時までは別段の攻撃もなくして看過しながら、是《ここ》に至つて遽《にわか》に私が国体を否定する乱臣賊子[45]であるかの如き攻撃を加へられたのであるから、私は呆然として言ふ所を知らなかつた。

学問上の論争ならば、私の敢《あえ》て辞しない所で、其の前にも、同僚であり且《かつ》同窓の親友である立《たち》教授[46]とも、領土権の性質や国際法と国内法との関係といふやうな問題について、長い間幾回かに亘《わた》つて論戦を重ねたことが有つたが、学問上の論争ではなく、「国体」といふ大刀を提《さ》げて、大上段から、国体を否認する乱臣賊子であると、真向梨割[47]に切り下げられたのであるから、私としては迷惑此の上も無いことであつた。而《しか》もそれは文部省の嘱託に依《よ》る中等教員講習会の講演であるといふので、累《るい》を文部省に及ぼす虞《おそれ》が有つたし、一方には或る有力な向《むき》からは、文部省に内申が有り、私を免官させようとする運動が盛《さかん》であるといふやうな情報をも受けたので、已むを得ず、私は新聞紙や雑誌で、一応弁明を加へた[48]のであつた。其の時の双方の論争は、当時尚学生として在学中であつた星島二郎[49]氏が、之を編纂して一冊に纏《まと》め[50]、公《おおやけ》にして居ると思ふが、今から考へても、まことに不愉快な論戦で、出来るならば絶版に付せられたいものと思ふ。

幸にして、学界では、二三の例外は無いではないが、一般には私の説が承認せられて居るやうであり、文部省および其の他の官界においても、私の弁明を諒としたものの如く、免官になるに至らずして終つた。

併し、何にもせよ、国体を名としての攻撃であり、而して事の苟《いやしく》も国体に関する限り、文部省は極度に神経過敏であるので、かういふ物議を惹き起こした以上、爾来文部省が私を遠ざけるに至つたことも、已むを得ない所であらう。其の時まで、中等教員検定試験[51]の法制の試験委員は、毎年私が嘱託を受けて居たのであつたが、此の時を最後として、全く嘱託を受けないことになつたし、又文部省から出版する予定を以て、中等教育の法制教科書の起草を嘱託せられ、既に脱稿して差出してあつたのが、遂に出版せられないで終つたのも、恐らくは之が原因となつたのであらうと思ふ。

それ等は固《もと》より少しも苦痛とする所ではなかつたが、唯学説の内容に立ち入つての学問上の非難ではなく、単に概念の定め方の如何を以て、直に国体を否定するものの如くに論じ、法律学上の概念に通じない一般の世人を惑はすやうな攻撃を加へられたのは、甚だ遺憾であつて、三十余年の教授生活の中でも、最も不愉快な思ひ出の一である。

恐らくは其の余波とも見るべきものであらう。今年の貴族院(52)では、一議員は、本会議の議場で、文部大臣に対する質疑において、公然私の著書の名を挙げて、私が今も君主機関説(53)を唱へて居るとなし、斯ういふ国体と相容れない思想を絶滅しなければ、国家の興隆は期し得られないと曰ひ、文官高等試験(54)委員からかういふ一派を追払ふが宜《よ》いとまで公言したものが有つた。文官高等試験といふのは旧名で、今は単に「高等試験」と謂ふのであり、また高等試験委員の任命は内閣の主管で、文部省とは全く無関係であるのに、文部大臣に向つて高等試験委員の事を質問するのも、滑稽であるが、それは兎も角も、人の学説を非難しようとするならば、其の学説の実体について十分理解した上でなければならぬ。人の説を理解しようともせず、単に片言隻語《へんげんせきご》(55)を捕へて、やたらに国体を否認するといふやうな非難を浴せようとするのは、士君子(56)の為すべきこととも思はれない。私は私自身の為によりは、貴族院の品位の為に、此の如き言論が為されたことを深く遺憾とするものである。

五

世間では普通に私の事を自由主義者(57)と称して居るやうで、私を攻撃する者も、概ね自由主義者であるが故を以て、攻撃を加へるのである。

若し他人の自由を尊重すると共に、自分にも自由を享受することを好む者を以て、広く自由主義者と称するならば、私は勿論其の意味においての自由主義者であるには相違ない。併しさういふ意味において自由を愛好する者は、天下万民、恐らくは尽《ことごと》く然《しか》らざるものは無いであらう。「我に自由を与へよ、然らざれば死を」[58]といふのは、余りに誇張した語で、それは万人には当て嵌《はま》らないであらうが、濫《みだ》りに自由を束縛せらるることが苦痛であることは万人に通ずる人間の天性で、若し然らずとすれば、自由を束縛せられた刑務所生活が、人間に取つての最も安楽な世界となり、全く刑務所としての目的を達し得ないことになるであらう。而して自ら自由を欲するならば、他人の自由をも尊重しなければならぬことは当然で、随つて其の意味においての自由主義は、総ての人々に共通な自然の真理と見るべきであらう。

併し所謂「自由主義」とは此の如き広い意味に用ゐられるのではなく、時代々々に依つて種種の特殊の意義に用ゐられて来たものである。初《はじめ》には信教の自由が殊に強調せられてゐたが、フランス革命の頃は、殊に政治上の自由が最も重きを置かれ、資本主義の勃興《ぼっこう》時代には、経済生活における自由放任が、其の中心思想を為してゐた。若し所謂自由主義を斯ういふ特殊の意味に解するならば、私は決して自ら自由主義者を以て任ずるものではなく、又嘗《かつ》て自ら之を標榜したこともない。却《かえ》つて反対に、経済上における自由放任主義は、もはや其の時代を過ぎたもので、或る程度までの国家的統制が是非共必要であらうと信じて居り、それは大正十年の旧著「日本憲法」第一巻（四五一頁以下）[59]にも既に明言して居る所である。

凡《すべ》て或る複雑な思想を、短い語で言ひ表はす為に、之《これ》を「何々主義」と称することは、学問上の用語としても、又思想の宣伝の上にも、是非必要な事柄であるが、一旦さういふ名称を付せられると、其の名称に累せられて、其の正確な内容が理解せられずに、単に其の名称から連想せられる事柄を以つて、其の主義の内容であるが如くに、誤解し又は曲解せられることが多い。

此の意味において、私は如何なる主義にもせよ、或る特定の固定した主義者として呼ばれることを厭《いと》ふ。

凡《すべ》て世間において何々主義と呼ばれて居る思想は、概《おおむ》ね皆一面の真理を備へて居るもので、全面的に絶対に排斥しなければならぬものは、テロリズムのやうな明白な不法を主義とするものを除いては、稀であると謂つて可《よ》い。唯或る特定の一主義のみを絶対の真理と為し、之《これ》を極端に推し拡めて、他の総ての主義を排斥しようとすることは、所謂主義者の弊であつて、それは私の取らない所である。国家主義といひ、国際主義といひ、個人主義といひ、家族主義といひ、自由主義といひ、社会主義といひ、何《いず》れも絶対には排斥すべきものでないと共に、其の何れの一にもせよ、それのみを絶対の真理として信奉《しんぽう》すべきものでもない。或る特定の一主義にのみ徹底しようとすることは、社会の為に大なる禍《わざわい》であり、其の意味において、私は自由主義者と呼ばれることに抗議したいと思ふ。

六

とりとめもないことを書き流して、読者に対し甚だ恐縮であるが、前にも述べた通り、試験期の繁忙を極めて居る際の事であるから、願はくは寛《かん》恕《じょ》ありたい。

四月から愈々《いよいよ》公職を去ることになるので、是よりは益々駑馬《どば》に鞭うち、[60]一意学問に精進したいと願つて居る。本誌の読者にも、再び見参に入る機会が有るであらうことを望む。（三月十日稿）

（1）小野塚総長　小野塚喜平次（おのづかきへいじ）明治四（一八七一）年一二月～昭和一九（一九四四）年一一月。政治学者。新潟県生れ。明治二八年帝国大学法科大学卒業。三四年同大教授。昭和三年から九年総長。大正一四年から昭和一八年貴族院議員。

（2）東京帝大　明治一〇年東京開成学校と東京医学校が合併して東京大学が創立。のち帝国大学と称を改め、明治三〇年六月東京帝国大学と改称。政治学科は一八年文学部から法学部（のち法科大学）に移された。法科大学は明治一九〜三一年の間修業年限が三年、試験三回であった。

（3）本誌「改造」。大正八年四月創刊。改造社発行。当時の有力な進歩的総合雑誌。

（4）筧克彦、加藤正治、立作太郎　筧克彦（かけい かつひこ）明治五（一八七二）年一一月〜昭和三六（一九六一）年二月。公法学者・神道思想家。長野県生れ。明治三〇年東大法科卒業。三六年同大教授。昭和八年退官。古神道に帰依し天皇中心の国家主義を主張した。

加藤正治（かとう まさはる）明治四（一八七一）年三月〜昭和二七（一九五二）年三月。民事訴訟法・破産法学者。別訓正治（しょうじ）。長野県生れ。明治三〇年法科卒業。同大教授。破産法の開拓者。海商法も研究。

立作太郎（たち さくたろう）明治七（一八七四）年三月〜昭和一八（一九四三）年五月。国際法・外交史学者。東京生れ。明治三〇年東大法科卒業。三七年同大教授。国際法理論を体系化。外務・海軍省の国際法顧問。

（5）江木翼を初め、川村竹治、井上孝哉、熊谷直太　江木翼（えぎ たすく）明治六（一八七三）年一二月〜昭和七（一九三二）年九月。政治家。山口県生れ。明治三〇年東大法科卒業。

川村竹治（かわむら たけじ）明治四（一八七一）年七月〜昭和三〇（一九五五）年九月。政治家、内務官僚。秋田県生れ。明治三〇年東大英法科卒業。

井上孝哉（いのうえ こうさい）明治三（一八七〇）年一〇月〜昭和一八（一九四三）年一一月。政治家。岐阜県生れ。明治三〇年東大英法科卒業。

熊谷直太（くまがや なおた）慶応二（一八六六）年七月〜昭和二〇（一九四五）年二月。政治家、弁護士。山形県生れ。明治三〇年東大英法科卒業。

（6）小幡酉吉、故水野幸吉　小幡酉吉（おばたゆうきち）明治六（一八七三）年四月〜昭和二二（一九四七）年八月。外交官。石川県生れ。明治三〇年東大法科卒業。中国などとの外交に当たる。

水野幸吉（みずの こうきち）明治六（一八七三）年一二月〜大正三（一九一四）年五月。

外交官。兵庫県洲本生れ。明治三〇年東大法科卒業。俳号酔香。筑波会所属。ニューヨーク総領事、中国公使館参事官を歴任。
（7）小倉正恒、梶原仲治、故南新吾　小倉正恒（おぐら まさつね）明治八（一八七五）年三月～昭和三六（一九六一）年一一月。実業家、政治家。石川県金沢市生れ。明治三〇年東大英法科卒業。住友本店に勤務。
　梶原仲治（かじわら なかじ）明治四（一八七一）年七月～昭和一四（一九三九）年一月。銀行家。北海道生れ。明治三二年東大英法科卒業。日本銀行、日本勧業銀行などに勤務。

　南新吾（みなみ しんご）明治六（一八七三）年一一月～昭和五（一九三〇）年一月。実業家。大分県生れ。明治三〇年東大法科卒業。美濃部の義弟。
（8）農商務省　明治大正期の農林・商工行政の中央官庁。
（9）舎兄　実の兄。美濃部俊吉のこと。当時農商務省の官僚。のち朝鮮銀行頭取。
（10）大学から受けた貸費　東京帝国大学の貸費の通則では、教授会の承認を得た学生が一年以内の期限で一カ月二五円以内を借り、卒業一年後から月賦返納をした。
（11）有給助手　明治二六年八月から、帝国大学官制第九条「助手ハ判任トス教官ノ指揮ヲ承ケ学術技芸ニ関スル職務ニ服ス」により助手八〇名が採用された。
（12）内務省　明治六年から昭和二二年まで内政を所管した中央官庁。
（13）内務属　内務省の判任文官。属官とも。内務大臣・政務次官・次官・参与官・局長・秘書官・書記官に次ぐ。
（14）地方局　内務省の部局の一つ。明治三一年一〇月の官制改正により、県治局を廃し地方局が設置され、府県課・市町村課を置いた。
（15）県治局　明治一八年に内務省に設置された部局。二六年分課を改め府県課・市町村課・北海道課を置いた。
（16）勅任参事官　勅書によって任命される高等官で、長官の命を受け審議、立案等の事務を行う官吏。
（17）一木喜徳郎（いちき きとくろう）慶応三（一八六七）年四月～昭和一九（一九四四）年

一二月。法学者、政治家。静岡県掛川生れ。明治二〇年帝国大学法科大学政治科卒業。二七年同大学法科教授。内務書記官も兼任。三三年貴族院議員。以後閣僚を歴任し、大正六年枢密院（天皇の政務上の最高顧問府）顧問官。同一四年から昭和八年宮内大臣。昭和九年枢密院議長。
（18）比較法制史　諸外国や民族の法制度を比較し、法の発展原則を研究する法史学の一種。
（19）宮崎道三郎（みやざき　みちさぶろう）安政二（一八五五）年～昭和三（一九二八）年四月。法制史学者。三重県津生れ。明治一三年東京大学法学部卒業。二一年帝国大学法科大学教授となり二六年、国内初の法制史講座を担当。
（20）日本法制史　日本の法の制度、原理、観念、起源や沿革を研究する法学の一分野。
（21）府県課長　内務省地方局の府県課の課長。
（22）井上友一（いのうえ　ともいち）明治四（一八七一）年四月～大正八（一九一九）年六月。内務官僚。石川県金沢市生れ。明治二六年帝国大学法科大学卒業後、内務省に勤務し地方行政、救済事業に尽力。大正四年東京府知事。
（23）内務省試補　内務省の官吏に任命されるまで事務を実地に練習する立場の者。
（24）綽号　あだな。
（25）「アルバート・ショー」の「ミユーニシバル・アドミニストレーシヨン・イン・コンチネンタル・ユーロープ」　米国の Albert Shaw『Municipal Government in Continental Europe』は一八九七年出版。
（26）「欧州大陸市政論」　内務省地方局「欧州大陸市政論」（有斐閣書房、明32・10）。全九章。パリ市を筆頭に、ベルギー、イタリア、ドイツなどの諸都市の沿革・市制の概要について論ずる。
（27）慙愧に堪へない　恥じ入ること。
（28）行政法　国および公共団体の行政の組織・作用・手続きを規律する行政に特有な法・行政救済法をさす。伝統的に「公法」と限定して呼ばれた。
（29）中田薫（なかだ　かおる）明治一〇（一八七七）年三月～昭和四二（一九六七）年一一月。法制史学者。鹿児島県生れ。明治三三年東大法科卒業。四四年同大教授となり美濃部にかわって法制史の講座を担当。昭和二一年文化勲章受賞。

（30）穂積八束（ほづみ やつか）万延元（一八六〇）年二月～大正元（一九一二）年一〇月。憲法学者。愛媛県宇和島生まれ。明治一六年東大政治学科卒業。明治二二年同大学教授。三〇年から四四年法科大学長。三四年から高等文官試験委員。教育界にも発言力があった。「天皇即国家」を唱え、「天皇機関説」を批判、政党内閣制を否定した。後継者の上杉慎吉と美濃部の論争では上杉を支援。

（31）上杉慎吉（うえすぎ しんきち）明治一一（一八七八）年八月～昭和四（一九二九）年四月。憲法学者。福井県生まれ。明治三六年東大法科卒業。大正元年同大学教授となる。明治四五年六月「国体に関する異説」を「太陽」に発表、天皇の意志すなわち統治権とする「天皇主権説」によって美濃部達吉の学説と対立（天皇機関説論争）したが敗れ、のち右翼団体の結成・教導に奔走した。

（32）憲法は一講座に止まつて居たのが、大正九年頃更に一講座を加へられることとなつた　東京帝大憲法第二講座の「講座設置理由書」（大9・9）には、多方面から研究される必要のある憲法講座の増設理由として、法律を学ぶだけでなく歴史、政治や比較法制史を論じ「既往ノ実験ト将来ノ趨勢トヲ明ニスル」こと、新設の経済学部での憲法講座設置の二つを挙げている。なお当初は、第一講座を上杉、第二講座を美濃部と、「天皇機関説」論争をした両人が担当していた。

（33）国法学　国家諸制度の性質・形態・構成要素、作用・国家機関・国権の性質などを主に法律学的に研究する学問。

（34）末岡精一（すえおか せいいち）明治二（一八五五）年六月～明治二七（一八九四）年一月。憲法学者。山口県生まれ。明治一四年東大哲学科卒業後、一九年帝国大学法科大学教授。穂積八束より先任で、一木、美濃部に継承されるアカデミズム憲法学の創始者の一人。

（35）瑕瑾　欠点。短所。

（36）「日本法令予算論」　一木喜徳郎「日本法令予算論」（哲学書院、明25）。全五章。法律・命令の立案施行、予算について論じた。複刻本（信山社版、平8・2）。

(37)　国家機関といふやうな概念　国家機関は国家意思の決定・表示など各種の国家作用を担当する機関のこと。天皇も日本国家という法人の機関の一つとみる。現在では通常「権力分立」主義により立法・司法・行政の三機関に大別される。

(38)　「日本国法学」第一巻　美濃部達吉「日本国法学上巻上」(有斐閣書房、明40・11)。第一編総論全三章。各章の題は、国法学ノ基礎観念・日本国法ノ歴史的基礎・日本国法ノ淵源。

(39)　「日本憲法」第一巻　美濃部達吉「日本憲法第一巻」(有斐閣、大10・10)。第一編憲法学の基礎概念全六章。各章の題は、法・国家・国権、統治権及主権・国家の組織・立憲政体・憲法。

(40)　「憲法講話」　美濃部達吉「憲法講話」(有斐閣書房、明45・3)。全一〇講。各題は国家及政体・帝国の政体・天皇(其の一)・天皇(其の二)・国務大臣及枢密顧問・帝国議会(其の一)・帝国議会(其の二)・行政組織・行政作用・司法・法・制定法の各種・国民の権利義務・帝国植民地。同書で美濃部は、「天皇は日本帝国の君主として、国家の凡ての権力の最高の源泉たり、日本帝国の最高機関たる地位に在ます」と「天皇機関説」を提唱する。

(41)　国体　法的には国権を全体として掌握する主権者の定めかたにより区別される国家形態のこと。戦前の日本では万世一系の天皇が統治権をもつという、国家の根本的特質をさすものとして用いられた。

(42)　市井無頼の徒　市井の徒は、市中の無頼の徒。無頼は、正業につかず無法な行いをする者や行為。

(43)　国家法人説　国家を独立した法人と見る学説。ドイツのイェリネックの国法学説が著名。美濃部はこの概念から「天皇機関説」を基礎づけた。

(44)　「帝国憲法」　上杉慎吉「帝国憲法」(日本大学、明38・10)。

(45)　乱臣賊子　国を乱す臣と親にそむく子。

(46)　立教授　立作太郎。

(47)　真向梨割　真正面から、梨の実を割るように二つに割ること。

(48)　新聞紙や雑誌で、一応弁明を加へた　美濃部達吉「上杉博士の『国体に関する異説』を読む」(「太陽」明45・7)は上杉への反論。両者をめぐる論争は主に「太陽」誌上で行われた。

(49)星島二郎　(ほしじま　にろう)明治二〇(一八八七)年一一月〜昭和五五(一九八〇)年一月。政治家。岡山県生れ。東京帝国大学法科大学独法科卒業。大正九年衆議院議員に当選、以降連続一七回当選を重ねた。犬養毅の薫陶を受け、戦時中も自由主義的立場を通した。戦後は商工大臣、衆議院議長などを歴任。

(50)之を編纂して一冊に纏め　星島二郎編「上杉博士対美濃部博士　最近憲法論」(実業之日本社、大2・10)。美濃部、上杉の各五編をはじめ、計一六の論文を収載。複刻本(みすず書房版、平8・2)。

(51)中等教員検定試験　教員免許令に準拠した規定により中学校・高等女学校・実業学校教員志願者の学力・品行・身体の適否を検定。

(52)貴族院　帝国議会を衆議院とともに構成した一院。皇族・華族・勅任された議員をもって組織される。美濃部も昭和七年から一〇年の間、貴族院議員であった。

(53)君主機関説　法律の上で国家を法人とすると、君主・議会・裁判所は国家という法人の機関になる。天皇も日本国家の機関となり、国土・国民を支配する権利は法人たる国家に帰属する。「国家主権説」とも。注(40)参照。

(54)文官高等試験　明治二六年から公布された文官任用令では、原則的に文官高等試験に合格した者から、奏任官(三等以下の高等官)が任命された。

(55)片言隻語　ちょっとした言葉。片言隻句とも。

(56)士君子　士と君子。徳行高く学問に通じている人。

(57)自由主義者　封建制・専制政治に反対し、自由な議会制度を主張し、個人の思想・言論の自由を擁護する者。穂積八束は、「国体の異説と人心の傾向」(「太陽」大1・10)で「天皇は統治権を有し給うの主体に非ず」という美濃部の機関説に対して「言論の自由とは此の如き者を指すのであるか」との表現で非難している。

(58)「我に自由を与へよ、然らざれば死を」　米国の政治家・ヘンリー　Henry Patrick〔一七三六～一七九九）が一七七五年の国民議会で演説した時、英国の植民地支配に抗して発した一節。独立戦争を導いた言葉として有名。

（59）「日本憲法」第一巻（四五一頁以下）注（39）参照。同書の第五章第三節四「自由思想の変遷」四五一頁には、「自由主義の主張は其の最初の形に於いては純然たる個人主義の基礎の上に立つて居たものである。自由主義は其の起源から言つても国権の専制に対する反抗として起つたもので、成るべく国家の権力を制限して、人民が国権の束縛を受くることを出来るだけ少くし、各個人をして束縛なしに自由に活動することを得しむ」とある。

（60）駑馬に鞭うち　才能もないが努力すること。謙遜していう。

牧野 英一

＊牧野英一（まきの　えいいち）

明治一一（一八七八）年三月二〇日〜昭和四五（一九七〇）年四月一八日。岐阜県高山市生れ。刑法学者。東京帝国大学教授（昭和一三年三月退官）。主観主義刑法学を提唱し、罪刑法定主義の緩和を主張、刑法学の分野で一時代を画した。短歌もよく詠み、歌誌「心の花」同人、「明星」（大正期）の寄稿者。生前、歌集「小箋集」（大2）、「あかしや」（大6）を上梓したほか、没後も遺詠集「歌集」（昭46）が編まれ、刊行された。昭和三三年には宮中の歌会始にも参加。

パンテオンの人人[1]*

初出　「東京朝日新聞」（昭3・4・1〜同12）
所収　「パンテオンの人人」（日本評論社、昭13・8）

○

ルーソー[2]の石の柩《ひつぎ》の一面には扉が両《ふた》つ彫りつけてある。その扉の一つが半《なか》ば開かれて、なかからたくましい腕がさし出されてゐる。その腕が松《たい》火《まつ》を持つてゐる。その松火には火があかあかと燃えてゐる。まことや、ルーソーは、十八世紀の当時において、暗黒な思想の混沌のなかに、あかい松火をうち照らした人であつたのである。

時計職の悴《せがれ》として生れ、数奇《すうき》を極めたその生涯に関しては、固《もと》より世に之《これ》を説くべき人が多い。わたくしは、ただ、かれの小さな著述たるその『民約論』[3]について少しばかりを語つて見たい。

『民約論』は小さな著述である。さうして、最も多く世に語られる書物である。しかし、誰やらがいつたやうに、この最も多く世に語られる書物は、実は最も少なく世に読まれてゐる書物であるといふことである。

しかし、世の人人は、少ししか読まないこの書物から大きな教へを受けたのであつた。世の人人は、民約論といふ松火のひかりに因《よ》つて、中世の暗黒から目ざめたのであつた。世の人人は、自分が如何《いか》なる標的に向つて如何なる地歩《ちほ》を進まねばならぬかを知るに至つたのである。

ルーソー[4]は芸術的に自然を愛した。曾《かつ》て、サヴォアの山村をわけて、シャンベリー[5]の町から幾キロ。わたくしは、そこにルーソーの旧居をたづねたことがある。その小さな窓から、晴れわたつた日のうすもやの中に、サヴォアの山と村とをながめ、牛の群とゆく人のかげとに見とれた晩秋の一日を、わたくしは、今もありありと覚えてゐる。かれは、ここに自然を愛し、また自然の愛すべきことを説いたのであつた。かれの芸術は、要するに、自然愛に帰著《きちゃく》するのだ、と人は説いてゐる。

しかし、かれは、また、同時に、論理的に自然を尊重すべきことを論じたのであつた。いふまでもなく、当時の社会は中世文明の行きづまりになやんでゐた。しかし、その行きづまりを如何に打開すべきかを知らなかつた。そこに、かれは、進むべき方向を世の人人に示したのであつた。それは『自然』に外《ほか》ならぬとしたのであつた。

『民約論』の劈頭《へきとう》(6)にかれはいつてゐる。『人はその生るるや自由である。しかし、到るところ鉄鎖《てっさ》につながれてゐる』と。事実としての社会では、人人はその鉄鎖につながれることの甚《はなはだ》しきに苦しまねばならぬのである。しかし、かれは叫んだ。『人はその生るるや自由である』と。

生るるや直《ただ》ちに鉄鎖につながれるべき運命のこの世では、人人は、その生るるや互《たがい》に自由なることを知らなかつたのである。かれの一言《いちごん》は、まづ世の人人をして自己をさとらしめたのであつた。

しかし、世の人人がその自由を互に主張するのでは、実は互にその生存を全《まっと》うしてゆくことができないのである。それで、かれは、直ちに、『社会的秩序』といふことを揚言《ようげん》(7)してゐる。曰《いわ》く『社会的秩序といふことは神聖な法律である。これがすべての他の事物の基礎になるのである』と。

それで、問題は、一方において、生来《せいらい》の自由といふことを予定し、他方において、社会的秩序といふことを確認し、さうして、この両者を聯結《れんけつ》し、調和するの要諦《ようたい》(8)如何《いかん》である。かれは、之を『契約』に求めたのであつた。

人の自然状態は自由である。しかし、人の社会状態は『神聖なる法律』である。この両者を聯結するために、中世では、君権神授説(9)なるものが行はれた。シャーレマン(10)は法王(11)の手に依《よ》つて戴冠《たいかん》したのであつた。ヨーロッパの君主たちは、自己の権力を天の神から授けられたものと考へてゐたのであるとし、さうして、その故《ゆえ》をもつて、世の人人はその君主たちに服従してゐたのであつた。神のかくの如《ごと》き摂理に因つて人の自然状態と社会状態とが結びつけられるものとされたのである。

かくして、ルイ大王[12]は自ら称して『国家はわれなり[13]』とした。中世の文化がそこに爛熟《らんじゅく》したのであつた。しかし、その時には、世の人人の生活は『鉄鎖』につながれたものであつたのである。

○

中世の文化が爛熟して王権制度がその極点に達したとき、すなはち、国家がルイ大王の一身に集中するものとされたとき、世の人人は封建制度の混沌裡《り》から脱してはじめて国家生活らしい生活を営むに至つたのである。しかし、かやうな王権制度の下《もと》においては、人人は、自己の自由をたのしみ、自己の独立をよろこぶことができなかつた。されば、その制度の下における国家生活は、『鉄鎖』につながれてゐるものと解せられざるを得なかつたであらう。

王権制度[14]は、封建制度が、おのづから爛熟し、おのづから崩壊したところに成立したものであつた。それが世の人人に国家的生活を知らしめたのであつたことは、その大きな社会的作用といはねばならぬ。しかし、王権制度がしかく[15]爛熟して見ると、そこに、また、王権制度そのものの崩壊の契機が成立してゐたといふことになるものでもあらうか。世の人人は、『鉄鎖』をふり解くことを考へるやうになつたのである。

ルーソーは、この『鉄鎖』を敢《あえ》てふりほどかうとしたのではなかつた。何となれば、『社会的秩序』は『神聖なる法律』であるので、われわれは、その『神聖』を保持せむとする限り、その『鉄鎖』は、どこまでも、われわれをしばらねばならぬからである。しかし、其《そ》の『鉄鎖』を『鉄鎖』と考へないで、どこまでもやはり『社会的秩序』であると考へるの方法を、かれはわれわれに教へむとしたのであつた。そこで、かれは、われわれが、その自由なる『自然状態』から『神聖』なる社会的秩序に移るのは、一《いつ》に『契約』に依るものと考へねばならぬとしたのであつた。

蓋《けだ》し(16)、文芸復興以後、近世文化の特色とされてゐるものは、いはゆる自我の覚醒である。中世のヨーロッパ人は、教権(17)にしばられてゐた。王権に虐《しいた》げられてゐた。しかし、その教権と王権との下に、おのづから社会的秩序が統制されるに従つて、文化の発展があつたのである。その文化とは、要するに、自我をみづから意識することであつた。自我の意識は、一方において、経済の発達、なかんづく商業のそれと相表裏《あいひょうり》した。他方において、学問の進歩、殊《こと》に自然科学のそれと相伴つた。さうして、その結果として世の人人の思想に大きな転回を与えた。コペルニクス(18)が天動説を地動説に転回したやうに、君権神授説が社会契約説に転回するやうになつた。かく思想がコペルニクス的転回を全うしたところに、十八世紀の末から十九世紀のはじめに跨《またが》つてのヨーロッパの変動があつたのである。

『契約』を基本として社会を考へることが、事実としては歴史的に無根のことであり、規範としては合理的に承認しがたきことであるにしても、当時の人人は、ルーソーの松火の光りに因つて、従来の神権説から民約説へと行くべき道をみとめたのであつた。

契約本位の考へを経済学に導き入れたとき、それはいはゆる『経済人(20)』の理論となつた。これを法律にとり込んだとき、それはやがて『人権宣言』の『人』となつた。フランス大革命の一七八九年にできた基本法『人権宣言』は、その第一条において、『人は其の出生及び生存において自由及び平等の権を有す』と規定したことである。

自由平等の人が社会的秩序を全うするのは契約に因るのである。所有権は契約に依るの外他から干渉を受けることがない。かくして、諸国の憲法は、皆、所有権不可侵の原則を掲げ、コード・ナポレオン(21)をはじめとして諸国の民法は契約の自由を認めた。

刑法においては、それがいはゆる罪刑法定主義となつた。如何なる行為をもつて犯罪と為し、之に如何なる刑罰を科するかは、一に、予《あらかじ》め、法律の定めたところに依るといふのがそれである。諸国の憲法は之をその明文に載《の》せた。コード・ペナル(22)をはじめ、諸国の刑法が之を明《あきら》かにした。

之を倫理的にいふときそれは『独立自尊』である。それはやがて自由競争を意味する。十九世紀の文化は、要するにそれに外ならない。——

さうかうして、わたくしの歩みは、いつのまにか、ルーソーの柩から、更にユーゴー(23)の墓の前に来た。

○

わたくしは政治家としてのユーゴーを茲《ここ》で論じようとはおもはない。さりとて、文学者としてのユーゴーは、わたくしの論じ得る限りでない。さあれ、その流浪《るろう》多艱《たかん》(24)の生涯を了《お》へて、一八八五年にかれが歿《な》くなつたとき、かれの遺骸は先《ま》づ凱旋門(25)において人人の礼拝を受け、続いて、それがおごそかにこのパンテオンに葬られたのだ、といふことを考へて見ると、わたくしは、一言なくしてその柩の前を過ぎゆくに堪《た》へないのである。

かれの芸術はいはゆる古典主義(26)に対する浪曼主義(27)を明かにしたものだとされてゐる。古典主義とは何ぞや。それは型の文学だと説明されるのである。古典主義の文学はその爛熟した形式において一定の型を有《も》つてゐる。その型を守らない限りにおいては、何ものも文学として許されない。しかし、浪曼主義はそれを破つたのであつた。

古典主義においては、保護されてゐる文学者と有閑階級たる読者とをもつてその当事者とする。この点において、浪曼主義は全くその態度を異《こと》にするのである。ユーゴーはそのミゼラブル(28)の序において次の如くいつてゐる。

曰く、『法律と慣習とによつて社会的処罰が存し、文明の真中に、人為的に地獄ができ、聖なる運命がこの世の宿命に因つて紛糾させられる間《あいだ》は、世紀の三つの問題、すなはち貧乏に因る男の失墜、飢餓に因る女の堕落、闇黒《あんこく》に因る子供の萎縮が解決せられざる限り、或所に社会的窒息が可能なる限り、換言すれば、なほ広い見地から見て、この地上に無知と悲惨とがある限り、このやうな書物も無益ではなからう。一八六二年一月一日』と。

学者は、古典主義の文学をもつて、正確と端正との文学だとし、空想と天才とを排除した文学だといふ。之に対して、浪曼主義は、正確と端正とを離れて或ものを把《とら》へようとするのである。空想と天才とに依つて或ものをつかまへようとするのである。そこに盗人《ぬすびと》のジャン・ヴァルジャン(29)があらはれて来た。売春婦のファンティーヌがあらはれて来た。警察官のジャヴェールがあらはれて来た。

ジャン・ヴァルジャンは盗人である。かれはパン屋の窓の硝子《ガラス》を破つてパンを盗んだ。かれがしかく窃盗を為すに至つたのは、要するに寡婦《かふ》となつた姉の餓《う》ゑたる子供のためにせむとするのに在《あ》つたのであるが、罪刑法定主義を基本原則とする刑法は、動機の如何にかかはらず、これを重い窃盗とし、これを重罪としてゐるのである。かくして、かれは集治監《しゅうじかん》(30)に十数年を送らねばならなかつたのである。

かれは、その永い監獄生活ををはつて故郷へかへらうとするの途《みちすがら》、ミリエル僧正の邸《やしき》に一夜の情《なさけ》を受けながら、なほそこに窃盗を敢てしたのである。前科者なるかれは、村の旅籠屋《はたごや》に泊めてもらふことができなかつた。懐《ふところ》のさみしいかれは、恩ある僧正の銀器を盗まねばならなかつたのである。

しかし、モントルーイ・シュール・メール(31)の市長たるマドレーヌ(32)としてのかれは、人として完全な人格を持ち、事業家として非凡の材幹《ざいかん》(33)を持ち、市長として最も適任だとされるのである。かれを中心として、その町はよく治まり、その事業はよく栄え、さうして、世の人人は満足してその生活を遂げてゆくのである。

　罪刑法定主義は法律生活における貴い型である。十九世紀の文化がその出発点としたこの主義は、その倫理的構成において最もよく個人の人権を擁《よう》護《ご》するものであるはずである。しかし、ユーゴーの示すところに依ると、ジャン・ヴァルジャンは、かくの如き動機をもつて為したるかくの如き窃盗の故に重罪犯となつたのである。その市長として、事業家として、否、実に人そのものとして円満かくの如きジャン・ヴァルジャンは、終生、警察官につけねらはれねばならぬのである。

○

　ファンティーヌは売春婦である。しかし、何故《ゆえ》に、彼女は、しかく売春婦にまで堕落したのであらうか。大学生に誘惑されるに至つた彼女にも、固より、責むべきものがないとはいふまい。しかし、そこには宥恕《ゆうじょ》(34)すべき何ものも無いとはいひ得ない。しかも、誘惑した大学生は、社会上、法律上、何等の責めらるるところなくして暮らしてゆかれるのである。

　ファンティーヌは終《つい》に売春婦にまで堕落せねばならなかつた。抑《そもそ》も、ナポレオンはその民法において淳風美俗《じゅんぷうびぞく》(35)を維持せむことを欲した。かくして、私生子《し》に対しいはゆる『父の捜索』を禁じた。私生子はその父に対して何等の要求をも為すことができない。さうして、私生子の母は、そのかよわい手に、私生子に関する全責任を引受けねばならぬのである。その結果は、要するに、売春婦への堕落である。

　しかし、ファンティーヌは、私生子コゼットの母として、その私生子に母としてのあらゆる愛を惜しまなかつた。世に母らしい母があるとするならば、売春婦ファンティーヌはまさにその一人にちがひない。彼女の売春婦であつたことは疑ひないが、彼女は、母としてコゼットを育て、養ひ、愛し、いつくしみ、為さざるところなく、尽さざるところなく、さうして、病裡に後事《こうじ》を市長マドレーヌに託しつつ死んだ。

警察官ジャヴェールは、警察官として最も典型的なものであるといはねばならぬ。かれは、国家の命ずるところ、法律の命ずるところに対して、自己の職務を尽し、その間少しも自己を省《かえりみ》るところがなかつた。かれは最も忠実なる役人として、最も勤勉なる警察官として、日夜、絶えず、ジャン・ヴァルジャンを追ひかけた。ジャン・ヴァルジャンは、古い自己の罪悪を、今更、かくしおほせようとするのでない。ただ、託された三尺(36)の孤《みなしご》コゼットのために、ジャヴェールの眼をかすめようとあせるのである。ジャヴェールに依つて象徴されてゐるのは疑《うたがい》もなく国家である。法律である。この国家と法律とに対してどこまでも争はむとするのがジャン・ヴァルジャンの立場である。かれは、逃げることと隠れることとに依つて、国家と法律とに対し争《あらそい》をつづけるのである。

ジャヴェールは終にジャン・ヴァルジャンを捕へ得るまでにその努力をつづけたのであつた。しかし、しかくジャン・ヴァルジャンを捕へむとしたときは、かれは、ジャン・ヴァルジャンが意外にも自己の貴い恩人であることを発見せねばならなかつた。かれは、かくして、犯罪人を捕へることに代へて自殺の途《みち》を択《えら》んだ。

国家は、自己の罰せむとする犯罪人に依つて却《かえ》つて自己の存立を維持してゐる、といふことを発見せねばならぬことになつた。わたくしは、ユーゴーの浪曼主義が、ここに至つて、むしろ極端に馳《は》せてゐることを考へねばならぬ。かれの天才と空想とは、ジャン・ヴァルジャンを考へ出した。ファンティーヌを考へ出した。ジャヴェールを考へ出した。しかし、それは浪曼主義の産物である。かれがその三つの人格に依つてわれわれに教へむとしたところは、所有権及び契約の自由の社会と罪刑法定主義の文化とに対する熱烈な批判であり、深刻な論評であつた。固より、その批判論評には多大の真理が含まれてゐることを拒《こば》むことができない。この意味においてミゼラブルは永く聖典として続くであらう。しかし、その批判に用ひられた論理、換言すれば、ミゼラブルに示された三つの人格は、浪曼主義の架空のものであり、ただ、ユーゴーの理想のものであつたに過ぎないのである。

　われわれは、この意味において、実証的な観点からの研究を希望せねばならぬ。われわれは、かくして、ゾラ[37]の柩の前に足をはこぶことになるのである。

○

　ゾラは、或意味において、十九世紀後半期の実証主義[38]を代表するものといひ得よう。抑も十九世紀の後半期は実証主義の世の中であり、その実証主義はその中心を自然科学の進化論[39]におくものであり、さうして、その進化論は遺伝論[40]の上に構成されてゐるのである。さて、ゾラの仕事のうちで、わたくしが特に興味を持つのは、かれがその芸術に遺伝論を適用した点に在るのである。いふまでもなく、かれの芸術は自然派[41]と称せられてゐる。自然を自然のままに芸術の上に現はすのが真の芸術だといふのである。さうして、その自然現象の一つとして遺伝が重要視されてゐるのである。

　それで、ゾラの芸術を説く学者は、ゾラをもつて科学的研究方法を文学の創造に応用したのだと為すのである。かれは、地上に現に足を踏みしめてゐる人間をさながらに描かむことを欲した。さうしていはゆる『人間の記録』を作らむことを主張した。

　若《も》し浪曼派が抽象的な或ものから出発してゐるとするならば、ゾラの自然派は具体的な事相から事をはじめるものといふことができよう。ユーゴーが理性の要求として人物と事件とを描くのに対して、ゾラは、ひたすらに観察をそのままにと書きこなした。

　わたくしは、広くゾラの作物《さくぶつ》に対してその芸術に対する批判を為すに堪へる者ではない。ただ、一例として、その著『ルーゴン・マッカール家の人人』につき、かれの自然主義の一斑《いっぱん》[42]を考へて見たい。二十巻をもつて成れるこの小説は、一八七一年からはじまつて、一八九三年に至つてゐる。或神経性の病婦人がもとで、この婦人がはじめルーゴン家に嫁《とつ》ぎ、のちマッカール家の人となつて両家に子孫を残した幾十人かの事件を書いたものである。かれは、之を『第二帝政の下における或家族の自然的及び社会的歴史』(43)としてゐる。一方においては、遺伝が自然的原因として人の運命を支配し、他方には、環境が社会的原因としてそれにからまり、そこに幾多の罪悪が成立し、そこに幾多の悲劇が生れて来る。かれは、遺伝と環境との二つについてその交渉を研究し、家族と社会との関係をそこに明かにしようといつてゐる。

例《たと》へば、その二十巻中の一篇たる『居酒屋』を考へて見よう。その女主人公のジェルヴェーズは、二人の幼児と共に第一の夫に捨てられたのであつた。悲しい遺伝に加へるのにこの不幸をもつてした彼女である。彼女はどこまでも忍耐強く実直にその人生の努力を持続したのであつたが、終にその遺伝と、さうして第二の夫の不幸とに耐《た》へきれないで、居酒屋への出入を敢てするに至つたのである。

ジェルヴェーズは、第二の夫として男主人公たるクーポーと同棲《どうせい》することになつたのである。ジェルヴェーズが実直な女であると同時に、クーポーは勤勉な屋根屋として模範的な労働者であつたのである。しかし、或日不幸にしてかれは屋根から落ちて怪我《けが》をした。その怪我が原因となつてかれは酒を飲むことを覚えるやうになつた。悲しい遺伝が茲に芽をふき出したのであつた。さうして、夫のその放埒《ほうらつ》から生じた家庭の不幸が、終に妻をも放埒に陥《おちい》らしめることになつたのである。

遺伝と境遇との間に不可抗力が微妙なはたらきをするといふのである。そこに酒が大きな手伝ひをするといふのである。酒あるの故に人ははじめて不幸を忘れることができる。しかも、その酒のために不幸が一層大きくされるのである。ただ、これだけの事実を、ありのままにゾラは書きしるさうといふのである。

ゾラの写実は、人間の醜悪なる方面を何の憚《はばか》るところもなく赤裸裸《せきらら》に書いてゐるものとされてゐる。君子のまさに近づけるべき著作でないとされるところが、まさしくそこに在る。わたくしは、この点についてゾラに対する世の批評を無理でないとおもつてゐる。

しかし、ゾラは、かくの如きものをもつて人間の記録だとするのである。かくの如きは蔽《おお》ふべからざる真実だとするのである。さうして、更に曰く『すべてを明示せよ。しからざれば矯正はできない』と。

○

ゾラが人生の醜悪をそのままに赤裸裸に書きしるしたからといつて、その醜悪な記載そのものがかれの仕事の全部であり、従つてその最後の目的であつたとするならば、それは、おそらくかれの本意ではあるまい。現に、かれは次のやうな趣旨のことをいつてゐるのである。——

吾人《ごじん》(44)は社会悪の諸原因を探究する。吾人は社会及び人間の迷路を明かにするために階級と個人とを解剖する。これは、吾人をして病的な題材を取扱はしめ、人間のみじめさと愚かさとのただ中に吾人をはひらしめるゆゑんである。

しかしながら、吾人は、これ等を知るばかりでなく、更にその善きものと悪《あ》しきものとを超越し得るために必要な人生の諸記録を提供するのである。吾人が徹頭徹尾真摯《しんし》に物事を観察したり説明したりするのはこのためである。

さて、善きものをもたらし、善きものを発達させ、悪しきものに反対し、それを根絶させるのは、立法者の任務である。だから、吾人の作物ほど大きな道徳的影響を与へるものは他にあり得ない。といふのは、法律は依つて以てそれに基礎をおかねばならぬからである。——

果せるかな。かれは、しかく、現実を直視するに非《あら》ざれば人生をよりよからしめるの方策に基礎がないとしたのである。かれは、改造は実証的な立場の上に組立てられねばならぬとしたのである。

『この地上に無知と悲惨とがある限り』としてユーゴーはその浪曼的な主張を説いたのに対し、かれは先づ《ま》『社会悪の諸原因を探究すべし』として自然主義を主張した。ジャン・ヴァルジャンが実は架空の人理想の人であるのに対し、ジェルヴェーズやクーポーやは、現に生きてゐる人であり、現に居酒屋に放埓を尽くす人であるのである。

ゾラはいふ。自分は、小説を書かうとするとき、まづ著作のその主人公の性格を明かにすることに第一の力点をおく。さうして、その性格を写し出すためには、その人物の気質と、その生れた家族と、その受けた感化と、その生活してゐる環境とを深く考へ、それから、その主人公の接近してゐる人物の性質、習慣、職業、境遇等を研究する。かくして、自分は、例へば或劇場の光景や或料理屋の光景やらを描かねばならない場合には、自分はこれ等の場所を能《よ》く知るために、十分実地の観察をする。世上のどんな小さな出来事でも、それが発生するためには、自然的な必然的な径路のあるといふことを自分は固く信ずるので、従つて、その人物の性格乃至《ないし》その境遇から如何なる結果が生れるかを、自分は研究し、表明しようとする。この点で、自分は、例へば、かの極めて僅《わず》かな糸口から深く探求して行つて、遂《つい》に大罪を発見する探偵のやうなものである、と。

かれは、その観察する具体的なもろもろの事実の裡《うち》に因果の系列を発見せむとするのである。この意味においてかれの態度はいはゆる自然科学的である。しかし、同時に、この自然科学的観察からして社会改良の合理的な規範を作り出さうといふのである。さればこそ、かれは、又、いつたのである。『すべてを明示せよ。然《しか》らざれば矯正すること能《あた》はず』と。

かれの四福音書《しふくいんしょ》(45)について語るべきものがあるが茲では省きたい。要するに、かれの仕事はかくの如きものであつたが、不幸にして、かれの芸術は、その改造の合理的規範の如何なるものであるかを積極的に示さなかつた、ともいひ得よう。従つて、かれは、醜悪な事実の羅列者として世に知られたのである。しかし、若し、十九世紀における思想の発展を論ずるならば、かれは、ユーゴーの理想主義に一歩を進めたものであるのである。惟《おも》ふに、ユーゴーはルーソーに一歩を進めたものである。ルーソーに依つて示唆された原則に対し、ユーゴーは手きびしい批判を加へたのである。批判としてはそれは適当であつた。しかし、その批判には実証性が欠けてゐる。そこには、徒《いたず》らに人を嗟《さ》嘆《たん》[46]せしめるものがあるばかりで、何等のたしかな基礎がないのである。ゾラは実に、その基礎を実証的に作り上げようとしたのである。しかし、改造の仕事そのものは十九世紀に属しなかつた。それで、かれは、十九世紀後半期だけの努力を全うして、一九〇二年に歿くなつた。

　さもあらばあれ、ゾラが、如何に人道のための闘士として、理想に燃ゆるの人であつたかは、ドレーフュス事件[47]におけるかれの態度において明かにされたのであつた。しかし、兎《と》にかく、フランスは、ゾラを翰林院《かんりんいん》に迎[48]へることを拒んだ。拒んだ後、その死後、一九〇八年に、フランスは、翰林院に代へて、パンテオンにかれを葬つたのである。

（1）パンテオン　古代ギリシア・古代ローマにおいて神々を一カ所に集め、祀るための殿堂。近代以降は国家の偉人達の遺体・遺品を収容し彼らを記念・崇拝するための施設の呼称にも使われるようになった。随筆の舞台となっているパリのパンテオンはその代表的なものである。

（2）ルーソー　ジャン・ジャック・ルソー Jean-Jacques Rousseau〔一七一二〜一七七八〕フランスの思想家、文学者。著作に「社会契約論」「新エロイーズ」「エミール」など。「自然に還れ」と主張したことでも知られる。

（3）『民約論』　ルソーの代表的著作の一つ。日本では中江兆民による漢文訳が「民約訳解」として明治一五年三月から一六年九月にかけて「政理叢談」誌に連載された。現在の日本では「社会契約論」の訳題で広く知られる。人民主権説を主張し、フランス革命にも大きな影響を与えた。
（4）サヴォア　Savoie　フランス南東部のイタリアと国境を接する地域。
（5）シャンベリー　Chambéry　フランス南東部サヴォア地方の中心的な都市。
（6）劈頭　事の始め。まっさき。
（7）揚言　声を張り上げていうこと。公然と述べること。
（8）要諦　もっとも大切な点。肝心かなめ。「ようてい」ともいう。
（9）君権神授説　君主の支配権は神の恵みにより授けられた絶対的なものとする考え。君主は神に対してのみ責任をもち、法に拘束されることなく自由に土地人民を支配できるものとされる。民衆の抵抗権も認めない。一般的には「王権神授説」。
（10）シャーレマン　シャルルマーニュ　Charlesmagne〔七四二～八一四〕一般的にはドイツ語読みのカール大帝の名で知られる。フランク国王（在位七六八～八一四）。紀元八〇〇年のクリスマスにローマ教皇レオ三世から帝冠を授かり、西ローマ皇帝ともなった（在位八〇〇～八一四）。統治機構を整備する一方で学芸を奨励しカロリング・ルネサンスを招来した。
（11）法王　カトリック教会の中でも首位の司教であるローマ教会の司教。すなわちローマ教皇のこと。
（12）ルイ大王　ルイ一四世　Louis XIV〔一六三八～一七一五〕フランス王（在位一六四三～一七一五）。太陽王とも呼ばれた絶対王政期の代表的君主。
（13）『国家はわれなり』“L'État, c'est moi”　ルイ一四世が語ったと伝えられる言葉。「朕（ちん）は国家なり」。
（14）王権制度は～　以下、この段落は史的唯物論に基づく歴史観が展開されている。
（15）しかく　そのように。
（16）蓋し　思うに。
（17）文芸復興　ルネサンスのこと。一四～一六世紀にかけてヨーロッパで展開された学問・芸術の革新運動。古代ギリシア・ローマ文化にたちかえり、個人の解放と自然の発見を重んじた。神中心の中世文化から人間中心の近代文化への転換の契機となった。

（18）教権　教皇権。封建制度の成立にともないカトリック教会には莫大な土地・財産が集中し、封建領主ともなった教皇の権力は世俗的権威としても強大なものとなったが、さらに神の代理者としての教皇の宗教的権威は各国の帝王・諸侯を屈服させるだけの絶大な力をもっていた。

（19）コペルニクス　ニコラウス・コペルニクス Nicolaus Copernicus〔一四七三～一五四三〕プロシア（現ポーランド領）の天文学者。それまで自明とされていた天動説を覆し地動説を提唱した人物として知られる。そこから、考え方・価値観などが大きく転換することをコペルニクス的転回という。

（20）『経済人』　経済学上用いられる概念・モデル。自己の利益の増大のみを目的として、純粋に合理的に行動すると想定される人間。

（21）コード・ナポレオン　code Napoléon　ナポレオン法典。ナポレオン一世制定の五法典（民法・民事訴訟法・商法・刑法・刑事訴訟法）。中でも私有財産権と契約の自由を規定した民法典が代表的なものであり、フランス近代民法形成の基盤となったほか各国の近代民法形成にも大きな影響を与えた。

（22）コード・ペナル　刑法典。ここではナポレオン一世制定のものをさしている。

（23）ユーゴー　ヴィクトル・ユゴー　Victor Marie Hugo〔一八〇二～一八八五〕フランスのロマン派の詩人、小説家。自由主義・人道主義的立場から創作活動を展開。代表作に「静観詩集」「レ・ミゼラブル」など。

（24）流浪多艱　あちらこちらさまよい、また悩み・苦しみも多いこと。

（25）凱旋門　凱旋する兵隊を迎える門。または戦勝を記念して建てられる門。古代ローマで多く造られた。ここではナポレオン一世の戦勝を記念して一八三六年にパリのエトワール広場（現シャルル・ド・ゴール広場）に建てられたエトワール凱旋門をさす。

（26）古典主義　フランス文学史においては、一九世紀以降、「ロマン主義」文学と対比されるものとして、一七世紀の文学を「古典主義」という概念でとらえるようになった。理性の尊重と感情の抑制をその特徴とし、先人の業績を模範として型を重んじる。
(27)　浪曼主義　ロマン主義。フランス文学史においては、ラマルチーヌの「瞑想詩集」が刊行された一八二〇年から、一八五〇年頃までの文学運動ととらえられる。古典主義の形式尊重を排し、自己の感情・想像力を、理性よりも優位に置こうとする。
(28)　ミゼラブル　「レ・ミゼラブル」"Les Misérables" ユゴーの代表作。日本でも明治三五年に「噫無情」の邦題で黒岩涙香による翻訳が出て以降、広く親しまれてきた。
(29)　ジャン・ヴァルジャン　ユゴー作「レ・ミゼラブル」の主人公。以下、ファンティーヌ、ジャヴェール、ミリエル僧正、コゼットも「レ・ミゼラブル」の登場人物。
(30)　集治監　刑務所のこと。
(31)　モントルーイ・シュール・メール　モントゥルイユシュールメール　Montreuil-sur-mer　フランス北西部、アルトワ丘陵南側を流れるカンシュ川沿いに発達した町。
(32)　マドレーヌ　ジャン・ヴァルジャンの変名。警察官に追われていたジャン・ヴァルジャンはマドレーヌと名を変え、モントゥルイユシュールメールで事業家として成功、人望を得て市長になった。
(33)　材幹　事を成し遂げる能力。腕前。才幹。
(34)　宥恕　相手を思いやり、許すこと。
(35)　淳風美俗　人情が厚く美しい風俗。利害打算を意識しない地域社会のありよう。「醇風美俗」とも書く。
(36)　三尺　一尺は約三〇・三センチ（曲尺による。鯨尺では約三七・九センチ）。幼い小さな子どもを「三尺の童子」といったりする。
(37)　ゾラ　エミール・ゾラ　Émile Zola〔一八四〇～一九〇二〕一九世紀のフランス自然主義文学の代表的作家。自然科学の方法を文学に取り入れ、とくにクロード・ベルナール「実験医学研究序説」（一八六五）の影響を強く受けたとされる。バルザックの「人間喜劇」にヒントを得て、フランス第二帝政下の社会・人間模様を、一家系の歴史をたどり同一人物が反復登場するという連鎖小説の手法で写実した「ルーゴン・マッカール家の人びと」全二〇巻を完成させた。その作品群の中でも「居酒屋」（一八七七)、「ナナ」(一八八〇)、「ジェルミナール」(一八八五)はとくに有名。

(38) 実証主義　一九世紀における自然科学の発達は、哲学や文学、芸術の分野においても科学的な見方を重視する風潮を強めた。それは実証主義と呼ばれ、文学においても感情や想像力よりも観察・調査・資料収集などが重んじられるようになった。

(39) 進化論　生物の多様な種は、それぞれが別個に発生した(あるいは神が創造した)ものではなく、単純・原始的な生命体から枝分かれ、進化したとする考え方。イギリスの博物学者ダーウィンの「種の起源」(一八五九)の刊行が歴史上決定的な役割を果した。

(40) 遺伝論　カエルの子はカエルに生まれ、ヒトの子はヒトに生まれるということのほか、親・祖先の肉体的・精神的性質が子に伝わり受け継がれることをいう。学問としての遺伝学は、一九〇〇年、メンデルの法則の再発見により確立したとされる。ゾラは一九世紀の遺伝学を学び、彼の著書「ルーゴン・マッカール家の人びと」において、遺伝を因子とする一家系の歴史を描こうと企てた。

(41) 自然派　自然主義。実証主義の時代の流れを受けて、一九世紀のフランスではゾラを中心に自然主義文学運動が展開された。自然科学の方法を文学に取り入れ、観念的な解釈を排し、綿密な観察に基づく現実の忠実な再現を文学の課題とした。

(42) 一斑　一つのまだら。全体のうちの一部分。

(43) 第二帝政　ナポレオン一世の甥ナポレオン三世によるフランス帝政(一八五二～一八七〇)。ボナパルティズムと呼ばれた当初の専制的性格から次第に自由主義的改革路線に転換。フランスの産業革命完成期と時期的に重なる。普仏戦争(一八七〇～一八七一)に敗れ解体。

(44) 吾人　われわれ。吾輩。ここでは後者の意。

(45) 四福音書　ゾラの晩年に書き継がれた、四部作として構想された作品群。第一巻「豊饒」(一八九九)、第二巻「労働」(一九〇一)と出版し、さらに第三巻「真実」を完成、第四巻「正義」にとりかかろうとしていた時、ゾラは一酸化炭素中毒により不慮の死(反ドレフュス派による謀殺説も存在する)を遂げた(一九〇二年九月二九日)。「真実」は死後の出版となった(一九〇三)。

(46) 嗟嘆　なげくこと。感心して誉めること。ここでは前者の意。

(47) ドレーフュス事件　ドレフュス事件。フランス軍部内のスパイ疑惑にかかわる冤罪事件。一八九四年、ユダヤ人のドレフュス大尉(一八五九～一九三五)がスパイ容疑で逮捕され南米ギアナへの流刑に処せられたが、一八九八年にゾラが発表した、政府・軍部の不正を告発する公開状「われ弾劾す」は世論を沸騰させ、フランス国内をドレフュス派(共和政擁護)と反ドレフュス派(反共和派)に二分する事態になるまでに至らしめた。ゾラはこのため有罪判決を受け一時イギリスへの亡命を余儀なくされたが、次第にドレフュスの無実は明らかとなり、再審を勝ち取ることに成功、一九〇六年、有罪判決は破棄された。

(48) 翰林院　中国の唐代の天子が宮中に学者を集めた館をさすが、アカデミー(学士院)の訳語としても使われる。ここではアカデミー・フランセーズのこと。フランス語の統一・純化を主な目的とし、一六三五年に発足。会員は終身制で四〇名。その四〇名は「不滅の四〇人」と呼ばれ、会員となることはフランス国民最高の栄誉とされる。ゾラは何度か立候補したが、会員にはなれなかった。モリエール、ディドロ、ボードレールらも会員に迎えられておらず、その保守的性格がしばしば指摘される。

木下　杢太郎

＊木下杢太郎（きのした もくたろう）

明治一八（一八八五）年八月一日～昭和二〇（一九四五）年一〇月一九日。本名太田正雄。静岡県伊東市生れ。詩、小説、戯曲、随筆などの文芸活動、本の装丁家、医学者（皮膚病学）。家業は雑貨、卸小売「米惣」。「明星」に詩を発表して白秋とともに異才を注目される。進学に際し、美術・文芸と医学の選択に苦悩し、森鷗外に出会って生涯私淑。ゲーテの「イタリア紀行」に感化を受け、人間の精神と歴史の源流を求めて、仏教、キリシタン遺跡研究を続け、草花のスケッチ「百花譜」を残す。

張赫宙《ちょうかくちゅう》の「ガルボウ」

▒初出「文芸」(昭10・1)
所収「芸林閒歩」(岩波書店、昭11・6)
「木下杢太郎全集」第七巻(岩波書店、昭和25・11)

現在の文壇に深い注意も払はないで過した僕に取つては、張赫宙(1)と云ふのは全く新しい名であつた。「文藝」の本年二月の号に出たその「ガルボウ」(2)と云ふ小説を読んで、いろんな点から興味を感じた。筋には取り立てて言ふほどの事もなく、またキヤタストロフ(3)の両主人公の相争つて一人が到頭死んでしまふ所など、幾分わざとらしくなくも無いが、此作品の特色はもつと別の処に在る。其最も主要な価値は未だ曾て小説の視野に入らなかつた土地とそこの人間生活とを、近世の小説の体を以て現はした所に存する。

此小説は朝鮮の田舎を以て舞台としてゐるが、同じ関係は支那としても成り立つ。先づ支那に就いて考へて見ると、晋唐以来小説の数は少くない。然し庶民の生活それ自身が観察の対象となつたことは甚だ鮮い。無論近世の「聊齋志異《りょうさいしい》」(4)、「新齊《しんせい》諧《かい》」(5)、「虞初新誌《ぐしょしんし》」(6)などに興行師も宿屋の主人も出て来る。だがそれは怪談、霊異記の材料として使はれただけで、謂はば水滸伝《すいこでん》(7)や紅楼夢《こうろうむ》(8)の裡の背景に現はれる庶民の行動の描写と同様軽い扱ひを受けてゐるに過ぎない。然るに実際は河南でも湖北でも、北京でも満洲でも、再現を要求する庶民の生活は随処に輻輳《ふくそう》してゐる。それは之に尤も適当する「自然」の大坩堝《だいるつぼ》の裡にどろどろになつて燃えさかつてゐるのである。山東の苦力《クーリー》(9)も亦人間である。山東から出て来て、満洲でかせぐ。そして時が来ると、汽車にも乗らないで、雁か燕のやうに、また山東に帰つて行く。若し彼等の心裡を窮め、彼等の生活を観察して之に人生悲喜劇の体を賦したならば、ユマニテエ[10]は更に宏大なる領域を獲得するであらう。唯黙阿弥[11]の眼を以てしただけでも、会心の場面はいくらでも求めることが出来る。近来上海から沢山の新小説が出て、数年前は予も少しは読み試みたことが在る。然し予の求めるやうなものはここには見当らなかつた。其後は或は新作家の、唯傾向を喜ぶのみならず、本当の庶民の心を会得し、その苦楽を代り綴る者も有るかもしれぬ。

　朝鮮に至つては近世は殆ど芸術らしい芸術は無かつた。是れは数年前予が李王家[12]の博物館で朝鮮絵画を見ながら発した嘆声であつた。自由の無い所には文芸は生じない。朝鮮の民には久しい間自由は束縛されてあつた。而して今ここに「ガルボウ」の如き好小説が出るやうになつたのは、朝鮮が古昔に比して遙かに良好の文化的雰囲気の裡に生育しつつあると云ふ証左として欣喜《きんき》しなくてはならぬ。予の満洲に在つた時、故田中義成博士[13]の朝鮮旅行談の講演を聴いたことがある。日本中古の歴史に通暁する博士に取つては、朝鮮の貴人庶民の生活様式は極めて興味有つたもののやうに見えた。殆ど平安朝の貴人の生活の如きがそこに見られたと云ふ。

　「ガルボウ」を読んで行くうちに予も亦往々田中博士の如く惑つた。わが読みつつある世界は果して現代のものであるか、はたまた過去世であるかと。成程人の服装や其社会の状勢は現在の如くである。さう思ひながらいつの間にか昔の世界に連れて来られたやうな気分になるのであつた。

　都会が閑散な時には妓生《きーせん》[14]が田舎廻をする。聞きなれぬ都雅な太鼓[15]、笛の音が田園の青年の心を動かす。かくの如きは、現代朝鮮のみならず、またわが国の中世に於ても看られた図ではなかつたらうか。

　かう云ふ小説がいくつもいくつも朝鮮また支那から産出せられることを予は切望する。芸術は人生の目的のうちでも主要なものの一である。朝鮮は地味が痩せてゐると云ふが、芸術に対しては未墾の領域である。

　特にこの作者は人の群を描く手腕を有してゐたから、色調、背景こそ異なれ、ブリユウゲル(16)の農村図を看るに似た感興を起さしめる。

（1）張赫宙（ちょう かくちゅう）〔一九〇五～一九九八〕朝鮮慶尚北道大邱（キェンサンブットテグ）生れ。本名、張恩重（チャン ウンジュン）。一九五二年一〇月戸籍名を野口稔、一九五四年筆名を野口赫宙とする。父の死後、母に連れられ慶尚道を転々とする。一九一四年、慶州公立普通学校に入学。一九一六年宣教師から英語と宗教（プロテスタント）を学ぶ。新羅古跡保存会（慶州博物館の前身）が一九一八年創設した簡易学校で二年間石膏細工を勉強、考古学者を夢見るが、一九二四年菊池寛の小説「我鬼」を読み、その模倣作品を日本語と朝鮮語で書いて「文章倶楽部」「朝鮮文壇」に応募するが、落選。一九二七年、大邱官立高等普通学校を卒業後、慶尚道の小学校で教員を務める。一九三二年四月「改造」の懸賞創作に「餓鬼道」が二等当選。「ガルボウ」への木下杢太郎の絶賛をきっかけに杢太郎との交流が始まる。初期の作品は当時の朝鮮の実情を描いているものが多い。

（2）「ガルボウ」一九三四年三月「文芸」に発表、作品集「権といふ男」（改造社、一九三四）に収録。
〈あらすじ〉朝鮮の南東に位置した慶尚北道のある市場で雑貨店を経営していた語り手の「李」がそこで目撃した「春姫」という売笑婦をめぐって争う「金」と「鄭」の悲劇的な運命とそこに住む人々の生活とを回想。江園市場に来て二カ月あまりだというのに李の雑貨店は資本金が三倍になるという成長ぶりである。李は面長の「金億萬」にお金を貸したり掛け売りしたりするがその代金は一度も支払われたことがない。金に連れられて売笑婦（ガルボウ）のところへ行ったことをきっかけに李は今まで感じたことのない、女を楽しみたいという誘惑にかられる。一二月、田舎廻りの「妓生」一行が来る。妓生やガルボウにはお金を使いながらも自分への返済はしない金に李は借金の返済を求める。一方、金は春姫というガルボウをめぐって巡査の鄭ともめる。金は、春姫を山向こうの村へ引越しさせる。ある日、春姫に会いに行く金に誘われ小旅行の気持ちで李は金と出かける。しかし、春姫に会って帰る途中の鄭とばったりと出会う。嫉妬に気が狂った金と鄭は乱闘となり二人は崖から湖に落ち、金は溺れて死んでしまう。李は二人が事故で崖から落ちたと警察に証言する。

（3）キヤタストロフ　カタストロフ　catastrophe　物事の悲劇的な結末。

（4）「聊齋志異」　中国清時代に民間に伝わっていた怪鬼妖狐の話を蒲松齢が集めて一六巻の書にまとめたもの。中国小説の中でもっとも愛されている小説の一つ。内容は狐や霊魂、花の妖精などの異界のものと人間との恋の物語が主となっている。

（5）「新齊諧」　宋時代から清時代末期に民間で流行った奇事異談の話を集めたもの。

（6）「虞初新誌」　清時代の説話を張潮が篇。

（7）水滸伝　北宋時代から語られていた英雄好漢達の話を明時代にまとめた大衆文学。北宋末時代、腐敗した政治に背を向け梁山泊に集まった宋江を中心とした一〇八人の英雄が起こした反乱談。宋江は実存した人物で、一一二一年反乱を起こした宋江ら三六人は梁山泊にたてこもっていたが、帰順して殺された。これが一つの伝説となり、小説となった。

（8）紅楼夢　中国清時代に書かれた長編小説。「石頭記」また「金玉緑」とも呼ぶ。中国の「源氏物語」ともいわれている。栄国邸の貴公子と彼をめぐって争う美女達の話。

（9）苦力　もともとはインド、中国の下層労働者の呼称。転じて東南アジア諸地域の肉体労働者。

（10）ユマニテエ　humanité　ユマニスト（人本主義者。人文主義者。古典復興期の古典研究者）。

（11）黙阿弥　河竹黙阿弥（かわたけ もくあみ）文化一三（一八一六）年二月～明治二六（一八九三）年一月。江戸生れ。歌舞伎作者。世話物・活暦物・散切物など約三六〇の作品がある。中でもとくに世話物に優れている。江戸歌舞伎の集大成者。

（12）李王家　一九一〇年日韓併合の際、それまでの朝鮮の王族を日本の皇族とし、韓国帝王を李氏と呼んだ。以後朝鮮の名も李氏朝鮮となる。

（13）故田中義成博士　（たなか　よしなり）万延一（一八六〇）年三月〜大正八（一九一九）年一一月。江戸生れ。田安家家臣の子。国史家、文学博士。史料編纂掛を経て、東京帝国大学教授。中世政治史の研究にその名を知られ、没後、門下により「南北朝時代史」などにまとめられた。

（14）妓生　キーサンとも呼ぶ。朝鮮の伝統的な芸妓。

（15）都雅な太鼓、笛の音　ジャングと呼ばれる太鼓とピーリと呼ばれる笛のこと。グッコリと呼ばれる単調なリズムが主となっている。

（16）ブリユウゲル　Bruégel　一五二五年頃の画家。農民風俗を描いて農民の人間性に触れ、農民のブリューゲルと呼ばれた。作品に「バベルの塔」「ゴルゴダの丘への行進」「農民の踊り」がある。

海郷風物記*

▒初出　「三田文学」（明44・5〜同6）
所収　「地下一尺集」（叢文閣、大10・3）

夕暮れがた汽船が小さな港に着く。

点燈後程経た頃であるからして、船も人も周囲の自然も極めて蕭《しめや》かである。その間に通ふ静かな物音を聞いてゐると、かの少年時の薄玻璃《うすはり》の如くあえかなる情操の再び帰り来るのではないかと疑ふ。

艀舟《はしけ》から本船に荷物を積み入るる人々の掛声は殊に興が深い。

「やつとこ、さいやの、どつこいさあ。」

「やれこら、さよな——。」

と、——その「さよな」といふ所から、揃つた声の調子が急に下つて行くのを聞くのは、真に悲哀の極みである。諸ろの日本俗謡の暗潮をなす所の一種の哀調が、亦此裡に聞き出されるからである。

強ひて形容すれば、銅青石《アズリット》の溶けてなせるが如き冷き冬の夜の空気の内に——その空気は漁村の点々たる燈火をもにじませ、将に船の鐘の徒らに風に驚ろく響にさへ朗かなる金属の音を含ませる程にも濃いのであるが——そのうちに、かの「やれこらさよな、よやこらさのおさあ。」を聞かされるのであるから当然な事ではあるが。

それからまた船が出て行くのである。人と自然との静かなる生活の間を、黒い大きな船が悠然として悲しき汽笛を後に残して航行を始める。

そのあとに、まだ耳鳴りのやうに残つて居る謡《うた》の声や人のさけびは、正に古酒「LEGENDE」の香ひにも、較ぶれば較ぶべきものであらう。（明治四十三年十二月二十九日伊豆伊東に於て）

海浜に於ける人間の生活とそこの自然との交渉ほど、予等の興味を引く自然観相の対象は蓋し鮮い。鹿児島は久しく他郷と交通を謝絶して居たから其風物は較《やや》珍らしいさうであるが、予は未だ漫遊の機を得ない。其他天草、島原等の九州の諸港でも、紀州沿岸の江浦でも、近く房州、伊豆等に於ても、天候や地勢や生業等の諸条件を稍等しくして居るものの間には、亦必ず共通な人間生活及び其表現を見出し得るのである。ゲエテが古い伊太利亜紀行(1)を読んでも、殊に其ヱネチア、ナポリ、シシリヤ等の諸篇は同様の興味からして予等の膝を打たしめるのである。

温和なる気候が彼等を怠惰にする。荒海の力と音とに対する争が彼等の筋肉を強大にし、其音声を太く、語調を暴くする。それにも拘らず、常に遠く人里から離れて居る彼等の生活が夫婦間の愛情を濃かにする。誰かあの岩丈の体格、獰猛な顔容の裡に此種の sentimentalisme を予期しよう。が、同時に、海浜に於ける作業に必然要求せらるる共同生活が、仕事の責任者を無くすと同時に仲間同志の思遣りを深くすると云ふ事は確かである。年寄つた漁夫は小い子供等を始終叱責して居るけれども、其粗暴な言葉の裏には屹度快活な諧謔を潜ませて置くのである。この共同生活が実際また、かの渡り鳥や旅役者の心安さのやうに、生活と云ふものを如何にも愉快らし相なものにして居る。そして又青い――何にもない青い青い彼方から雲のやうに湧いて来る他郷の船舶、新しい貨物、知らない人々や、その方言乃至珍らしい物語や時花歌《はやりうた》を迎へるのに慣れて居ると云ふ事が、彼等の心を非常に romantique にし、且容易に妄誕(2)を信ぜしむるに至る。そこで「海坊主」「船幽霊」の話が生れる。また荒れた日に水平線に立つ水柱を「龍」といふ奇怪な生物の力に帰せねば止まぬのである。将又この羅曼底《ロマンチック》が実生活にも働くのである。で彼等は祭典を華美にする。其儀式を荘厳にする。例へば、偶然海岸に漂着した櫛をも――それが橘姫の遺愛の櫛(3)だなどとして――神社に祀る。神主はしかつめらしく、それに和田津海の神社と云ふ名を命ずる。案内記を書く人は古老の伝説を事可笑しく誇張して、櫛漂着一件の考証をする。けれども無学の漁夫や其息子たちはそんな事は知らないから此神社を龍宮さんと呼び做はせる。それも音を訛つて「りゆうごんさん」にしてしまふのである。然しまたそれからして、反つてこの神社の正体が橘姫の櫛でも、浦島の玉手箱でもなく、「海」だ――限も知らぬ海だ――彼等素朴なる漁夫に（人間の心の約束上、自然）さう解釈せられて、形象を賦せられたる所の海の精霊だと云ふ事を暴露するに至るのである。そんな事は奈何でも可い。もうかの捕捉し難き海の精霊も、ソロモンの壺(4)のやうな、この小さい祠の中に蔵めらるれば、既に彼等の実際生活の役に立たねばならぬ。新しい船の新造下《しんぞおろ》しの時には、港頭を漕いで見せびらかす為めの口実に、拝まれるといふ半間な役(5)をするのである。実は、そのあとで酒を飲む為めに、日頃素振の気に食はぬ若い娘を海に入れる為めに――其前の因縁《いわれ》ありげな儀式として彼等はこれらの海神の祠を拝するに過ぎないのだ。この新造下しの儀式は今は廃つた。海に入れられて水でびしよびしよに濡れた若い娘たちの痛ましい笑顔は、儀式といふ崇高な芸術的活動の裏にかくれたerotique であつたに相違ない。而して又一方には此種の羅曼底と結合して、変り易き天候に支配せらるる其日其日の生活が著しく彼等を現世的にし、而して冬も尚鮮かなる雑木山の代赭、海の緑、橘の実の黄色——是等の自然の色彩が彼等の心、服装、実用的工芸品にけばけばしい原始的の grotesque を賦与する。——誰でも海郷に来てあの「万祝《まいわい》(6)」と云ふ着物、船の装飾などを見たならば直ぐに同じ感想を懐くに相違ない。

今日の午過ぎ、またぶらぶらと海岸を漫歩したのである。すると正月の事であるからして、船は何れも陸に揚げてあつて、胴の間には竹、松、橙を飾り、艫《へさき》には幟を立ててある。小さい船のは、白か赤かの布である。少し高い所から見ると、殊に赤い旗は、土耳古《トルコ》玉のやうに真青な海面の前に、強くにゆつと浮び出て、いかにも鮮かである。自然といふ印象派画工《アンプレッショニスト》の目もさむるやうな此筆触の手際には実際感心せしめられるのである。またやや大きな船になると、幟の意匠も亦複雑になる。或ひは長方形の真岡の布の上端に、横に藍の条を引く。その下に、それに並べて赤の条を引く。次には黒の家号である。太い円の輪を染める。輪の中に蔦を入れる。而して布の下端は水浅黄の波模様である。或は黒の条、赤の条、丸に沢瀉の紋、その下の波の模様に蓑亀を斑らに染め抜いたのもある。或は波の代りに、斜めに引かれたる赤条で旗の下端を三角に仕切り、そこを黒く染めて白の井桁を抜いたのもある。紋は上り藤で中に大の字がはいる。紋と赤条との中に横に「正徳丸」と染め出される。一体船の名も、漁夫の狭い連想作用に制限せられるので、また土地の関係、日常の箇単な精神生活を暗指する処が面白い。「不動丸」「天神丸」「妙法丸」などは日頃信心する神仏に因縁《ゆかり》のある名である。「青峰丸」「清通丸」に至つては唯彼等の語彙の貧しい事を示すに止る。而して彼等の色彩に対する要求は之を以つて満足せずに、汽船宿の搏風《はふ》を赤く塗り、和洋折衷の鰹船の舷を群青で飾るのである。

東京では冬は、市街は渋い銀鼠と白茶との配調《アランジマン》が色彩の主調である。縦令《よし》天保の法度(7)が出なかつたとした所で、よしまたその為めに表を質素にし裏を贅沢にすると云ふ様な傾向にならなかつたとした所で、派手な冬の衣裳は周囲と調和せぬのである。故に一頃流行つた小豆色、活色《かついろ》の羽織は、動物園の中の暗い水族館の金魚を思ひ出させたのである。江戸が渋い趣味を東京に残したのも故ある事だ。またゲエテはナポリ人《びと》が馬車を赤くし、馬首に旗を飾り、色斑らなる帽を被るのは趣味の野蛮なのではなくて、明るい周囲の自然の為めだと云つてゐる。同じ意味でこの土地に青い船が出来、あの「万祝」の着物が出来るのである。

自然でさへも軽佻である。一日の内に海や空が幾度色を変へるか知れはしない。遠く、水平線上に相模の大山《おおやま》の一帯が浮んで居る。予の見たのは夕方であつた。緑の水の上の、入日を受けた大山の影絵《シルエット》は真に一個の乾闥婆城《ファタア・モルガアナ》(8)であつた。その赤と云つても単調の赤ではない。灯火に照された鮮かな自然銅鉱の赤である。而してその日かげの紫は、正に濁つた蛍石《フリウオオル》の紫である。其間にも殊に光つた岬影の一部は、あかあかと熱せられたる電気暖炉の銅板より外に比較の出来ない光沢に閃めいて居た。遠く、こなたの渚からその不思議な陸影を眺めて居ると、いつか心は亜剌比亜奇話(9)のあやしい情調の国へ引き入れられるやうに思はれる。

「浜の真砂に文かけば

また波が来て消しゆきぬ。
あはれはるばる我おもひ
遠き岬に入日《いりひ》する」

一条の微かなる浪の高まりがあるかなきかのやうに、その銅城のほとりから離れて来て、段々と色は濃く、形は明かになつて——人に擬して云ふならば、或諧謔を思ひついた人が、遠くから話相手と目指す人に笑ひながら近くやうに——この波の高まりも段々と渚に近寄り、遂に笑の破裂するやうに、「ざ、ざ、ざ、ざ、ざ……」とさわがしく黒く囁やき、かくて沸騰せる波頭《なみがしら》は「ざつくろん——」と長く引いて砕ける。青い水の築牆《ちくしよう》は全く白い音の泡となつてしまふのである。それから水は、磨かれた蛇紋石の様な滑かな渚をすべり、「ざざあ——るろ、るろ、るろ——」といふやうな優しい、然し弾性の抵抗ある音と言葉とを立てながら、さうしてまた静かに「すら、すら、すら……」と引いて行くのである。もうその時は第二の波が高まつて、既に波頭が散り初めた時であつた。——かうして波は厭かず、やさしいいたづらを続ける。で、その引いてゆく波の一すぢ、泡の一つ一つにまで、折しも西山に近いたる夕日の影が斜めに当つて、かくて石鹼玉《シャボンだま》の色のやうな美しい夢の模様を現はすのである。

かくの如き波の主なる運動の間に、また長い小説の挿話《エピソード》に比す可き小さい葛藤がある。殊に渚を引く波の帰るもの、ゆくものの間に、かの蟻の挨拶のやうな表情、軽ろき優しきさんざめきがあるのである。

静かに心を静めて、この波のなす曲節を聞いて居ると、かの漁夫の集会の時に歌ふ「船唄《ふなうた》」の調子を思ひ出さずには居られなかつた。彼がこれを生んだと云つては余りに牽強ではある。然し海や波、その心持がこの唄の曲節と深い関係のないと云ふ事は全く考へられない。その唄のゆるやかに流れてゆく時、突然音頭を取る人の高い転向《モジュラシオン》に驚かされる事がある。それは突然大きい波が砕けた時の心持によく似て居る。またその唄の中に高い問答のやうな調子が長く続く所のあるのは、浜辺の声高の生活が静かな夕波の曲節を崩すのによく似て居るのである。

この時も、予は亦突然艀舟《はしけ》を陸《おか》にあげる人々の叫声に驚かされた。船の陰で姿は見えないけれども、其声からして、如何に人々が船を背負ふやうに腰をかがめて居るか、如何に綱を引いて居るかが想像せられた。「よう、よう、よう、よいや、よう、よう、……」といふ懸声が cadencé(10) に聞えるのである。

——その間に、僅か三十分許りしか経たぬのに、もう空も海も全く更衣《ころもがえ》をしてしまつた。自然銅のやうな赤も消えて、一面に日を受けた菫の花の青色でぎざぎざと大山一帯の modelé が平面的に現出した。殊に空は、空も水平線に近き所は、丁度試験管の底に澱む沃土の如く、重い鬱憂《メランコリック》な紫に淀んでしまつたのであつた。

その時に、一つの汽船の陰がかすかなる陸影の裾に現はれた。

——ぶらぶらと川口に出たら、ごみを焼いたあとに、こんもりと灰が積んであつた。阿夫利神社(11)神璽の印をおした紙、南無普賢大荒神守、火不能焼、水不能漂、とかいた護符などが散らばつて居た。是等は海浜に棲む、「心」を持つた自然が作りだす所の一種の分泌物である。

恰も遠き汽船は第一の汽笛を鳴らしたのである。

（正月二日）

（1）伊太利亜紀行　ゲーテ著「イタリア紀行」。
（2）妄誕　でたらめ。
（3）橘姫の遺愛の櫛　「古事記」中、倭建命東征中、走水海（相模）の神の怒りをしずめるため、后の橘姫が身を投げて無事渡海した哀話。
（4）ソロモンの壷　古代ヘブライ王国の王。その治世は「ソロモンの栄華」とうたわれる。李太郎の散文詩にある「彼のソロモンに封ぜられたる海神の函」がこれに当たるか。
（5）半間な役　まぬけ。気が利かない（人）。
（6）万祝　網元が漁夫に大漁祝に贈る染め出した漁衣。正月にこれを着用して村中をねり歩く風習があった。
（7）天保の法度　天保年間（一八三〇～一八四三）老中水野忠邦によって断行された政治改革。奢侈禁止、風俗粛正など庶民生活を統制した。
（8）乾闥婆城　乾闥婆（帝釈天に侍し伎楽をつかさどる神）の幻術によって、空中に化現した楼城。
（9）亜剌比亜奇話　「アラビアン・ナイト」（千夜一夜物語）。九世紀から一六世紀、アラビアを中心とした民間伝承説話集。
（10）cadencé　韻律。音声の抑揚。
（11）阿夫利神社　神奈川県伊勢原市大山（おおやま）にある神社。祭神は大山祇命（おおやまつみのみこと）ほか。雨乞いの祈願所。近世には「大山参り」として大山講が流行。

和田　周三

＊和田周三（わだ　しゅうぞう）

大正二（一九一三）年二月二六日〜平成一一（一九九九）年七月一六日。本名、和田繁二郎（わだ　しげじろう）立命館大学名誉教授、文学博士。小泉苳三主宰の短歌誌「ポトナム」に参加、小泉苳三の「現実的新抒情主義の提唱」に導かれて作歌を始める。現実感をともなう「個性にして普遍」の象徴表現を目指す。「微粒」「雪眼」「環象」「揺曳」「暁闇」「往還」「春雷」「越冬」の八歌集がある。

芭蕉の「糸切て雲ともならず」[1]

初出　「現代短歌の構想」（昭56・12）

○

中世歌学に「花実」[2]の論が出てきますが、これは表現成果と内容というような意味でありまして、「虚実」の論、つまり作者の対象の認識および詩的内容の醸成《じょうせい》と、その対象の事実性との関係を論じたのは、近世の俳論がはじめだといってよいと思います。

その「虚実」[3]の論は、芭蕉の俳論を祖述《そじゅつ》した芭蕉の弟子たちの著作のなかに出てまいります。支考[4]の「二十五箇条《にじゅうごかじょう》」[5]（享保二一年・一七三六刊）、「俳諧十論《はいかいじゅうろん》」[6]（享保四年・一七一九刊）あたりに「俳諧とは……上手に嘘をつくことなり」と書かれています。いま私どもが見ますと、びっくりするようなことばではありますが、この「嘘をつく」というのは、次元の低い意味ではなく、ひとつの芸術的な高さをもった表現の仕方という意味であります。今の文芸理論のことばでいえば、「虚構」といってよいと思います。もっとも、小説の場合とはいささか異なるものですが、一応、広い意味で「虚構」といってよいものです。

皆さん、読まれた方が多いと思いますが、芭蕉の「奥の細道」[7]（元禄一五年・一七〇二刊）は、元禄二年の東北・北陸にわたる旅行記ですが、そのなかにはっきりした虚構が見られます。それは、記事の文にも見られるのですが、発句《ほっく》(8)にもそれが見られます。それが虚構だということは、弟子の曾良(9)という人が一緒について行っていて、日記(10)を書き残していますので、それとつき合わせてみるとはっきりわかるのです。句の例をあげてみますと、

荒海や佐渡によこたふ天の河

というのがあります。これは、いまの新潟県の出雲崎《いづもざき》でよんだものとしております。これについては曾良をわずらわさなくても、芭蕉自身が書き残したものがありまして、その虚実がわかるのであります。芭蕉は「銀河《ぎんが》の序《じょ》」(11)という文章を書いているのです。「銀河」とは「天の川」のことであります。これはいま、芭蕉が書いたと見られる親筆本《しんぴつぼん》(12)と、他の人の写したと見られるものと二つありますが、その親筆本の記載を見てみましょう。

ゑちごの国出雲崎といふ処《ところ》より、佐渡が島は海上十八里とかや。谷嶺《たにみね》の嶮岨《けんそ》くまなく、東西三十余里、海上によこをれふせて、まだ初秋の薄霧立《うすぎりたち》もあへず、さすがに波もたかからざれば、唯手のとどく計になむ見わたさるる。げにやこの島はこがねあまたわき出で、世にめでたき島になむ侍るを、むかし今に到りて、大罪朝敵の人々遠流《おんる》の境にして、物うき島の名に立侍れば、冷《すさま》じき心ちせらるるに、宵の月入りかかる比《ころ》、海のおもていとほのくらく、山のかたち雲透《くもす》きに見えてなみの音いとどかなしく聞え侍る。

ここには「天の川」のことは書いていません。それに、「波もたかからざれば」とあるのですが、右の句の方は「荒海や」となっています。また、今日の研究者の調査(13)によりますと、気象学の方から見て、天の河が佐渡に横たわって見える地点は、出雲崎ではなく、もっと新潟よりではないかなどとも言われております。

やはり、「荒海」も「天の河」も虚構だと思われるのですが、なぜそういう虚構をしたのか。それは、まず、いまの「銀河の序」にある「大罪・朝敵の人々遠流の境にして、物うき島」というのが関係していると思われます。御存知と思いますが、佐渡は順徳天皇(14)をはじめとして、日蓮(15)、藤原為兼(16)、日野資朝(17)、世阿弥(18)など有名な人たちが流されております。芭蕉は、この人たちに同情して、あたたかい気持から、この本土（出雲崎）から佐渡まで、ありもしない天の川という橋をかけたのではないかと思われるのです。また「荒海や」も実景でないのに、悲哀感を高めるために、そう言ったのだと思われます。このように、実際の景色から言えば嘘だけれども、芭蕉の気持としては本当である。そこに「虚」と「実」の問題が出てくるのですね。

もう一つ例をあげますと、

病雁《やむかり》の夜さむに落ちて旅ね哉

という句が、「猿蓑《さるみの》」(19)（元禄五年・一六九〇）にあります。芭蕉が、江州《ごうしゅう》の堅田《かただ》で、風邪をひいて寝ているときの体験によって作った句であります。それは、臥していて、ふと耳にした雁の声を、

「堅田の落雁《らくがん》」[20]（近江八景《はっけい》）から連想して、落ちた雁、それも「病む雁」の声とした。そこに、作者の孤独の感じがよく出ています。つまり「虚」によって芭蕉心中の「実」を盛ったわけであります。

　ありのままの様子を描くだけが能ではない。たとえ、実景と比べて嘘であっても、芸術、文学はあくまで作者の「実」を大切にしなければならない。そういうような考え方は、当時、演劇の方でも行われておりました。たとえば、近松門左衛門[21]の「皮膜の論」というのがそれです。「皮膜」と書いて「ヒニク」と読ませます。皮と肉との間の微妙なところという意味です。この演劇の場合は、人間を動かすので、舞台では実際の人間のようにやってはいけないという論です。

　また、俳諧の方へもどりますが、先の芭蕉の場合の虚実は、作者の感じとり方に従って、対象素材（ことば）を配合する、あるいは、描写の面で表現に改変を加えるというような場合であります。ところが、虚実の問題には、もう一つ少し違った場合があります。それは、同じ対象をどのように感じとるかというところから生じてくる「虚」であります。感じとり方に、作者の「実」が活動するわけであります。

　先程、あげました芭蕉の俳論をまとめた書物に「幻住庵俳諧有也無也関《げんじゅうあんはいかいうやむやのせき》」[22]（伝芭蕉・明和元年・一七六四刊）というのがあります。その序文相当の文に、和歌と俳諧とは違うということを述べて、

> 俳諧は余の歌と替りて、表に談笑の姿を顕はし、裏に閑静の心を含める句法也。俳句は上手に嘘を云ふがごとくに綴るといふを金言となして（中略）虚を実に綴るを是《ぜ》とし、実を虚に綴るを是《ぜ》とす。（中略）正風は虚実の間に遊んで、しかも虚実に止らず。是我家《これわがいえ》の秘法なり。

と言っております。「虚実に止らず」つまり、「虚」でもなく「実」でもないところに秘法があると言っているのであります。このことを、本文のなかで、「虚実正の事」という一節を設けて説明しております。そこでは、例をあげております。

「虚」……糸切《きれ》て雲となりけり鳳巾《いかのぼり》
「実」……糸切て雲より落つる鳳巾
「正」……糸切て雲ともならず鳳巾
虚実を非とし、正を是として、此場を虚実の間に遊ぶと云ふ、句の正脈《せいみゃく》也。(23)

「鳳巾」(24)は凧（たこ）ですね。大変おもしろい例でありまして、さほど説明を要しないかと思うのですが、念のため申しますと、「虚」は空想で真実性がない。「実」は事実だけで作者の内面が表われていない。「正」は、事実をふまえながら、作者の内面がよく表わされている。つまり、いかのぼりが雲になるとおもしろいが、そうはなってはくれない。という表現です。こういうのを「正」といいまして、「虚」でも「実」でもない世界、それこそ、「詩」の世界だという、「詩」の深《しん》奥《おう》をよく示しているように思うのであります。

（1）芭蕉の「糸切て雲ともならず」原題は「短歌における虚実」であるが、このたび本文の趣旨を生かすべく、引用発句の上五・中七をとって標題とした。

（2）花実　表現理念。藤原定家の「毎月抄」（まいげつしょう）にいう「実と申すは心、花と申すは詞なり」の通り、一般に心詞論と考えられる。「花実兼備」を理想とする。歌学・俳諧用語。

（3）虚実　文学作法に関する表現論。眼前の事実にとらわれず、表現の虚を重視する方法。ただし、これに「花実」の理念を加えて、文学的真実を求める態度論へと体系化される。

（4）文考（しこう）俳諧師。寛文五（一六六五）年〜享保一六（一七三一）年二月。各務（かがみ）氏。芭蕉晩年の門人。美濃国山県群北野の生れで、元禄三（一六九〇）年三月、近江で芭蕉に入門。芭蕉没後、本格的に俳諧の活動を始め、理論としての俳諧作法を体系化し地方に蕉風の俳諧（美濃派）を広めた。

（5）「二十五箇条」　俳諧作法書・俳論書。内容は、「俳諧の道とする事、虚実の事、変化の事、発句に切字有事《ある》」など蕉風俳諧の要領を項目に分けてまとめたもので、とくに虚実論には支考色が濃く反映していると考えられている。本書は平易な入門的伝書として、蕉風普及に大きな役割を果たした。

（6）「俳諧十論」　全篇を一〇項目に分け、俳諧の本質論、表現論、修行法、連句の法式などを記す。このうち表現論（法）に該当する項目に「虚実ノ論」「姿情ノ論」がある。

（7）「奥の細道」　元禄二（一六六九）年の約半年間の旅に材をとった紀行作品。元禄六（一六九三）年春頃、江戸深川の新庵で自筆本を執筆するか。翌七年四月、能書家で歌人の柏木素龍（かしわぎそりゅう）に清書を依頼し完成する。そこに芭蕉自らが「おくのほそ道」と題号を認めた西村久雄氏所蔵本を底本とするものが多い。芭蕉没後、これを模刻して出版した。

（8）発句　連歌・連句の巻頭第一句目。五七五の長句の形をとり、季語・切字を備えた格を必要とする。近代ではこれにかわる語として「俳句」がある。

（9）曾良　芭蕉門の俳人、神道家。慶安二（一六四九）年〜宝永七（一七一〇）年五月。岩波氏、河合を名乗る。天和三（一六八三）年に芭蕉と出会い、以後同じ江戸深川の住人となる。貞享四（一六八七）年秋の鹿島参詣、元禄二年の「奥の細道」の旅に同行した。

(10) 日記　今日「曾良旅日記」「随行日記」などと呼ばれている。曾良の自筆稿本一冊の中の元禄二年の旅の記録をさしていう。

(11) 「銀河の序」　宝永三（一七〇六）年刊行の許六（きょりく）編「本朝文選」巻之五、序類に収まる標題による呼称。芭蕉の俳文。数種の異文が伝存する。元禄二年の旅中吟をもとに、後年（元禄三年以降）に執筆された作品。

(12) 親筆本　その人自身が書いた筆跡本文。真筆本文。

(13) 今日の研究者の調査　「荒海や」の句の発想がどの地点で行われたのかをめぐって、地理的な位置関係を問題にすることがあった。

(14) 順徳天皇　鎌倉初期の天皇。建久八（一一九七）年九月～仁治三（一二四二）年九月。在位、承元四（一二一〇）年一一月～承久三（一二二一）年四月。後鳥羽上皇の討幕計画（承久の乱）に参画するが敗れて佐渡に配流され、同所で没した。

(15) 日蓮　鎌倉新興仏教、日蓮宗の開祖。貞応元（一二二二）年二月～弘安五（一二八二）年一〇月。文永八（一二七一）年、幕府の弾圧をうけ佐渡へ流謫。「開目抄」「観心本尊抄」の著述やその教義の樹立は、この佐渡流人時代に行われた。

(16) 藤原為兼（ふじわらのためかね）鎌倉時代の歌人、京極為兼。建長六（一二五四）年～元弘二（一三三二）年三月。永仁六（一二九八）年六波羅に捕えられ佐渡に流されるが、帰洛後、応長元（一三一一）年伏見院の院宣を得て「玉葉和歌集」を撰定。正和五（一三一六）年再度土佐へ配流、安芸、和泉と移り、死没とともに京極家は滅びた。

(17) 日野資朝（ひの すけとも）鎌倉末期の公卿。正応三（一二九〇）年～元弘二（一三三二）年六月二日。後醍醐天皇の討幕計画に加わり、正中二（一三二五）年佐渡に流される。元弘二年再び計画が露見し、幕府の命により配所で殺された。

(18) 世阿弥　室町前期の能役者、能作者。生没年未詳。観阿弥の子で「風姿花伝」「花鏡（かきょう）」などの伝書を残す。永享六（一四三四）年佐渡に流され、その晩年は失意の日々を過ごした。

(19)「猿蓑」　俳諧撰集。去来（きょらい）・凡兆（ぼんちょう）編。元禄四（一六九一）年京都井筒屋庄兵衛刊。芭蕉が「奥の細道」旅行中の体験や工夫をこの集に示そうとし、編者二名とともに句の厳選をしたことは「去来抄」に伝えられている。

(20)「堅田の落雁」　風光明媚な中国の瀟湘地方の八つの景色「瀟湘八景」（日本には画題として入ってきた）のうちの一景「平沙（へいさ）落雁」を近江の琵琶湖畔堅田にあてはめたもの。近江八景の一つ。日本では近江のほかにも八景を選ぶ景勝地がある。

(21)　近松門左衛門　浄瑠璃・歌舞伎作者。承応二（一六五三）年〜享保九（一七二四）年一一月。元文三（一七三八）年刊行の浄瑠璃評注書「難波土産（なにわみやげ）」の発端に、虚実皮膜論（きょじつひにくろん）として知られた芸論が書き留められている。

(22)「幻住庵俳諧有也無也関」　俳論書。芭蕉の秘伝に仮託した伝書で、本文は「虚実正事」の項からの引用である。支考の「二十五箇条」に依拠した点が認められる。注（4）（5）参照。

(23)　正脈　句作りの上で望ましい心構えといった意味。本文中の冒頭「詩的内容の醸成」に関わる着眼点である。

(24)　鳳巾　三春の季語。

あとがきとして

この本には、ご覧のように、小説家の文章があり、歌人、詩人の文章が選んであって、何の変哲もない。しかし、それに加えて政治家の文章があり、学者の文章を選んで入れてある。

詩人の荒川洋治さんがこんなことを言っている。

「文学の知識は文学作品や文学についての書物を読むことで得られると思うのは、文学にかかわる人の幻想である。新聞を丹念に読むだけでも文学に通じることはできる。」

「ものを知るための『日常』の環境が破壊されている。そこに文学の危機がある。」

この本を作ったぼくらへの励ましと聞いた。各文章はいずれも各分野に知られた人のもので、結び目に居る人は〈森鷗外〉である。選んだ文章の基準は何かと問われたら、「よい文章である、とだけ言えばだれにでも通ずる作品である。」と、ちょっと気取ってショウペンハウエルの口真似をしておく。文章を読んで、そうしてすっかり文章を忘却して、その後に長い沈黙と思索の時間を、ぼくらは経験したい。

このように贅沢な本を作ることを許してくださった嵯峨野書院と担当編集者鈴木亜季さんに一同の感謝を捧げたい。

二〇〇二年七月

上田　博

尾崎　由子（おざき　よしこ）　［西瓜灯籠・平出修氏の夢　注］

古澤夕起子（ふるさわ　ゆきこ）　［アウギユストの「さびしい」・美くしい贈物　注］
同志社女子大学講師

佐藤　　勝（さとう　まさる）　［紙上の塵　注］
国際啄木学会理事，湘南啄木文庫主宰

山下多恵子（やました　たえこ）　［渋民村を訪ふ　注］
国際啄木学会理事，日本ペンクラブ会員

美濃　千鶴（みの　ちづる）　［近代劇に現れたる婦人問題の種々相・笑　注］
大阪聖母女学院中学校・高等学校常勤講師

*Charles Fox（チャールズ　フォックス）［わが生ひたち　注］
立命館大学教授，文学博士
主著　“Kitahara Hakushū's ‘Katsushika. Compositions in Tranquillity’: Lyrical Structure and the Religious Experience”（*The Distant Isle: Studies and Translations of Japanese Literature in Honor of Robert H.Brower*［ミシガン大学出版部　1996］所収）

水野　　洋（みずの　ひろし）　［愛娘への手紙　注］
履正社高等学校教諭

*上田　　博（うえだ　ひろし）　［人生老い莫し・海郷風物記　注］
主著　『牧水』（世界思想社，1996）

村松　　善（むらまつ　ただし）　［空想も現実も共に現実也　注］
岩手県立杜陵高等学校奥州校通信制教諭

北川　健二（きたがわ　けんじ）　［クラーク先生を思ふ　注］
会社員

伊藤　典文（いとう　のりふみ）　［追憶の上海　注］
京都橘大学講師

外村　　彰（とのむら　あきら）　［退官雑筆　注］
国立呉工業高等専門学校教授

田村　修一（たむら　しゅういち）　［パンテオンの人人　注］
舞鶴工業高等専門学校教授

任　　時正（イム　シジョン）　［張赫宙の「ガルボウ」　注］

小林　　孔（こばやし　とおる）　［芭蕉の「糸切て雲ともならず」　注］
大阪城南女子短期大学教授

執筆者一覧（＊印編者，執筆順）

＊瀧本　和成（たきもと　かずなり）［サフラン・長谷川辰之助　注］
立命館大学教授
主著『森鷗外　現代小説の世界』（和泉書院　1995）

田口真理子（たぐち　まりこ）［鼎軒先生　注］
立命館大学大学院研修生

塩谷　知子（しおや　ともこ）［馬琴日記鈔の後に書く　注］
大阪市立十三市民病院助産師

小笠原美幸（おがさわら　みゆき）［「相聞」序　注］
滋賀県立高校講師，社会福祉士

田口　道昭（たぐち　みちあき）［モンマルトルの宿・謝肉祭・硝子窓　注］
立命館大学教授

サフラン　随想選
——沈黙と思索の世界へ——　《検印省略》

2002年10月5日　第1版第1刷発行
2011年10月31日　第1版第2刷発行

編　者　上　田　博
チャールズ・フォックス
瀧　本　和　成

発行者　中　村　忠　義

発行所　嵯　峨　野　書　院

〒615-8045　京都市西京区牛ヶ瀬南ノ口町39　電話(075)391-7686　振替01020-8-40694

共同印刷工業・藤原製本

ISBN978-4-7823-0367-2